Matthias Wittekindt wurde 1958 in Bonn geboren und lebt heute in Berlin. Nach dem Studium der Architektur und Religionsphilosophie arbeitete er in Berlin und London als Architekt. Es folgten einige Jahre als Theaterregisseur. Seit 2000 ist er als freier Autor tätig, schreibt u.a. Radio-Tatorte für den NDR. Für seine Hörspiele, Fernsehdokumentationen und Theaterstücke wurde er mit zahlreichen Preisen ausgezeichnet. Bei Edition Nautilus erschienen bisher die Kriminalromane **Schneeschwestern** (2011), **Marmormänner** (2013) und **Ein Licht im Zimmer** (2014) mit demselben Ermittlerteam. Für **Marmormänner** wurde er mit dem 3. Platz des Deutschen Krimipreises 2014 ausgezeichnet.

Matthias Wittekindt

DER UNFALL IN DER RUE BISSON

Kriminalroman

Edition Nautilus

Edition Nautilus GmbH
Schützenstraße 49 a
D-22761 Hamburg
www.edition-nautilus.de

Originalveröffentlichung
Erstausgabe August 2016
Umschlaggestaltung:
Maja Bechert, Hamburg
www.majabechert.de
Autorenporträt Seite 2:
© Wenke Seemann
Druck und Bindung:
CPI – Clausen & Bosse, Leck
1. Auflage
ISBN 978-3-96054-018-2

Am Freitagabend um zehn nach sieben ist noch nichts entschieden.

Alain hat zwei Stunden lang gegen June Tennis gespielt. In der Halle des *Centre Fleur*, denn draußen regnet es in Strömen.

Die Frauen aus seinem Freundeskreis verstehen nicht, warum er ausgerechnet mit ihr so regelmäßig spielt. June ist weder schön noch auffallend geistreich und selten von irgendetwas zu begeistern. So spielt sie auch Tennis. Mit einer Zähigkeit, die ihre Gegner am Ende einfach zermürbt. Alain tritt gegen keine lieber an als gegen sie.

Beim Duschen nach dem Spiel spürt er, wie sein Herz das Blut durch die Adern drückt, wie schnell sich sein Körper von der Anstrengung erholt. Einen Moment lang fühlt er sich aus allem herausgehoben, ja beinahe unsterblich.

Nach dem Duschen trocknet er sich ab, was er stets etwas hastiger tut als die anderen Männer. Obwohl er gut aussieht und einen durchtrainierten Körper hat, wäre er niemals auf die Idee gekommen, sich langsam abzutrocknen, sich womöglich ein paar Sekunden lang unverhüllt zu zeigen. Manche tun so was ja gerne.

Vielleicht hängt sein scheues Benehmen damit zusammen, dass er jünger ist als die meisten Männer, die ins *Centre Fleur* gehen, um sich auszupowern. Vor zwei Wochen ist er 28 geworden, wirkt aber eher wie Anfang 20. Dazu kommt, dass Alain eher weibliche Gesichtszüge hat. Wohl deshalb trägt er immer teure und geschäftsmäßige Anzüge.

Solche, wie nur Männer sie tragen. Seine Schuhe sind noch edler, wobei er stets welche wählt, die ausgesprochen rustikal wirken.

Nachdem er sich angezogen hat, blickt Alain durch ein Fenster nach draußen. Viel ist nicht zu sehen, denn es wird bereits dunkel. Es ist kurz vor Ostern, die Möglichkeit eines vorgezogenen Frühlings hatte sich Mitte März angedeutet, doch es war wieder kälter geworden. Jetzt regnet es seit Tagen bei Temperaturen um die zehn Grad, und die Böden sind so vollgesogen, dass nichts mehr versickert. Auf den gepflügten Äckern hat er von der Straße aus große Wasserflächen gesehen. Wasser sammelt sich auch in den selten bepflanzten Balkonkästen der Cité Nord, auf den geteerten Flachdächern und in den Spurrillen älterer Straßen.

Es ist jetzt Viertel nach sieben.

Nachdem Alain sich angezogen und sorgfältig gekämmt hat, geht er ins *Lacombe,* eine Mischung aus Restaurant und Kneipe, zu der nur Mitglieder des *Centre Fleur* Zugang haben. Eine gut gekleidete Frau, die er nicht kennt, kommt an seinen Tisch, beginnt ein Gespräch. Dabei zeigt sie nach draußen und sagt, es würde wohl noch ein paar Tage so weitergehen mit dem Regen. Alain bleibt wie immer höflich, gibt ihr aber, als sie das Gespräch in eine andere Richtung lenkt, zu verstehen, dass er an einer näheren Bekanntschaft nicht interessiert ist.

Um zwanzig nach sieben kommt sein Freund Michel und setzt sich zu ihm. Sie bestellen zwei Bier, und Alain fragt, ob sie nicht noch zum Bahnhof gehen sollen. Michel hat keine Lust. Also trinken sie. Später kommen noch Nina und ein paar aus dem Freundeskreis. Yvonne sitzt alleine an der Bar, was sie sonst nicht tut, und Nina erzählt etwas Lustiges, über das auch gelacht wird. Alain lacht nicht über Ninas Geschichte. Vielleicht hat sie zu viel getrunken. Er findet jedenfalls, dass sie ein bisschen merkwürdig, ein bisschen überdreht ist.

Und doch hat nichts auf eine Bedrohung hingedeutet.

Wäre Alain unter normalen Umständen drei Tage später nach dem Abend befragt worden, er hätte vermutlich gesagt, es sei wie immer gewesen. Zehn Tage später hätte er sich möglicherweise an nichts mehr erinnert.

Es geht alles zu schnell.

Weil sie wütend ist. Auf eine Art, die ihr guttut, denn sie hat sich durchgesetzt und ist dabei, in Ordnung zu bringen, was sie angerichtet hat.

Wie gut, dass sie sofort gehandelt und sich reingestürzt hat, denn sie kennt sich. Wenn sie erst mal damit begonnen hätte, alles abzuwägen, die Gefühle der anderen, die Gefahren, die Möglichkeit zum Beispiel, dass am Ende die Polizei vor ihrer Tür steht, hätte sie angefangen zu zweifeln und am Ende nichts unternommen. Yvonne gehört zu den Frauen, die sich auf ihre Intelligenz verlassen, auf ihre Fähigkeit zu kommunizieren. Aggressiv eingreifen, das gehört für gewöhnlich nicht zu ihrem Repertoire. Wie hat sie neulich gesagt: ›Es mag Frauen geben, die stolz darauf sind, sich bei allem durchzusetzen. Ich gehöre nicht zu der Sorte.‹

Ein paar Tage noch, dann ist Ostern. Sie wird eine Freundin besuchen. Das ist lange abgemacht und wird, da ist sie sich sicher, auch stattfinden. Wir denken uns ja oft ganz unbesorgt in eine konkrete Zukunft hinein. Wahrscheinlich wird sie ihrer Freundin wieder einen Korb mit blühenden Pflanzen mitbringen, weil die einen Garten hat. Sie wird auch dem Sohn ihrer Freundin etwas mitbringen, denn sie ist seine Patentante. Sie selbst hat noch keine Kinder, aber sie ist auch erst 29. Trotzdem hat sie zu dem Sohn ihrer Freundin ein so nahes Verhältnis, kümmert sich so liebevoll um ihn, als würde sie schon jetzt wissen, dass sie nie Kinder haben wird. Solche Vorahnungen hat sie manchmal. Und niemand rechnet natürlich damit, dass ein Leben mitten im Normalen auf einmal zu Ende sein könnte.

Ihr Zorn hat Einfluss auf die Geschwindigkeit, und im Moment denkt sie weder an Ostern, noch an ihr Patenkind und schon gar nicht an den Tod. Alles in Yvonnes Kopf geht wahnsinnig schnell, aber natürlich wägt sie auch in diesem Tempo noch immer Möglichkeiten ab. Möglichkeiten, in denen die Polizei eine zwar ungenaue, aber doch bedrohliche Rolle spielt.

Rot. Man sieht ihr Auto trotz des Regens. Sie hat die Scheinwerfer eingeschaltet. Deren Licht sieht man im Regen. Deren Licht sogar am besten.

Sie steuert ihren Alfa Romeo auf einen Kreisverkehr zu, sieht dort ein Auto und erschrickt. Sie beschleunigt, schafft es und verlässt den Kreisverkehr gleich an der ersten Ausfahrt.

Die Rue Bisson.

Alleebäume.

Als sie die Scheibenwischer auf eine höhere Stufe stellen will, vertut sie sich und schaltet versehentlich auf die höchste. Die Wischerblätter rasen über die Scheibe, sie sieht nur noch Licht und erschrickt. Wie eben beim Anblick des Autos. Und verliert die Orientierung. Sie schaltet erneut. Zu hastig. Die Scheibenwischer bleiben stehen. Innerhalb von zwei Sekunden sieht sie nichts mehr außer einem wilden Geprassel. Der Tod, ja ... Aber doch nicht in diesem Moment. Nur zwei Stufen hoch, nicht drei ... Die Zeit kann sich nicht dehnen, aber man hat manchmal das Gefühl, sie täte es. So dauert es erneut eine, vielleicht sogar zwei Sekunden, bis sie den Schalter auf Stufe zwei stellt. Als sie es geschafft hat, sieht sie, dass sie nicht mehr auf der Fahrbahn ... es rumpelt schon unter den rechten Rädern, und die Bäume ... Gott, wie dumm, nur ein winziger Moment, nur diese dämliche Sache mit dem Schalter für die Scheibenwischer.

Und nun geschieht das Wunder der Gleichzeitigkeit: Sie nimmt, noch während sie ihren Alfa Romeo im letzten Augenblick vom tödlichen Baum wegsteuert ... Bitte, oh Gott! ... noch während sie es schafft, ihr Leben mit einer blitzschnellen Reaktion zu retten, nimmt sie wahr, dass die Rücklichter des Wagens, den sie verfolgt, sich entfernt haben. Das menschliche Gehirn kann so was: zwei Sachen gleichzeitig. Wir sind Raubtiere. Wir sind auch phantastische Fluchttiere.

Neuer Gedanke.

Sie hat nicht damit gerechnet, dass er flüchten würde. Sie hätte ihn nicht für so dumm gehalten. Das eben – immerhin wäre sie fast gestorben – hat sie abgelenkt, wahrscheinlich ist das der Grund. Sie wird später nicht sagen können, wie viel Zeit vergangen ist, seit sie in ihr Auto stieg. An ein anderes Bild wird sie sich dafür umso genauer erinnern. Das Bild zeigt einen 40 Jahre alten orangefarbenen BMW 2002, der unter einer Traverse steht, an der starke Lampen befestigt sind, deren Licht senkrecht nach unten strahlt. In ihrer Erinnerung wird das Ganze aussehen, als hätte jemand eine weiße Schraffur über ein Foto gelegt. Second Layer. Aber erklärlich. Es regnet wie Sau.

Wie viel Zeit? Sechs Minuten. Oder sieben. Oder nur vier? Und dass sie mit einem Scheibenwischer auf Stufe drei nicht leben konnte und deshalb fast gestorben wäre. Nun, sie lebt, aber das Geschaffte wird bald nicht mehr zählen. Und so wird sich später der unerträgliche Gedanke in ihr breitmachen, dass der Wagen, den sie verfolgte, vielleicht gar nicht beschleunigt hat, sondern dass vielmehr sie selbst, auf Grund der Irritation mit den Scheibenwischern, ein paar Sekunden lang den Fuß vom Gas nahm. Dass sie so gesehen nicht das Recht hatte, ihn zu jagen wie einen Flüchtigen. Aber das alles weiß sie noch nicht. So wenig wie sie weiß, dass sie vom ersten Moment an im Nachteil war. Die Naturgesetze, so komplex sie auch sind, lassen sich Jahr für Jahr genauer berechnen. Man kann sogar Vorhersagen treffen. Welche Entscheidung ein Mensch in einer Stresssituation trifft, ist dagegen kaum zu prognostizieren. Niemand hätte voraussagen können, dass eine Frau wie Yvonne unter diesen Wetterbedingungen, auf einer Straße mit tiefen Spurrillen, randvoll mit Wasser, nach einem gerade überstandenen Beinahecrash das Gaspedal ihres Wagens bis zum Bodenblech durchtreten würde. Aber das tut sie. Das ist die Wut, die sie nicht kennt. Da, zwischen den Bäumen! Man kann es selbst in dem dichten Regen sehen. Auch wenn ihr roter Alfa Romeo genau genommen ein Oldtimer ist, er beschleunigt noch immer sehr gut, das kleine mörderische Ding.

Und dann ... passiert etwas Unvorhersehbares, und alles kommt aufs Entsetzlichste an sie heran.

*

Da steht er. Man sieht ihn in Menschenansammlungen nur, wenn sich niemand vor ihm befindet, denn mit seinen 1,65 geht er manchmal unter. Der etwas aufgeblähte, luftgepolsterte Blouson vermittelt zwar noch immer den Eindruck, er hätte einen Bauch, doch der ist seit zwei Jahren weg, genau wie der Schnauzbart. So was kann einem Mann passieren. Auf einmal hat er eine Frau und drei Kinder, und der Bauch und der Schnauzbart ... Voilà. Geblieben sind seine Ruhe und ein freundliches, rundes Gesicht mit kleinen, wachen Augen. Lieutenant Ohayon beobachtet gerade eine Gruppe Menschen, bemerkt einen bestimmten Ausdruck in den Gesichtern: verängstigt, manche auch wütend...

Was er sieht, bringt ihn dazu, sich an etwas zu erinnern. Vor fünf Wochen waren er und seine Frau Ines in der neuen Bücherei von Fleurville und haben dort einen Vortrag über die Entwicklung des griechischen Staatswesens gehört. Da wurde ein Satz gesagt, der ihm ungeheuer wahr vorkam. Den Rest von dem, was der Referent über die griechischen Philosophen und Staatsmänner vorgetragen hatte, war ihm schon beim Verlassen des Saals mehr oder weniger entfallen. Es waren einfach zu viele kluge und komplexe Sätze gewesen. Eindeutig zu viele für ein Gehirn, das funktioniert wie seins. Aber dieser eine Satz, an den muss er jetzt denken.

Kleine Geister werden durch Erfolge übermütig, Misserfolge machen sie niedergeschlagen.

Ohayon hat eine recht genaue Vorstellung davon, was mit den kleinen Geistern und der Niedergeschlagenheit gemeint ist. Er selbst nennt sie übrigens immer ›kleine Seelchen‹, weil das, wie er findet, netter klingt. In den verschiedenen Disziplinen herrscht Uneinigkeit darüber, wie man sich denn so ein kleines Seelchen vorzustellen habe. Ein Pfarrer würde darunter sicher etwas anderes verstehen als ein Psychologe. Ein Ermittler – und das ist ja sein Beruf – würde, im Fall, dass die Niedergeschlagenheit des kleinen Seelchens in einer Gewalttat gipfelt, von Motivlage sprechen. Misserfolge machen die kleinen Seelchen nämlich seiner Erfahrung nach nicht nur niedergeschlagen, sie machen sie bisweilen sehr wütend. Der griechische Satz, den er in der neuen Bücherei von Fleurville gehört hat, müsste seiner Meinung nach in jedem Ermittlerhandbuch stehen, denn neun von zehn Gewaltverbrechen werden eben genau von diesen niedergeschlagenen kleinen Seelchen begangen.

Ohayon senkt den Kopf, denkt nicht mehr an seinen Satz.

»Florence, bitte! Jetzt schluck doch erst mal dein Würstchen runter, ich verstehe kein Wort, wenn du mit vollem Mund sprichst.«

»Warum ist das alles aus Glas?« Ohayons Tochter kaut noch immer. Sie stehen zusammen mit vielen anderen auf einem Bahnsteig, denn der neue Bahnhof von Fleurville wird gerade eingeweiht.

»Das ist aus Glas, weil man das heute so macht. Das ist modern.«

»Und was ist das, modern?«

»Was neu ist und allen gefällt.«

»Ich finde das hässlich.«

»Dann guck woanders hin.«

Väter müssen so was können. Umschalten.

»Aber wie machen die das? Entsteht das Licht im Glas?«, will jetzt Ohayons Frau wissen, auch sie isst ein Würstchen.

»Du, also ... mich darfst du nicht fragen.«

Lieutenant Ohayon stört sich nicht im Geringsten daran,

nichts zu wissen. Er ist ja auch kein Grieche. Stattdessen gibt er seiner Tochter eine Serviette und beißt dann lustvoll von seinem Würstchen ab. Wobei er darauf achtet, dass ihm nicht Senf auf den Blouson tropft. Das Würstchen hält er in der linken Hand, denn die Rechte ruht auf dem Griff des Kinderwagens, in dem die Zwillinge liegen und Gott sei Dank schlafen. Er erkennt seinen Chef, Roland Colbert. Der unterhält sich gerade mit Marie Grenier von der Spurensicherung. Sie sind alle da und in bester Stimmung. Die Einweihung des neuen Bahnhofs gleicht einem Volksfest.

Schräg hinter Ohayon steht der Pfarrer. Er hat sich noch nicht bewegt, aber man sieht ihn jetzt, weil ein grauhaariger Mann, der ganz frappierend an Karl Marx erinnert, einen Schritt zur Seite getreten ist. Dieser falsche Karl Marx trägt einen gut geschnittenen grauen Anzug mit einer kleinen blauen Plakette am Revers. Dazu einen teuren, ebenfalls blauen Siegelring. Er scheint den Pfarrer zu kennen, denn er hat ihm gerade etwas ins Ohr geflüstert. Was hat er gesagt? Der Pfarrer sieht jetzt aus, als sei er gewillt, gleich eine wütende Stegreifpredigt zu halten. Er gehört zu der Sorte Mensch, die kategorisch denkt und beim Reden manchmal spuckt. Letzte Woche zum Beispiel hat er vor 265 Schäfchen etwas Ungeheuerliches gesagt. Auch bei dieser Predigt war Karl Marx anwesend, er saß in der ersten Reihe. Ja und da stand also der Pfarrer auf seiner Kanzel und sprach zu ihnen: ›Du magst habgierig sein so viel du willst, Gott ist genug!‹

Gott wäre für Yvonne Clerie letztlich geschäftsschädigend, denn sie ist Psychologin. Und Psychiaterin. Die Arme! Wenn man genau hinsieht ... Yvonnes Hände zittern zwar nicht, aber das liegt nur daran, dass sie das Lenkrad ihres Wagens mit aller Kraft festhält. Wäre da mehr Licht, man würde sicher ihre weißen Knöchel sehen. Dabei fährt sie gar nicht. Ihre Haare sind nass und ihre Schultern auch. Man sieht es immer, wenn das Licht über sie streicht.

Und sie wünscht sich so sehr, sie könnte die Zeit zurückdrehen. Nur für eine halbe Stunde.

Da war sie zusammen mit Alain, Michel und ihrer Freundin Nina im *Lacombe*. Es wurde *Sex Bomb* von Tom Jones gespielt und ihre Freundin Nina hatte offenbar eine lustige Geschichte erzählt, jedenfalls wurde an ihrem Tisch gelacht.

Jetzt sitzt Yvonne in ihrem roten Alfa Romeo und weiß, dass sie Schuld hat am Tod eines Menschen. Das Schuldgefühl, das sie empfindet, ist nicht brennend, es ist dumpf. Und sie wünscht sich immer wieder dies eine. Die Zeit zurückzudrehen, es ungeschehen zu machen. Man sieht ihre Augen hinter der Frontscheibe, aber man sieht sie nicht gut. Erstens prasselt Regen aufs Glas, und zweitens ist es dunkel im Auto. Nur hin und wieder wischt ein Schein blauen und roten Lichts über ihr Gesicht, ihre Haare und ihre Schultern.

»Da ändert sich schon wieder die Farbe!« Ohayons Tochter hat ihr Würstchen inzwischen aufgegessen.

»Gefällt es dir also doch!«

»Nein.«

Florence ist gerade in einer etwas anstrengenden Phase, denn sie hat entdeckt, was für eine Macht das Wort ›nein‹ besitzt. Sie ist jetzt fast sieben und allmählich zeigt sich eine gewisse Ähnlichkeit mit ihrem Vater. Nicht, dass es Anzeichen dafür gäbe, dass sie klein bleiben wird. Aber die Augen, das runde Gesicht. Vielleicht wird sie die lustigen Bäckchen von Ohayon übernehmen und irgendwann zum Anbeißen hübsch aussehen.

Schuld am Tod eines Menschen, das ist erst mal nur ein Gefühl, das muss noch lange kein Straftatbestand sein. Dieser ganze Bereich: Unterlassene Hilfeleistung, mangelnde Sorgfaltspflicht, Unachtsamkeit, ist für Juristen schwer einzugrenzen. Nicht nur die Gerichte haben da Schwierigkeiten, auch die Betroffenen selbst geraten ins Schwimmen. Einige haben nämlich den Hang, sich über die Maßen schuldig zu fühlen. Und für manche von ihnen wäre es das Beste, wenn gleich die Polizei käme und sie festnähme. Dann können sie alles beichten und sind raus aus diesem schrecklichen Dilemma mit der Schuld. Ein einfühlsamer Ermittler wie Ohayon brächte sicher Verständnis dafür auf, dass auch eine Frau wie Yvonne mal die Kontrolle verliert. Er würde bei ihr auch erst mal dieses schreckliche Gefühl der Hilflosigkeit abmildern, sie in den Arm nehmen und halten.

Nur weiß Ohayon nichts von dieser schrecklichen Sache und Yvonnes Schuld. Er kann schließlich nicht an zwei Orten zugleich sein. Man wünscht sich so was manchmal, aber es gibt keine über allem stehende Instanz, die ihm zurufen könnte: Du wirst woanders ganz dringend gebraucht, die Eröffnungsfeier am Bahnhof ist doch völlig unwichtig! – Unwichtig? Seine Tochter Florence freut sich seit Tagen auf das angekündigte Feuerwerk! Im Film kann man so was irgendwie hinmogeln. Durch Schnitte, musikalische Themen, asynchrone Bild-Text-Überblendungen oder so. Aber was hätte das noch mit der Wirklichkeit zu tun? Nein. Ohayon ist heute nicht zum Dienst eingeteilt, Resnais hat Dienst, so steht es am Brett. Und Resnais hat ihn bis jetzt nicht angerufen. Die Realität hat selten den Wunsch, etwas abzukürzen, zu überbrücken oder Yvonnes Leid zu mildern. Und vielleicht wäre das auch gar nicht gut. Vielleicht gehört dieses Leid, dieses Schuldgefühl einfach nur ihr. Nur Yvonne.

»Michel ist tot.«

Sie hatte zuerst gar nicht daran gedacht, Nina anzurufen. Sie hat einfach nur dagesessen und in die blinkenden Lichter der Feuerwehrfahrzeuge gestarrt, blau und rot und etwas verschwommen hinter dem Regen.

Einige Schaulustige sind bereits aus ihren Fahrzeugen gestiegen, stehen mit hochgeschlagenem Kragen rum und machen Aufnahmen mit ihren Smartphones. Das registriert sie kaum.

Dann endlich fällt es ihr ein. Sie löst sich aus ihrer Erstarrung und wählt Ninas Nummer. Aber die geht nicht ran.

Yvonne sieht auf ihre Uhr und versteht nicht warum. Eine Weile beschäftigt sie der Umstand, dass ihre Freundin nicht an ihr Handy geht, so sehr, dass sie den Toten und ihre Schuldgedanken vollkommen vergisst. Als sie Nina fünf Minuten später endlich am Apparat hat, sagt sie zunächst gar nichts von dem, was sie doch eigentlich sagen wollte. Stattdessen fragt Yvonne ihre Freundin mit einer Schärfe, die einem Verhör gleicht, darüber aus, warum sie eben nicht zu erreichen war. Erst dann kommt der Satz, der ihr doch der Wichtigste war.

»Michel ist tot.«

»Wer weiß davon?«, fragt Nina sofort. Das irritiert Yvonne.

»Alle. Bald alle. Die Feuerwehr ist schon da, und die von der Gendarmerie kommen bestimmt auch gleich.«

»Wo stehst du?«

»In der Rue Bisson. Ich sehe sein Auto.«

»Du musst da weg! Sofort.«

Weiße Schwingen aus Wasser bilden sich bisweilen links und rechts, denn Yvonnes Alfa Romeo fährt durch Pfützen.

Jetzt ist sie bereits zwei Kilometer vom Tatort entfernt. Sie fühlt sich noch immer hilflos, aber der Moment reinsten Schuldgefühls ist dabei, sich aufzulösen in eine Argumentation, die bald in innere Dialoge übergehen wird. Es geht schnell. Die Gedanken werden konkreter: ›Die von der Feuerwehr waren beschäftigt, es gab viele Schaulustige, niemand hat auf mich geachtet …‹

Ihr Handy klingelt.

»Ich bin's noch mal. Wo bist du, Yvonne?«

»Gleich zu Hause.«

»Wir treffen uns bei Michel.«

»Nein!«

»Wir treffen uns bei Michel. Bitte. Du darfst mich jetzt nicht im Stich lassen. Ich bringe Werkzeug mit. Fahr nicht zu dicht mit dem Auto ran.«

In diesem Moment klingelt Marie Greniers Handy. Alle warten auf die Ansprache des Bürgermeisters. Marie wird sie verpassen. Sie sucht sich, noch während sie in ihr Handy spricht, erste Anweisungen erteilt, ihren Weg durch die Reihe. Ohayon blickt ihr nach und sein Gesicht sieht ein paar Sekunden lang anders aus als vorher.

Zweimal blinkt eine Taschenlampe. Nur kurz. Yvonne zuckt zusammen, als sie Nina neben ihrem Auto entdeckt. Und die hat tatsächlich Werkzeug dabei.

»Danke, dass du gekommen bist, Yvonne, ich ... Wir müssen leise sein.«

Keine Umarmung, keine Tränen, kein Geständnis.

Yvonne folgt ihrer Freundin zu einer Tür. Aber wie sie geht! Was ist während der Fahrt passiert? Vor 20 Minuten fühlte sie sich noch so schuldig, dass sie nicht mehr in der Lage war, sich zu bewegen. Jetzt geht sie, und auch wenn es in der Dunkelheit nur schlecht zu erkennen ist, sie geht zügig. Es ist der typische Gang einer Frau, die innerlich repetiert: ›Egal wie schlimm es wird, das muss ich jetzt machen.‹

»Die Tür schließt er nie ab«, erklärt Nina, und Yvonne nickt, als wäre diese Bemerkung völlig in Ordnung. Sie lässt sich von Nina ein paar Gartenhandschuhe geben und streift sie über. Kein Widerspruch, keine Frage. Das ist ungeheuerlich! Noch vor einer Stunde hörten sie *Sex Bomb* von Tom Jones, jetzt stehen sie vor der Tür eines Mannes, der eben durch eine von ihnen ums Leben gekommen ist, und ziehen sich klobige Gartenhandschuhe an. Solche aus Leder, wie normalerweise Männer sie tragen. Yvonne nimmt es hin, dass ihre Freundin einen großen Schraubenzieher am Schloss ansetzt, um es aufzuhebeln.

Doch dann zögert Nina. Warum? Yvonne weiß es nicht, niemand würde darauf kommen.

Nina Havelot sieht vor ihrem inneren Auge ein Klavier. Und die damit verbundenen Gedanken bewirken, dass ihr

Tränen in die Augen schießen, dass sie anfängt zu zittern und den Schraubenzieher nicht in den Schlitz zwischen Türblatt und Rahmen bekommt, dass sie absetzen muss, dass sie sich umdreht und ... Jetzt endlich nimmt Yvonne ihre Freundin in den Arm und hält sie. Auch ihr selbst ist zum Heulen zumute. Weil Michel ja ein Freund war. Weil niemand vorhatte, ihn zu töten. Und genau das sagt sie dann auch.

»Ich wollte es nicht.«

»Wir wollten es beide nicht.«

Der kurze Dialog gibt Nina die Kraft, die sie braucht, sie kriegt den Schraubenzieher in den Schlitz.

Wie professionell sie vorgehen. Nina hat, kaum, dass sie im Haus sind, die Vorhänge zugezogen und Yvonne eine der beiden Taschenlampen gegeben. Schubladen werden durchsucht.

Sie handeln einvernehmlich. Bis jetzt ist noch keine von ihnen auf den Gedanken gekommen, die andere könne mehr Schuld an Michels Tod haben als sie selbst.

»Hier«, sagt Nina nach fünf Minuten.

»Zeig.«

Wer soll das alles erklären? Die Vorgänge, die Motivlage, die Antriebskräfte. Die beiden sind noch nie irgendwo eingebrochen, und jetzt ... Mit einem großen Schraubenzieher die Tür aufgehebelt! An Handschuhe gedacht! An Taschenlampen! Beide haben sich auch noch die Schuhe abgewischt, mit einem Lappen, den Nina mitgebracht hat. Nina! Die betreibt ein kleines Musikstudio und ist dabei, sich als Musikproduzentin zu etablieren. Eine Frau, die mit Musikern an Sounds bastelt. Sie hat einen Sohn, der noch im Krabbelalter ist, eine Mutter, die ihr hilft, das Kind aufzuziehen, und eine unglaublich tolle Espressomaschine, die sie allerdings nur manchmal benutzt, und jetzt ... studiert sie zusammen mit Yvonne im Schein einer Taschenlampe einen Vertrag. Geradezu unsinnig. Aber das ist das Bild, mit dem sich die Realität präsentiert.

Als sie sich neben ihren Autos trennen, sagt Nina: »Danke.« Dann fängt sie noch einmal an zu weinen. Gut, das könnte der nachlassende Druck sein. Sagt dann mit leicht fremder Stimme noch einmal: »Danke.« Und zuletzt etwas klarer: »Du hast mich gerettet, Yvonne. Alleine hätte ich mich das nie getraut.«

Nur gut, dass Yvonne nicht auch noch sagt: »Gern geschehen.« Aber denkbar wäre es gewesen. In dieser Realität.

Wie kann man das Groteske ordnen, wie es erklären? Offenbar erzeugen die Umstände Taten. Ob da überhaupt noch von einem Wollen die Rede sein kann? Andererseits: Manche Menschen sind so gemacht, dass sie handeln, wenn sie bis zum Hals in der Scheiße stecken.

Sie fahren ab. Das Licht ihrer Autos schalten sie erst an, als sie 300 Meter von Michels Haus entfernt sind, die kleinen, hinterhältigen Seelchen.

Es ist leicht, Leute zu verdammen für Taten, die man nur von außen beobachtet. Um ein vernünftiges Urteil abgeben zu können, müsste man wissen, warum sie das alles getan haben. Ein kategorisches ›Nein!‹ hatte plötzlich in Yvonnes Kopf das Regiment übernommen. Noch im *Lacombe.* Mehr ist nicht bekannt.

Was für Schlüsse würde ein Ermittler aus diesem kategorischen Nein einer Frau ziehen? Wenn er gleichzeitig weiß, dass das Opfer ein Mann ist? Hoffentlich keine voreiligen.

Sie fahren hintereinander. Da es stockfinstere Nacht ist, ergibt sich ein Bild, an dem Liebhaber von Experimentalfilmen ihre Freude hätten. Das Bild ist schwarz, und in ihm schweben vier rote Punkte, die, immer paarweise, ein bisschen hin und her pendeln. Natürlich, das sind die Rücklichter. Nach einer Weile könnte niemand mehr sagen, ob sie über- oder hintereinander fahren. Zwei Kilometer, dann kommen die Frauen an eine Stelle, an der die Straße sich gabelt. Dort trennen sich ihre Wege. Und was mit den roten Punktpaaren passiert, versteht sich von selbst.

Brigadier Resnais bekommt nichts mit von all diesen Ereignissen. Er steht im strömenden Regen neben einem völlig zerstörten BMW 2002 und sieht Feuerwehrleuten bei der Arbeit zu. Die haben gerade beschlossen, den Wagen mit großen Zangen aufzuschneiden, um den Fahrer rauszuholen. Der lebt zwar noch, sieht aber so schrecklich aus, dass Resnais kein zweites Mal hinsieht. Es riecht nach Eisen, Öl und verbranntem Gummi.

»So kriegen wir ihn nicht raus, der Wagen muss erst mal vom Baum weg«, kommandiert der von der Feuerwehr, der das Sagen hat. Die routinierte Bestimmtheit, mit der er spricht, hilft Resnais, den Unfall als das zu sehen, was er ist. Ein Pech. Der Preis für einen idiotischen Moment.

›Wird's wohl nicht schaffen‹, hat ihm der Notarzt vor zehn Minuten erklärt. Resnais, hoch aufgeschossen, jungenhaft, immer korrekt, dreht sich um, spürt seine neuen Stiefel am äußeren Knöchel und am dicken Zeh. Gleichzeitig trifft unablässig Regen seine Haut, der kommt fast waagerecht, getrieben von Böen.

Zweihundert Meter die Rue Bisson runter steht ein großes Dieseltier als Schatten mit Blinklicht. Es hat 15 Tonnen Kies geladen, wie der Fahrer ihm vorhin erklärt hat. Mehr als das mit dem Kies und etwas Wirres über einen Feuerlöscher hat Resnais bis jetzt nicht aus dem Fahrer des LKW rausgekriegt.

»Warten Sie ein bisschen, ehe Sie ihn vernehmen, der steht unter Schock«, hatte der Notarzt geraten.

Ein lautes Geräusch hinter ihm. Zwei Ketten spannen sich. Ein Einsatzfahrzeug der Feuerwehr beginnt damit, den orangefarbenen BMW vom Baum wegzuziehen. Männer laufen weg, denn der Baum gibt alles her, was er an Regen gespeichert hat, und dazu auch noch Äste und letzte Blätter vom Herbst.

»Geht es Ihnen jetzt besser? Können Sie eine Aussage machen?«

»Er wollte mich überholen und hat sich plötzlich gedreht.«

»Einfach so? Sind Sie vielleicht auf die andere Spur ...?«

»Nein.«

»Wissen Sie, ob hinter Ihnen einer war? Einer, der ausgeschert ist?«

»Hab nichts gesehen.«

»Und nach dem Unfall?«

Der LKW-Fahrer zuckt mit den Schultern.

»Sie sind ausgestiegen ...«

»Klar! Um zu sehen, ob er Hilfe braucht, klar.«

»Dann müssten Sie ja ein Auto gesehen haben, wenn da noch eins war. Oder ist einer an Ihnen vorbeigefahren?«

»Hab keins gesehen. Der sah so schrecklich aus, und er hat sich bewegt. Den Kopf hin und her, als wollte er ›nein‹ sagen. Der wird sterben, oder?« Nachdem er das gesagt hat, taumelt der Mann ein Stück zurück, muss sich an seinem LKW festhalten.

Resnais ruft einen Kollegen und bittet ihn, den Fahrer nach Hause zu bringen.

Marie Grenier von der Spurensicherung ist endlich da, was Resnais erleichtert. Sie ist schick angezogen mit einer Öljacke drüber. Maries Mitarbeiter, die alle die Zwillinge nennen, ziehen sich gerade ihre Kapuzen zu.

»Fangt schon mal an«, ordnet sie an, »zuerst alles an Spuren auf der Straße.« Dann wendet sie sich an Resnais. »Hast du im Krankenhaus Bescheid gesagt, dass er zu uns gebracht wird, falls er es nicht schafft?«

»Noch nicht.«

»Ruf Roland an, dass er eine richterliche Erlaubnis zur Obduktion einholt.«

Resnais zuckt mit den Schultern. »Ich glaube nicht, dass

ihr viel findet. Der Regen und ... wahrscheinlich war ja auch nichts, außer dass er zu schnell war. Und dann noch der Zustand der Straße...« Er zeigt auf die Spurrillen, in denen Wasser steht, hart getroffen von Tropfen.

»Wie ist das passiert?«

»Er wollte den Laster überholen und hat dabei die Kontrolle über sein Fahrzeug verloren.«

»Wie? Der setzt so spät noch zum Überholen an? Ich meine, die Straße mündet gleich da vorne in die Rue Belleville. Da stimmt doch was nicht. Nee! Ohayon soll sich hier gleich morgen früh mal umsehen. Hast du nach Zeugen gefragt?«

»Klar, die kamen aber alle erst, nachdem es passiert war. Und der LKW-Fahrer meint, er hätte kein weiteres Fahrzeug gesehen.«

Einer der Zwillinge ruft: »Hier liegen rote und orangefarbene Lacksplitter!«

»Denk dran, Resnais, dass Roland eine richterliche Verfügung besorgt, ich will ihn mir ansehen, falls er es nicht schafft. Jetzt gucke ich mir erst mal den Laster an, nicht, dass der am Ende den BMW von der Straße gedrückt hat. Hat der Arzt dem Fahrer Blut abgenommen?«

»Hm.«

Die Zwillinge sammeln ihre Lacksplitter ein. Sie haben starke Lampen aufgestellt, deren Licht flach bis hierher dringt. Dass die Straße in diesem Licht ganz fabelhaft glitzert, darüber verliert niemand ein Wort.

Noch in der Nacht verfasst Resnais seinen Bericht. Da der Tote keine Papiere bei sich hatte, ist seine Identität noch nicht eindeutig geklärt. Der Wagen ist auf Michel Descombe zugelassen, aber das muss überprüft werden. Also schickt Resnais der Frau vom Sozialdienst eine Mail, in der er sie bittet, sich mit den Eltern oder Verwandten des Opfers in Verbindung zu setzen, damit die ihn identifizieren.

Es ist halb zwei, als er nach Hause kommt und sich zu

seiner Frau ins Bett legt. Constance will ihm unbedingt von der Einweihung des neuen Bahnhofs erzählen, aber Resnais schläft ein, ehe sie auch nur drei Sätze gesagt hat.

*

Als er aufwacht, ist es fast eins. Zuerst versucht er das, was er gerade gedacht hat, zu verdrängen und wieder einzuschlafen. Er redet sich ein, er hätte geträumt, dabei weiß er genau, dass es nicht so ist. Der Gedanke im Moment des Aufwachens war bewusst gewesen und hatte einem Befehl geglichen. Er lauscht angestrengt. Als er sich sicher ist, dass seine Frau tief schläft, steht er so leise wie möglich auf und schleicht in die Küche.

Er macht Licht. Aber auch das zaubert keine andere Realität herbei. Es gibt etwas Wichtiges zu tun, und doch hat er bis jetzt nicht den Mut aufgebracht, es zu erledigen. Er kennt sich, sein Verstand wird keine Ruhe geben. Also geht er wieder ins Schlafzimmer und holt seine Sachen. Dann schleicht er zurück in die Küche. Das alles kommt ihm richtig vor. Als er schon fast damit fertig ist, sich anzuziehen, merkt er, dass sein rechter Strumpf fehlt. Er zieht also den Schuh über den nackten Fuß. Zuletzt nimmt er im Flur seinen Mantel vom Haken, fühlt, ob die Schlüssel in der Tasche sind, und verlässt das Haus.

Er durchquert seinen Garten auf präzise verlegten Platten aus Sandstein und folgt dann der Straße, die durch die *Südpol* genannte Siedlung führt. Sie beschreibt einen Kreis, wobei sie sich leicht hin und her schlängelt, damit die Autos nicht zu schnell fahren. Alle Häuser der Siedlung sind weiß. Sie sind alle zur selben Zeit im selben Stil von der selben Baugesellschaft errichtet worden, und doch wirkt jedes, auf fast schon erschreckende Weise, individuell. Es gibt keine Zäune, und die Vorgärten am *Südpol* sind nicht mehr als geschorene Flächen mit Büschen und Zwergbäumen, deren Laub selbst im Sommer rot und herbstlich aussieht.

Im Moment ist allem, was er sieht, jegliche Farbe entzogen.

Während er geht, denkt er an eine Frau. Die ist zwei Jahre jünger als er und trägt fast immer rote Kleider. Mit ihr muss er dringend reden.

Was hindert mich…?

Er gehört doch zu der Sorte Männer, die Frauen gefällt.

Trotz dieser guten Voraussetzungen hat er das Gespräch immer wieder verschoben. Warum traut er sich nicht? Weil sie jünger ist als er? Weil sie schön ist? Weil so viel auf dem Spiel steht?

Seit fast einem Jahr hat er sich immer wieder damit getröstet, dass sie früher oder später auf ihn zukommen würde. Er hätte gerne mit seiner Frau über sie gesprochen, aber das hätte alles nur noch schlimmer gemacht. Seine Frau hätte ihn ermutigt: ›Na los, Alain, trau dich!‹

Nein, er kann nicht mit seiner Frau über sie reden, denn über manches sprechen Männer besser nicht mit ihren Frauen.

Müsste man dieser nächtlichen Wanderung einen Titel geben, so würde er lauten: *Das Gefühl, wenn man etwas unbedingt will.*

Allmählich lässt der Druck nach. Ein idiotischer Druck, denn letztlich macht er ihn sich ja selber.

Als er nach der dritten Runde auf sein Haus zugeht, haben sich seine Gedanken geklärt. Nichts zwingt ihn, irgendetwas zu übereilen, sein Leben ist doch in Ordnung, so wie es ist. – Nun … Nicht so ganz offenbar, denn das ist nicht der erste Spaziergang dieser Art. Als er die Haustür vorsichtig aufschließt, kommt ihm ein amüsanter und auch erleichternder Gedanke: Wahrscheinlich gibt es in Frankreich hunderte, wenn nicht tausende von Männern, die zeitgleich mit ihm solche nächtlichen Wanderungen unternehmen.

Er zieht sich gefasst und sicher auf dem Flur vor dem Schlafzimmer aus, doch als er die Tür vorsichtig öffnet, ist er wieder beunruhigt. Er stellt sich vor, dass seine Frau genau in dem Moment, wo er in der Tür steht, das Licht anmachen und fragen würde: »Wo warst du? Warum hast du deine Sachen unter dem Arm?«

»Wo kommst du her?«

»Geh schlafen.«

»Wie siehst du denn aus! Und du riechst nach Benzin. Was ist passiert?«

»Ich hatte ein Problem beim Tanken. Komm, geh wieder schlafen.«

Nina muss nun doch lächeln. Ihre Mutter sieht aus wie ein Gespenst, in ihrem Nachthemd. Nachdem sie sie ins Schlafzimmer gebracht hat, geht Nina nach oben in ihr Studio, setzt sich im Dunkeln auf einen Stuhl.

Das Klavier ... Damit setzen die Gedanken ein, und die sind weit entfernt von den Straftaten, die sie heute Nacht begangen hat. Ist das eine Fähigkeit? Eine Ungeheuerlichkeit?

Sich kaum eine Stunde nach einem Einbruch, wahrscheinlich einer Verdeckungstat, als Kind zu sehen, als elfjähriges Mädchen. Dabei ist sie nun wirklich kein Mädchen mehr. Nina ist 28 Jahre alt und mit ihren 1,82 groß für eine Frau. Man hat sie nach der Lieblingsschwester ihrer Mutter benannt, einer talentierten Sängerin, die es fast bis in die Oper von Paris geschafft hätte. Leider war sie mit 21 an einer schweren Krankheit gestorben.

Diese erste Nina war bereits acht Jahre tot, als sie selbst geboren wurde, und ihre Mutter hatte ihr, ohne an irgendwelche Implikationen zu denken, den Namen der Toten gegeben. Und Klavierunterricht, denn sie war Klavierlehrerin.

Ein komischer Gedanke macht sich in Ninas Kopf breit: Vielleicht wäre alles, was in dieser Nacht geschehen ist, nicht so passiert, wenn ich nicht musikalisch begabt wäre, wenn Mutter mich bei Familienfeiern nicht hätte vorspielen lassen, wenn sie nicht immer wieder gesagt hätte: ›Wie meine Schwester ...‹

Nina hat, seit sie mit dem Klavier begann, eine sonderbar kalte innere Haltung entwickelt. Nicht, dass sie anderen Menschen gegenüber kalt wäre, nein, sie ist sogar ziemlich lustig, wirkt auf Außenstehende verspielt und manchmal auch ein bisschen verwirrt. Aber das täuscht. Sie kann sich mühelos von sich selbst distanzieren. Man könnte auch sagen, sie ist extrem diszipliniert. Nur hat sie zum Leidwesen ihrer Mutter kein besonderes Faible für die Oper oder große Orchesterwerke entwickelt. Ein paar Jahre Keyboard in verschiedenen Bands, aber das war es nicht. Denn es gibt noch etwas, das zu ihr gehört. Etwas, das weder mit ihrer Mutter noch mit ihrer Tante zusammenhängt. Nina hat eine Schwäche für Geld.

Also ist sie Musikproduzentin geworden, und seit zwei Jahren läuft es.

Irgendwann steht sie auf, räumt ein paar Kinderspielzeuge zusammen und verlässt ihr Studio. Sie geht nach unten und legt sich ins Bett. Im Licht ihrer Nachttischlampe, in der Sekunde, bevor sie die ausmacht ... Ein kurzes Erschrecken.

›Michel ist tot.‹

Was für eine Verzögerung. Was für eine ungeheuerliche Verzögerung. Es hat fast vier Stunden gedauert, bis Yvonnes Satz in ihrem Bewusstsein angekommen ist.

*

Wenn all diese Grautöne eine Färbung haben, dann geht sie ins Grünliche. Die Qualität der Farbe unterstreicht, dass es sich um das Dienstzimmer eines Staatsbeamten handelt, einen Raum der geregelten Vernunft.

Eine Weile steht das Bild in vollkommener Stille. So bleibt Zeit, alles in Ruhe zu erkennen und zu überprüfen. Wie es ein Inspizient oder ein Requisiteur tun würde, kurz bevor das Publikum eingelassen wird. Nun, es ist keine Bühne. Auf Ohayons Schreibtisch liegen Papiere, der Blick aus dem Fenster, das eine komplette Wand einnimmt, wäre fesselnd, wenn der konstant und dicht fallende Regen nicht alles eintrüben würde.

Die Tür öffnet sich, es ist der Staatsbeamte.

»Dann auf ein Neues…«, begrüßt Ohayon den anstehenden Arbeitstag ergeben und hängt seinen klatschnassen Blouson auf einen Kleiderhaken. Nachdem das erledigt ist, reibt er sich die Hände, eine Geste, die möglicherweise Vorfreude ausdrückt, und geht dabei zielstrebig zu seinem Gummibaum. Er prüft, wie feucht die Erde ist, weil man ihm mal gesagt hat: ›Nicht zu trocken, nicht zu nass!‹

Er muss nicht gießen. Also blickt er ein paar Sekunden aus dem Fenster. Schließlich entsteht vor der einlullenden Dumpfheit des Regens eine sinnliche Vorstellung, die ein kleines Gefühl schönster Vorfreude, ja sogar eine Geruchsimagination auslöst. Ohayon befüllt also seine Kaffeemaschine und schaltet sie ein, denn jede Arbeit braucht einen guten Beginn.

Während die Maschine anfängt zu spucken, setzt sich Ohayon an seinen Schreibtisch und beginnt damit, die Unterlagen des Vorgangs *Friseur* zusammenzustellen, um die Sache in den nächsten Tagen an die Kollegen in Metz zu übergeben. Während er das tut, hat er das Bild der Kantine der Gendarmerie vor Augen und denkt an Pasta mit Meeresfrüchten.

Die Tür geht auf, Brigadier Resnais tritt ein. Wie immer exakt in seinen Bewegungen und etwas nachlässig in der Art, wie er redet.

»Wir hatten letzte Nacht einen ziemlichen Crash in der Rue Bisson. Nur ein Auto, der Fahrer saß allein drin und … du weißt ja, wie die aussehen, wenn sie seitlich auf einen Baum aufprallen.«

»Schrecklich?«

»Der Mann ist eine halbe Stunde nach seiner Einlieferung ins Krankenhaus gestorben. Den Unfallwagen hat Marie herbringen lassen. Sie meint, du sollst dich da mal umsehen«, Resnais legt ein dünnes Dossier auf Ohayons Schreibtisch.

»Maries Zwillinge haben Lacksplitter auf der Straße gefunden. Es könnte eine Kollision gegeben haben. Also eine Kollision noch vor der Stelle, wo er sich dann gedreht hat.«

»Was ist denn überhaupt passiert?«

»Ein BMW wollte einen Laster überholen, hat plötzlich angefangen, sich zu drehen, und ist dann seitlich gegen einen Baum geprallt. ›Kam angerast wie ein Irrer‹, hat der Fahrer des Lastwagens gesagt.«

Ohayon beginnt, den Bericht zu studieren, und Resnais fällt auf ...

»Du siehst müde aus. Gestern noch lange gefeiert?«

»Auf dem Bahnhof? Nein, wir hatten ja die Kinder dabei. Wir sind gleich nach dem Feuerwerk gegangen.«

»Und? Wie gefällt er dir, unser neuer Bahnhof?«

»Schick. Ein riesiger Würfel aus Glas. Aber das Tollste sind natürlich die Farben. Ich weiß nicht, wie die das machen, in den Glasscheiben entsteht Licht, und das wechselt dann die Farbe. Sieht ein bisschen aus wie ein Zauberwürfel. Kennst du die noch?«

»Du magst das Moderne?«

»Absolut.«

»Hätte ich nicht gedacht.«

»Aber die Leute. Die Leute ... Ich hatte das Gefühl, dass denen das nicht mehr gefällt, dass bei uns alles so schick daherkommt und dass so viel gebaut wird. Du hättest sehen sollen, wie die geguckt haben! So in der Art von: ›Wollen wir nicht.‹ Sogar als unser Bürgermeister seine Ansprache gehalten und gesagt hat, dass da ab nächstem Jahr der TGV hält und man in zwei Stunden in Paris ist, haben sie rumgemuffelt. Und der Pfarrer hat sich natürlich auch wieder eingemischt und gesagt, Fleurville wäre jetzt Babel. Aber das Feuerwerk war klasse, Florence hat sich riesig gefreut.«

»Das ist das Wichtigste. Aber weißt du, was komisch ist?«

»Na?«

»Dass Monsieur Descombe so spät zum Überholen angesetzt hat, so kurz vor der Einmündung in die Rue Belleville.

Das konnte er kaum noch schaffen. Das sagt auch Marie.«

»Monsieur Descombe war der Fahrer?«

»Auf den ist der Wagen jedenfalls zugelassen. Er hatte keine Papiere dabei, und ihn wiederzuerkennen, so wie er aussah ... Die Zwillinge haben ihn ein bisschen hergerichtet, da kommt nachher jemand, um ihn zu identifizieren.«

Ohayon kennt die Rue Bisson. Die Straße hat den Charakter einer Allee und beginnt an einem Kreisverkehr nicht weit vom *Centre Fleur* entfernt. Sie ist etwa einen Kilometer lang und beschreibt einen gestreckten Bogen. Nach 500 Metern zweigt ein Feldweg ab.

Dort steht ein Mann, der sich genau jetzt, da Ohayon den Feldweg vor Augen hat, auf diesem Feldweg aufhält und ihn inspiziert. Es ist einer von Maries Zwillingen, ein gut ausgebildeter Fachmann der Spurensicherung. Er hat eine Art Zelt aufgebaut, und seine Kapuze vorne so eng zusammengezogen, dass sein Gesicht kaum noch zu sehen ist. Gerade deckt er die Plane auf, die während der Nacht eine undeutliche Spur geschützt hat. Er wird die Spur fotografieren und ausmessen. Sein Gesicht zeigt, genau wie das von Ohayon, den Ausdruck stabiler Konzentration und innerer Ruhe, denn er ist ein Mann, der exakt das tun wird, was er sich vorgenommen hat. Niemand wird ihn dabei unterbrechen, ablenken oder vorschlagen, dass er auch anders vorgehen könne. Das Wort Arbeit hätte einen besseren Klang, würde es immer so zugehen.

»Also willst du dir die Unfallstelle noch mal ansehen?«, fragt Resnais, da Ohayon bereits zwanzig Sekunden schweigt, »oder legen wir die Sache zu den Akten? Du musst das entscheiden.«

Ohayon hat nur halb zugehört, denn nachdem er den Verlauf der Straße imaginiert hat, ist ihm ein Gedanke gekommen.

»Der LKW-Fahrer hat dir gesagt, Monsieur Descombe wäre wie ein Irrer von hinten auf ihn zugekommen?«

»Ja.«

»Also ein Raser.«

»Sieht so aus.«

»Du kannst mal Folgendes machen …«

»Telefonieren?«

»Ich möchte wissen, seit wann Michel Descombe seinen Führerschein hat, ob er früher schon in Unfälle verwickelt war, rote Ampeln überfahren hat, oder … Sein Verhalten im Verkehr eben.«

*

Er wird sich später daran erinnern, dass er zwei Einkaufstüten, eine gefüllt mit Pfandflaschen, in Händen hielt, als der Anruf kam.

»Michel tot? – Nein.«

Alain erschrickt in einem Maß, dass er der Frau vom Sozialdienst dreimal widerspricht. Er wird fast wütend, als sie ihn bittet, den Toten zu identifizieren.

Alains Frau ist schon früh am Morgen zu ihrer Schwester nach Nancy gefahren, er kann mit niemandem reden.

Seine Hand geht ein Stück hoch, Richtung Mund. Bilder einer Leichenhalle tauchen auf, Bilder, die er nur aus dem Fernsehen kennt. Eine totale Fälschung. Selbst der Begriff ›Leichenhalle‹ ist falsch. Er blendet die Bilder aus und verhält sich tapfer. Eben wie ein Freund. Das muss jetzt gemacht werden. So schlimm es auch ist.

Bevor Alain das Haus verlässt, um zur Gendarmerie zu fahren, stellt er sich vor den Spiegel im Flur und überprüft den korrekten Sitz seiner Kleidung. Dabei sieht er vor seinem inneren Auge das Bild eines aufgesprungenen Kofferraums, aus dem ein Geist herausflattert.

Kann man Alains Kofferraumbild mit der Klaviererinnerung von Nina vergleichen? Haben der Schock und die beginnende Trauer bei Alain und Nina etwas ausgelöst, das am Ende gar nichts mit dem Unfall zu tun hat? Neigen die kleinen Seelchen dazu, sich auf diese Weise der Realität zu entziehen? Schwer zu sagen. Freude ist viel leichter darzustellen als Trauer, denn zur Freude gehört, dass sie sich offenbaren will. Trauer dagegen will sich verbergen und manchmal sogar betrügen.

*

Ohayon ist aufgebrochen, um den Lastwagenfahrer noch mal zu befragen, Maries Mitarbeiter baut das Zelt ab, das er über der Spur auf dem kleinen Feldweg aufgestellt hatte, Marie unterhält sich am Rand eines Sees mit einem Förster, neben dem Förster sitzt ein hechelnder Hund, der heute schon eine Belohnung bekam, Alain Chartier betritt die Gendarmerie.

Obduktion, Gerichtsmedizin, da muss er hin. Alain fährt mit dem Fahrstuhl nach unten, in merklich kühlere Regionen. Als er den Raum betritt, in dem die Toten untersucht werden, ist Marie Grenier nicht da. Die hat noch am Feensee zu tun. Aus dem hat man am Morgen die Leiche eines alleinstehenden Elektrikers geborgen. Der Mann war bereits Mitte Januar als vermisst gemeldet worden. Im Grunde waren die Umstände seines Todes schon zwei Tage später geklärt, da ein Nachbar und der Bruder ausgesagt hatten, er ginge manchmal zum Eisangeln. Und tatsächlich: Neben dem Loch, das er gebohrt hatte, war das Eis eingebrochen. Sie hatten damals Taucher runtergeschickt. Ohne Erfolg.

Um Spaziergängern einen schrecklichen Fund zu ersparen, hatte sich der Förster bereit erklärt, sobald das Eis weg war, jeden Morgen den See zu umrunden. Heute hatte sein Hund angeschlagen. Einer von Maries Zwillingen ist gerade dabei, die stark aufgeblähte Leiche des Elektrikers abzuspülen.

Alain tritt vorsichtig näher.

Der Tote, der gewaschen wird, ist nicht Michel, aber den hat Alain im Moment auch vollkommen vergessen. Der Mann, der die Leiche behutsam abspült, wendet ihm den Rücken zu und bemerkt ihn nicht. So hat er Gelegenheit, etwas zu sehen, das ihn merkwürdigerweise nicht im Geringsten schockiert. An einigen Stellen hat sich das Fleisch in Fetzen von einem Gesicht gelöst. An der linken Schulter kommen die Knochen raus, und auch die Rippen liegen an einigen Stellen bloß. Alains Faszination überdeckt jedes andere Gefühl. Das Fleisch des Ertrunkenen ist so erweicht, dass es teilweise vom Wasser gelöst und weggewaschen wird, und als der eigentlich doch sanfte Strahl das Gesicht trifft, höhlt er neben der Wange ein Loch aus, in das die Nase hineinsackt. Fünf lange Minuten sieht Alain zu, wie der Tote gereinigt wird. Erst dann tritt er vorsichtig ein paar Schritte zurück und sagt endlich den Satz, den er schon längst hätte sagen sollen: »Guten Tag. Ich soll hier meinen Freund Michel Descombe identifizieren, der gestern verunglückt ist.«

Der Mann dreht das Wasser ab, geht zu einer Schublade und zieht sie auf. Er hantiert geschickt mit einem sehr langen Reißverschluss, das Geräusch prägt sich Alain für immer ein.

»Lassen Sie sich Zeit.«

Alain erkennt seinen Freund sofort. Auch ihn haben sie bereits gewaschen und etwas ›in Ordnung‹ gebracht, seine Haare sind noch ganz nass. Alain meint sofort zu wissen, dass sein Freund unter Schmerzen gestorben ist, denn das Gesicht, das er doch so gut kannte, ist ganz unwürdig deformiert. Alain ist weder aufgeregt, noch empfindet er Ekel. Im Gegenteil. Er lässt sich viel Zeit damit, seinen Freund zu betrachten. Und dabei hat er sich doch vor diesem Gang gefürchtet, hat gemeint, Schuldgefühle würden ihn überwältigen.

Erst auf dem Weg nach Hause bricht es durch. Er muss seinen weißen Twingo an den Rand fahren und knallt dabei mit seinem rechten Vorderrad hart gegen den Bordstein. Den hat er nicht gesehen, Tränen haben ihm die Sicht genommen. Fast eine Stunde bleibt er da stehen. Heulkrämpfe. In Schüben. Dieser Moment, wenn das einzige Taschentuch sich vollkommen auflöst. Zweimal klopfen wütende Fußgänger, die Schirme in der Hand halten, gegen die beschlagene Scheibe, denn er steht wirklich idiotisch. Und unablässig prasselt Regen aufs Dach seines Wagens, hämmert in sein überreiztes Nervensystem.

Ohayon tut der Regen gut, denn er hält ihn munter. Gerade hebt er die Hand wie zum Gruß. Im Wetterbericht wird seit Tagen Sturm angekündigt, bei ihnen angekommen sind bis jetzt nur böiger Wind und viel Regen. Im Moment hat sich der Wind gelegt, und so fällt die Flut als grauer Schleier auf kahle Bäume, schlammige Ackerböden, eine Straße. Der LKW-Fahrer kann dem Regen nichts abgewinnen.

»Muss das unbedingt hier draußen sein?«

»Also: Sie sind hier gefahren. Mit Ihrem Laster.«

»Kies, 15 Tonnen.«

»Verstehe. Und wenn Sie so fahren. Mit Ihrem Kies. Kommt es da vor, dass Kies hinten rauskommt? Mal ein paar Steinchen oder so?«

»Kann passieren, deshalb halten die meisten auch Abstand.«

»Und dann?«

»Der kam wie ein Irrer ran, Licht voll aufgeblendet, und ist dann aber noch hinter mir von der Straße abgekommen und rein in den Baum. Idiotisch, hier noch zu überholen, wo die Straße gleich da oben in die Rue Belleville mündet.«

»Sie haben ausgesagt, dass Sie nicht wüssten, ob hinter Ihnen noch ein anderes Auto war.«

»Hab keins gesehen.«

»Noch mal ganz in Ruhe und von vorne«, bittet Ohayon, »lassen Sie sich Zeit.«

Das ist kein blöder Standardsatz, das ist ein guter Standardsatz, denn die Erinnerung, wenn sie berichten soll, neigt zum Besonderen, Unwichtiges wird gerne übersprungen.

»Also gut, ich fuhr hier, und ich habe die Angewohnheit, immer mal in den Rückspiegel zu gucken. Und da sah ich, dass ein Wagen extrem schnell von hinten rankam. Scheinwerfer voll aufgeblendet. Aber ich hab nicht weiter darauf geachtet. Ich nahm den Fuß vom Gas und fing an runterzuschalten. Dann hörte ich ein Geräusch, und als ich in den Rückspiegel …«

»Moment. Das Geräusch. War das eine Kollision?«

»Das Quietschen seiner Reifen, als er sich gedreht hat.«

»Vorher kein Geräusch.«

»Nur das Gequietsche. Aber da war er noch zwanzig Meter hinter mir. Dann ist er mit der Seite in den Baum, und da dachte ich: ›Scheiße, den hat's erwischt.‹ Da hab ich dann meinen Kipper voll abgebremst. Ein Reflex, verstehen Sie?«

Ohayon nickt.

»Ich dachte, dass ich was tun muss, dem helfen und den Krankenwagen rufen. Es dauerte aber eine Weile, bis ich stand, weil …«

»… 15 Tonnen Kies. Warum eigentlich noch um die Uhrzeit?«

»Zeit ist Geld. Meinen Sie, die hören nachts auf zu bauen? Ich bin raus und hin zu dem Auto und hab da auch schon die Feuerwehr angerufen, und die sagten, sie informieren die Gendarmerie und das Krankenhaus. Ach ja, den Feuerlöscher hatte ich auch dabei. Nicht einfach, den loszukriegen, hab mich noch an der Plombe verletzt. Hier, sehen Sie?«

»Wo ist der Feuerlöscher befestigt?«

»Im Fußraum, auf der Beifahrerseite.«

»Da haben Sie sich reingebeugt und … Wie lange?«

»Bis ich ihn los hatte? Was weiß ich? Jedenfalls bin ich dann hin, so schnell ich konnte. Aber der Wagen brannte nicht. Der war nur ganz zerquetscht und hatte sich um den Baum gewickelt. Es roch nach Gummi und Eisen. Hätten Sie gedacht, dass man Eisen riechen kann?

»Oh ja.«

»Da saß einer drin, der war so kaputt, das werd' ich mein Lebtag nicht vergessen. Ich hab trotzdem versucht, mit ihm zu reden, weil sein Kopf sich plötzlich bewegte. Hin und her ging der, als wollte er ›nein‹ sagen. Der war noch nicht tot.

Aber er hat nicht geantwortet. Also bin ich einfach dagestanden, mit entsichertem Löscher, falls der Wagen doch noch anfängt zu brennen. Aber den Mann richtig angucken, das konnte ich nicht mehr, das war zu schlimm, da war kein Gesicht mehr. Die ihn dann rausgeholt haben, die von der Feuerwehr: Respekt. Zwei von denen waren höchstens zwanzig. So war das. Ich stand mit einem Fuß die ganze Zeit im Schlamm, in einer Pfütze, die sich da gebildet hatte, wo der Asphalt aufhört. Richtig tief drin, ich hatte einen klatschnassen Socken. Hab ich erst viel später gemerkt.«

»Verstehe.«

Ohayon will den Mann entlassen. Doch bevor er das tut, blickt er sich um. Er sieht etwa 500 Meter entfernt die Einmündung der Rue Bisson in die Rue Belleville, dann einen von Pappeln umstandenen Bauernhof, der etwa 150 Meter von der Straße entfernt liegt, und zuletzt das andere Ende der Rue Bisson.

»Kommen Sie.«

Sie gehen die Straße hoch, Richtung Kreisverkehr. Dabei kommen sie an einem von Marie Greniers Zwillingen vorbei, der gerade eine Fotoausrüstung in seinem Fahrzeug verstaut.

»Also, noch mal.«

»Was noch mal? Hier am Kreisel ist doch gar nichts passiert.«

»Na, hier sind Sie doch in die Rue Bisson abgebogen. Von wo kamen Sie denn?«

»Na, von da, vorbei am *Centre Fleur,* Rue Jesse Owens.«

»Sie fahren also auf den Kreisel zu. Es ist kurz nach acht, es ist schon ziemlich dunkel. Aber da sind ja noch ein paar unterwegs. Da haben Sie doch sicher noch andere Autos gesehen. Ich meine, bei einem Kreisverkehr müssen ja alle aufeinander achten, wenn sie sich einfädeln.«

Eine Weile passiert nichts, außer dass der LKW-Fahrer konzentriert nachdenkt.

»Stimmt«, sagt er schließlich. »Weil ich immer nur an den Unfall gedacht habe und an die Rue Bisson.«

»Ja?«

»Na, wie Sie sagten, ich musste ja in den Kreisel erst mal reinfahren, und da muss ich runterschalten, bremsen ... Aber da hat mich einer reingelassen. Ich dachte noch, ›der weiß, wie das ist, mit einem Laster voll Kies‹. Der hat mich vorgelassen, so dass ich nicht bis auf null abbremsen musste. Aber ob der dann hinter mir gewesen ist, in der Rue Bisson ...?«

»Was für ein Wagen war das?«

Es dauert wieder ein bisschen, dafür kommt es dann ganz entschlossen: »Keine Ahnung.« Dann noch mal entschlossen: »Ach doch! Rot war der! Ich glaube, ein älteres Auto, ein BMW oder so.«

Genau in diesem Moment fährt ein Peugeot-Kombi von der Gendarmerie an ihnen vorbei. In ihm sitzt einer der Zwillinge. Er hat es eilig, denn er will seinem Kollegen bei der Obduktion eines Elektrikers assistieren.

*

Sie hat gerade so böse an ihn gedacht. Sie könnte die Tat glatt noch mal begehen.

Yvonne Clerie sitzt seit 45 Minuten auf einem bequemen Stuhl, als ihr diese schlimmen Gedanken kommen. Der Mann ihr gegenüber hat zum Glück nichts gemerkt. Er ist ihr letzter Patient. Später wird nur noch ein Drogenabhängiger kommen, einer, bei dem es mit Reden allein nicht mehr getan ist.

Der Mann, der ihr seit 40 Minuten erzählt, warum sein Leben sich so entwickelt hat, dass er jetzt Hilfe braucht, ist weit davon entfernt, Drogen zu nehmen. Es sei denn, man bezeichnet drei Gläser Wein – *aber erst abends!* – als Drogenproblem. Seine Geschichte unterscheidet sich weniger von den Geschichten anderer, als er glaubt. Letztlich besteht das Problem darin, dass er sich nicht traut, eine Gehaltserhöhung zu fordern. Von da aus hat er in den letzten Monaten ein Selbstbild konstruiert, das darauf hinausläuft, dass er sich viel zu vieles im Leben nicht traut. Im Zuge seiner Amateuranalyse hat er die Welt, wie er sie sieht, so kompliziert gemacht, dass er seit einiger Zeit nicht mehr schlafen kann. Deshalb sind aus den drei Gläsern Wein inzwischen auch schon mal vier geworden.

Fachlich ausgedrückt: Routine.

Routine war es auch bei Maries Zwillingen. Gerade verlassen sie mit hochgeschlagenen Kapuzen die Gendarmerie, und einer von ihnen erzählt von seinem letzten Skiurlaub in den Bergen. Pulverschnee. Er war wegen des Elektrikers drauf gekommen, weil das Wort ›Eisangeln‹ ein paar Mal gefallen war. Ohayon grüßt mit einer knappen Bewegung der Hand, als er auf dem Parkplatz der Gendarmerie ihren Weg kreuzt. Er hat noch eine Vernehmung vor sich, vor seinem inneren Auge steht das Bild eines pappelumstandenen Bauernhofs.

Nachdem der Patient gegangen ist, wartet Yvonne auf ihren Spezialfall. Ob er überhaupt kommen wird? Ihre ehrenamtlichen Spezialfälle sind nicht immer zuverlässig, und dass sie vor zwei Jahren begonnen hat, sich um diese Menschen zu kümmern, war möglicherweise ein Fehler. Denn es kommen immer mehr. Irgendwann könnte mal einer darunter sein, der gefährlich ist. Gleichzeitig weiß Yvonne, dass einige von denen, die bei ihr Hilfe suchen, möglicherweise unter unwürdigen Umständen zugrunde gehen werden, wenn sie ihnen nicht hilft und ihr Leid beendet. Einige von denen, die zu Yvonne kommen, sind nicht mehr in der Krankenkasse, manche leben auf der Straße. Sie stellt also Anträge, kümmert sich darum, dass sie Medikamente an diese Patienten ausgeben darf. Es sind keine klassischen Junkies, sondern Schmerzpatienten, bei denen es aus dem Ruder gelaufen ist. Und es gibt bei ihr auch keine Hilfe, wenn man nicht in die

Therapiestunde geht. Ein ganzer Tag pro Woche geht dafür drauf, plus ein Abend für den Papierkram. Sie fühlt sich verantwortlich, manchmal zu verantwortlich. Da muss sie aufpassen, die Grenze im Auge behalten, darauf achten, dass kein Abhängigkeitsverhältnis entsteht. Nur wie soll man ein Abhängigkeitsverhältnis vermeiden, wenn Menschen zu einem kommen, die in Not sind?

Während sie also, nervöser als sonst, auf ihren Spezialpatienten wartet, wird eine Frage unangenehm, fast bohrend. Sie hatte nach dem Unfall versucht, Nina zu erreichen, und die war fünf Minuten lang nicht ans Telefon gegangen. Wo war sie …?

Yvonne ist schnell klar, dass sie ihre Freundin auf völlig unsinnige Weise belastet, um ihre eigene Schuld an Michels Tod einzuschränken.

Es läuft darauf hinaus, dass Yvonne die halbe Stunde vor Michels tödlichem Unfall immer wieder in Gedanken durchspielt. Dabei geht es ihr vor allem darum, in welchem zeitlichen Abstand Autos einen Parkplatz verlassen haben. Anfangs meint sie, alles sei eindeutig und leicht zu erinnern. Dann wird ihr klar, dass es Lücken gibt. Aber auch Neues. Sie hatte in ihrem Erinnerungsfilm zunächst immer nur sich und Nina gesehen. Und natürlich Michels orangefarbenen BMW, wie er da im Regen unter der Traverse stand, an der starke Lampen und so weiter. Aber dann war ihr plötzlich eingefallen, dass auch Alain das *Lacombe* verlassen hatte. Noch vor Michel, ihr und Nina. Aber Alain? Konnte der etwas gemerkt oder getan haben? – Nein, eigentlich nicht.

Und so kommt sie nach einer Weile auf ihre Freundin zurück. Nina war gestern Abend sehr schnell mit allem gewesen. Sie hatte Einbruchwerkzeug dabei. Dafür, dass der Einbruch sich letztlich nur aus Michels völlig unerwartetem Tod ergeben hatte, war sie verdammt gut vorbereitet gewesen.

Das ist ungeheuerlich, das passt gar nicht zu ihr. Sie zieht nicht nur ihre Freundin Nina als Mitschuldige heran, jetzt hat sie auch noch den armen Alain aufs Feld gestellt. Bis jetzt steht er noch am Rand, aber er ist schon da.

Hör auf!

Sie kann aber nicht aufhören. Und so macht sie einen gedanklichen Rückwärtssprung und fragt sich, wie gut sie Nina eigentlich kennt. Was für ein Unsinn! Sehr gut natürlich! Sie kannten sich schon als Kinder. Da sie später in verschiedenen Städten studiert haben, verloren sie sich ein paar Jahre lang aus den Augen. Ist in der Zeit etwas mit Nina passiert …? Dann waren sie beide kurz nacheinander nach Fleurville zurückgekehrt. Als hätten sie sich abgesprochen. Sie hatten noch darüber gelacht und sich gefreut. Denn nichts ist so wichtig, so fest und unverbrüchlich wie eine Freundschaft aus Kindertagen.

Geld war Nina schon immer wichtig, hat sich das in den Jahren verstärkt?

Yvonne verbietet sich diesen Gedanken. Bei allem, was sie denkt, steht sie selbst im Mittelpunkt. Als ob alle Handlung einzig von ihr abhinge. Dabei könnte sie doch auch überlegen, was für Gedanken Nina oder Alain sich wohl über sie machen, und was für Schlüsse die beiden aus diesen Gedanken ziehen.

Plötzlich muss Yvonne an ein Abenteuer denken. Sie und Nina waren damals nach Madrid getrampt, obwohl sie wussten, dass junge Frauen da vorsichtig sein sollten. Nina hatte Yvonnes Befürchtungen zerstreut, indem sie ihr ein Klappmesser gezeigt hatte, das sie für den Fall der Fälle in ihrer Hosentasche trug. Und dann hatte sie ein komischer Belgier mitgenommen. Nina hatte sich, wie immer, nach hinten gesetzt …

Es klingelt.

Yvonne Clerie verlässt die Küche und geht durch den Flur zur Haustür. Es ist bereits dunkel. Manche ihrer Freunde meinen ja, es sei leichtsinnig, so spät noch Süchtige in ihrem Haus zu empfangen. Genauso gefährlich, wie sich von einem Belgier mitnehmen zu lassen. Kurz bevor sie die

Tür öffnet, nimmt sie sich etwas vor. In einer halben Stunde ist sie hier fertig, dann wird sie ins *Centre Fleur* fahren, ein paar Runden schwimmen und anschließend im *Lacombe* essen, so viel sie Lust hat. Und zwar heute mal ohne auf irgendwelche Kalorien zu achten.

Sie öffnet die Tür.

Es ist ein Abhängiger, der da unter dem Licht steht, aber nicht der, auf den sie gewartet hat. Seine Haare und Schultern sind klatschnass.

»David.«

»Bitte ...«

»Was willst du?«

»Wie immer.«

»Wer hat dich gebracht?«

»Ich bin selbst gekommen.«

»Du bist Auto gefahren?«

»Bitte, es geht mir schlecht. Ich muss ruhig werden.«

»Komm rein.«

Während sie David vorausgeht, muss sie wieder an den Belgier denken. An die Ereignisse im Auto damals. Daran, wie hysterisch Nina geworden war, mit ihrem Klappmesser. Am Ende hatte der Belgier sie angezeigt. Und das nur, weil sie und Nina etwas falsch verstanden hatten.

»Ich will eine Spritze.«

Warum hat er das gesagt? Er bekommt nie eine Spritze. Irgendwas an David scheint heute anders zu sein als sonst.

Während Yvonne nach dem richtigen Medikament sucht, beobachtet sie ihn, und was sie sieht, ist beunruhigend. Normalerweise redet David wie ein Wasserfall. Heute schweigt er, und ... sieht er nicht gerade in Richtung ihres kleinen Zimmertresors? Dann in Richtung ihres neuen Laptops. Oder bildet sie sich das nur ein?

Es ist nicht zu übersehen, dass David sich an einem Punkt der Unentschlossenheit befindet. Er hat die Unterlippe etwas heruntergezogen, manchmal zieht er seine linke, dann wieder die rechte Schulter ruckartig hoch. Plötzlich kommt seine Hand vor und fasst sie am Handgelenk.

»Du gibst mir doch nichts, was mir schadet?«

»Ich bin Ärztin, David. Warum sollte ich dir schaden?«

So merkwürdig hat er sich noch nie verhalten. Er hat Recht, er muss dringend ruhig werden. Oder ist sie wegen ihrer Schuld an Michels Unfall so überdreht, dass sie Gespenster sieht? Ihr Kopf arbeitet auf Hochtouren, David selbst hat sie auf einen Gedanken gebracht. Sie könnte ihm eine so hohe Dosis Beruhigungsmittel spritzen, dass er nicht mehr handlungsfähig ist. Es würde nur ein paar Minuten dauern, bis das Medikament wirkt.

Und was, wenn er nach der Spritze einfach nur ›danke‹ sagt und verschwindet? Er ist möglicherweise mit seinem Auto gekommen. Hat er das nicht eben an der Tür angedeutet…?

Er würde sich also in sein Auto setzen, losfahren und bei voller Fahrt einschlafen. Dann hätte sie noch ein Menschenleben auf dem Gewissen. Aber David kann doch gar nicht mehr Auto fahren, mit seinem Rücken und seinen Beinen, normalerweise fährt sie zu ihm. Yvonne bleibt stark, verweigert die Spritze, gibt ihm seine Tabletten und ermahnt ihn, in keinem Fall mit dem Auto zu fahren. Gut gemacht.

»Komm nicht wieder hierher, ich komme übermorgen zu dir. Hast du verstanden, David?«

Er sagt nicht mal ›danke‹. Ohne ein weiteres Wort verlässt er ihren Behandlungsraum, humpelt durch den Flur. Die Tür. Er zieht sie sogar noch zu.

Yvonne bleibt hinter der Tür stehen und lauscht. Sie wartet darauf, dass ein Auto anspringt und losfährt. Sie ist froh, dass sie ihn nicht mit einem Beruhigungsmittel vollgepumpt hat. Und da wird ihr auf einmal klar, dass sie in ihrem jetzigen Zustand eigentlich nicht arbeiten darf. Es geht ihr nicht anders als David. Sie hat das dringende Bedürfnis, ruhig zu werden. Und so beschließt sie, noch während sie an der Tür steht, am nächsten Morgen zur Polizei zu gehen, um alles zu sagen. Sie muss lachen, und dieses Lachen ist ungeheuer befreiend. Warum ist sie auf diese einfache Lösung nicht früher gekommen? Sie wird gleich Nina anrufen, denn auch für die wird ihr Entschluss eine Befreiung sein. Yvonne geht zurück Richtung Wohnzimmer. Zunächst wirken ihre Schritte leicht, doch nach zwei Metern bleibt sie abrupt stehen. Warum zögert sie? Warum blickt sie nach oben? Direkt in den Halogenstrahler, der den Flur beleuchtet.

Ihre Augen sind hellblau und noch nicht getrübt. Ihre Schuhe und die Kleidung, die sie wohl vor dem stetig fallenden Regen schützen sollen, so was bekommt man selten an einer Frau zu sehen. Das alles sieht so unförmig aus, dass Ohayon nicht einschätzen kann, was für Formen der Körper darunter hat. Die Haare haben exakt die gleiche Farbe wie die Wolldecke, die um sie gewickelt ist. Alles ist von Nässe durchtränkt, bildet fast eine Einheit.

»Und Sie sind Lieutenant?«, fragt sie keck, »das ist eine hohe Position auf einer Gendarmerie. Der Cousin meines Mannes war bis vor ein paar Jahren Lieutenant in Nancy.«

»Warum sagen Sie das?«

»Weiß nicht, man hat ja seine Vorstellungen davon, wie so jemand aussieht.«

»Sie waren gestern Abend draußen? Es hat stark geregnet.«

»Ich musste. Weil ja Feuerwerk angekündigt war! Ich wollte eine Ziege in den Stall hinterm Haus bringen. Wenn's knallt, rennt die manchmal gegen den Zaun. Die anderen stört das nicht, aber Ziegen sind eben nicht alle gleich.«

Ohayon nickt mit einer Gelassenheit, als könne er ihren Ausführungen vollständig folgen.

»Ich hab hingeguckt, als ich den Motor gehört habe. Wie ein Irrer ist der gefahren. Und genau in dem Moment wollte der andere, der direkt hinter dem Laster hing, dann wohl auch überholen, und dann hab ich nur noch gesehen, wie sich der Verrückte gedreht hat, zweimal ganz rum, bis er dann an dem Baum hängengeblieben ist. Der ist tot, hab ich gedacht. Aber selbst schuld, der ist gefahren, als wäre er auf der Flucht. Ist ja nicht der erste Unfall, den wir hier hatten. Drei allein in diesem Jahr!«

»Da fuhr ein Auto hinter dem Laster?«

»Ja.«

»Ganz sicher?«

»Ich habe Augen im Kopf.«

»Wo ist der hin?«

»Abgehauen, runter zur Rue Belleville und dann Richtung Berge. Der Wagen, der abgehauen ist, der hat noch mehr Lärm gemacht als der andere. Weil der Auspuff kaputt war, genau wie bei meinem Enkel. Bei dem klingt der Wagen auch so kaputt. Und dafür hat er noch viel Geld bezahlt, dass der so klingt wie ein Rennauto. Sollen sie sich doch totfahren, ich bin 82.«

»Und welche Farbe hatte der Wagen?«

»Rot. Ein roter BMW.«

»Noch mal langsam. Ein roter BMW fuhr direkt hinter dem Lastwagen, und ein zweiter BMW hat versucht, ihn zu überholen. Zwei BMW?«

»Genau.«

»Das konnten Sie sehen? Ich meine, es wurde bereits dunkel.«

»Haben Sie denn Augen im Kopf?«

»Schon.«

»Ich bin viel draußen. Und außerdem sehen wir Frauen sowieso viel mehr Farben als ihr.«

»Ist das so?«

»Ich hab nicht mehr so viel Land, wie als mein Mann noch lebte, aber …« Sie zeigt ruhig und genau. »Das geht bis da rüber, bis zur Rue Belleville. Sehen Sie da hinten die Kühe? Da vor dem Knick.«

»Kühe? Ah ja, jetzt sehe ich.«

»Ich bin alt, ich kann nicht jeden Abend überall hinrennen, um die Tiere zu zählen. Ich muss mich auf meine Augen verlassen.«

»Natürlich, aber die Farben der Autos im Regen …«

»Wissen Sie, wie viele Sorten Wolken es gibt, wie viele Farben der Himmel hat?«

»Nein.«

»Bei Ihnen wird es vielleicht dunkel, wenn es dunkel wird, bei mir nicht.« Ein eindeutiges Zeichen, an dem zwei Finger und ihre Schläfe beteiligt sind. »Der ihn überholen wollte, hatte seine Scheinwerfer aufgeblendet, außerdem strahlt es vom *Centre Fleur* hier rüber, wie Ihnen vielleicht schon aufgefallen ist. Ich muss abends in meinem Schlafzimmer sogar die Vorhänge zuziehen.«

»Als der Wagen anfing, sich zu drehen, war er da schon neben dem roten BMW oder noch ein Stück dahinter?«

»Sie meinen, ob der Rote die Spur gewechselt hat und schuld ist?«

»Genau.«

»Das würde ich nicht beschwören. Als ich das sah, wusste ich ja noch nicht, dass mal wichtig wird, wer gerade wo ist. Laut waren sie beide und schnell.«

Ihre Gedanken mögen anders geordnet sein als seine, aber ihre Beschreibungen und Schlussfolgerungen sind exakt. Ohayon macht trotzdem noch einige Tests mit ihr, und sie ist tatsächlich in der Lage, die Farbe der Wagen, die auf der Rue Bisson fahren, korrekt zu identifizieren. Bei der Bezeichnung der Wagentypen vertut sie sich ein paarmal.

Zwanzig Minuten später steht Ohayon vor der Glasfront seines Büros und blickt über die Stadt.

»Du wirst es nicht glauben!« Resnais ist aufgeregt, hat wieder nicht angeklopft. »Da ist nichts. Michel Descombe hat seinen Führerschein seit elf Jahren. Kein Unfall. Keine rote Ampel überfahren. Nie geblitzt worden.«

»Und doch rast er plötzlich wie ein Irrer die Rue Bisson runter und überholt an einer Stelle, an der das kaum noch zu schaffen ist.«

*

Von Menschen betriebene Maschinen klingen pneumatisch, Bälle knallen. Sie tun das, wenn Tennisschläger sie übers Netz schlagen, sie tun das, wenn sie gegen Wände prallen, bei den Spielern, die gegen sich selbst antreten. Dazu das Atmen von Frauen auf Steppern.

Frauen, die ihre Bodys in Ordnung bringen, Männer, die ihre Bodys in Ordnung bringen. Keiner von ihnen möchte mit 67 an einem Herzinfarkt sterben. Oder hässlich sein. Sport. Regelmäßig. Sich richtig fordern. Und hinterher was trinken. Reden. Geschäfte anbahnen. An der Stirnseite des Raums hängt eine Uhr. Ein Zeiger links, einer rechts. Es ist 21.15 Uhr.

»Warum ist Yvonne nicht da?«, fragt Lysette. Niemand weiß es. »Versuch noch mal, sie anzurufen.«

Nichts.

»Wann hast du sie das letzte Mal gesehen?«, fragt Robert.

»Gestern Abend. Hier im *Lacombe,* so wie ihr alle«, sagt Nina, ohne zu zögern. Auf ihrer hohen Stirn glänzen Schweißtropfen. Nachschwitzen, sie war lange auf dem Stepper.

»Ich fand, Yvonne war komisch gestern«, mischt sich Nadine ein. »Sie hat fast die ganze Zeit an der Bar gesessen. Normalerweise kommt sie doch immer gleich an den Tisch.«

»Weiß sie schon, dass Michel verunglückt ist?«

»Ich glaube ja«, sagt Nina, als alle sie ansehen. »Vielleicht ist sie zu irgendwem gefahren, mit dem sie über Michels Tod reden kann, Psychologen haben doch so Spezialleute ... Und da hat sie bestimmt ihr Handy aus.«

Damit ist der Übergang geschafft. Von nun an sprechen alle über Michels Unfall, und im Gegensatz zu Marie, Ohayon und den anderen beteiligten Polizeikräften wissen sie, was passiert ist.

»Er war betrunken.«

»In letzter Zeit ständig, oder?«

»Warum eigentlich?«

Darauf weiß keiner eine Antwort. Und so sitzen sie hilflos

am Tisch, bis Robert endlich das Entscheidende sagt: »Wir hätten ihn nicht fahren lassen dürfen. Wir hätten ihn schon oft daran hindern müssen, nach drei Bier und zwei Schnäpsen noch in sein Auto zu steigen.«

Niemand sagt, Michel sei letztlich für sich selbst verantwortlich gewesen. So dämlich ist keiner im Freundeskreis. Sie lesen auch nicht alle diese Bücher über Leistungsbereitschaft und Selbstausbeutung. Sollten sie vielleicht. Die da sitzen, das sind genau die Leute, für die man öffentliche Schwimmbäder abreißt und Luxussportpaläste errichtet. Männer und Frauen, so gerade mal über dreißig, die 4000 plus im Monat verdienen.

Jetzt fangen sie an, über Michel zu sprechen. Erst allgemein, dann in Anekdoten, es wird sogar ein paarmal gelacht. Zuletzt kommt es allen vor, als würden sie von einem Urlaub berichten oder von einem Freund, den sie zufällig seit einiger Zeit nicht gesehen haben.

Dabei hat Michel noch gestern mit ihnen an genau diesem Tisch gesessen. Er hat wie immer im Mittelpunkt gestanden. Stark wie jemand, dem nichts passieren kann. Mit ihren Gesprächen verdrängen sie den Tod des Freundes, leugnen, was passiert ist. Also eigentlich eine ganz nette Runde, dieser Freundeskreis. Jedenfalls sind sie völlig normal im Verhalten und im Umgang mit der Trauer. Warum auch nicht? Nur weil jemand gut verdient und regelmäßig Sport treibt, muss er ja nicht gleich ein dumpfer oder bösartiger Mensch sein. Und so viel kann gesagt werden: Keiner von denen am Tisch findet es gut, dass öffentliche Freibäder abgerissen werden. An denen liegt es nicht. Im Gegenteil. Die meisten von ihnen wählen die Sozialisten. Die waren ja in Frankreich schon immer stark.

Nach einer Stunde kommt Lysette auf die Idee, Alain zu fragen, wie es ihm damit geht, da er bis jetzt als einziger nichts gesagt hat.

Alain zuckt mit den Schultern. Man legt sein Schweigen so aus, dass sein Schmerz zu groß ist, als dass er sprechen könnte. Woran er wirklich denkt, weiß niemand. Auch Nina kann das nicht wissen. Dabei hat sie ihn schon den ganzen Abend über beobachtet. Er hat ihren Blick zwei, drei Mal erwidert, ohne dass die anderen etwas davon mitbekamen. Und es hatte einen Moment gegeben, da hätte sie fast laut gesagt: »Ich wollte es nicht, Alain, wirklich nicht!«

Plötzlich sagt Lysette etwas völlig Idiotisches. Und fast weint sie dabei: »Michel hat sich doch im letzten Jahr so viele neue Sachen gekauft und sich so schön eingerichtet.«

Keiner spricht mehr darüber, dass Yvonne nicht da ist.

*

Es gibt diesen wunderbar bodenständigen Satz: Nun lass mal die Kirche im Dorf. Und weil die Kirche eben im Dorf bleibt, sind Verkehrsunfälle, solange kein Promi verstrickt ist, definitiv nichts für die Titelseite. Nicht mal in einer Stadt wie Fleurville. Immerhin erscheint am nächsten Tag eine kurze Notiz in der *Gazette de Fleurville*. Hier wird zum ersten Mal der Name des verstorbenen Fahrers genannt, dazu ein paar Details zur Person. Michel Descombe hat als Versicherungsvertreter für CNP Assurances gearbeitet. Einen Hinweis auf einen möglicherweise beteiligten roten BMW hat die Gendarmerie noch nicht herausgegeben. Es wird nur erwähnt, dass die Polizei ihre Untersuchung noch nicht abgeschlossen hat.

Als Alain Chartier das beim Frühstück liest, legt er die Zeitung auf den Tisch – das noch ruhig –, steht dann auf und bleibt eine Weile so stehen, die Hände hilflos. Verbunden ist das Ganze mit einem starken und recht komplexen Körpergefühl. Er atmet nicht wie sonst, seine Ohren werden heiß, und er hört im rechten ein helles Pfeifen. Das Schuldgefühl kommt einfach, da kann er sich noch so sehr einreden, dass er nichts mit dem Tod seines Freundes zu tun hat. Ein schreckliches Bild belehrt seinen Verstand eines Besseren. Auf dem Bild steht Michels Auto hinter Fäden aus Regen unter einer horizontalen Traverse, an der starke Lampen hängen. Etwas in seinem Verstand, der ihn doch freisprechen soll, agierte erbarmungslos selbstständig und berechnet: Da hatte er noch vier Minuten zu leben ... Überblendung, neues Regenbild, diesmal mit einem silbernen Mercedes: Da fliegt ein Geist auf, und der kommt aus einem aufgesprungenen Kofferraum. Als Alain das sieht, verwandelt sich sein Schuldgefühl in Angst, und er muss aufs Klo.

Der Vorgang hat inzwischen einen Titel bekommen: *Unfall in der Rue Bisson.* Und die polizeiliche Kausalität bekommt einen kleinen Schubs, denn die wenig aussagekräftige Notiz der *Gazette* bewirkt, dass sich Gendarmin Nadine Bross aus Belleville an einen Zwischenfall erinnerte, der sich einen Tag vor Michel Descombes Unfall ereignet hat. Ohayon fährt hin.

Gendarmin Nadine Bross hat etwas Straffes und äußerst Korrektes. Sehr motiviert, viel draußen unterwegs ... Das ist Ohayons erster Eindruck. Verstärkt wird er dadurch, dass man auf dem Boden ihres Dienstzimmers feuchte, erdige Spuren sieht, die von der Tür zum Schreibtisch führen. Der Raum ist zudem recht kühl. Ohayon kennt das noch aus der Zeit, als er selbst ständig raus musste. Dass man es da nicht mag, wenn es drinnen zu warm ist. Weil man ja sowieso gleich wieder raus muss, in irgendein Sauwetter, wegen irgendeiner Sauerei.

»Sie haben mir wegen des Unfalls von Michel Descombe eine Mail geschrieben. Leider stand nicht drin, worum es geht.«

»Gibt es Hinweise darauf«, fragt Gendarmin Nadine Bross streng, »dass jemand den Unfall möglicherweise absichtlich herbeigeführt hat?«

»Warum fragen Sie?«

»Ich wurde am Donnerstagabend in eine Siedlung zweieinhalb Kilometer nördlich von Belleville gerufen ...«

»Die Waldsiedlung?«

»Genau. Es ging um Ruhestörung. Die Zeugin meinte, bei

ihrem Nachbarn würde geschrien. Das Geschrei hätte nach einer Frau geklungen. Ich bin also hingefahren, und mir öffnete ein Mann, der Michel Descombe hieß. Ich habe mir seinen Ausweis zeigen lassen, sein Name stand außerdem an der Klingel.«

»Er war es.«

»Michel Descombe war betrunken und meinte, es sei überhaupt nichts passiert, er hätte nur mit jemandem telefoniert. Um zu überprüfen, ob im Haus eine Frau ist, habe ich ihn gebeten, nachsehen zu dürfen. Erst wollte er nicht, aber ich habe ihn dann doch überzeugen können. Die Wohnung war teuer und modern eingerichtet, sah aber unordentlich aus und …« Kleine Pause, Gedankensprung. »Ich dachte, irgendwas ist im Leben von Monsieur Descombe passiert. So in den letzten Monaten. Außerdem lagen Glasscherben auf dem Boden, die vermutlich von einem Weinglas stammten. Es gab keine Bücher, aber in einem Regal stapelten sich Zeitschriften, in denen es um alte Sportwagen, Häuser und Interieurs ging. Also jemand, der Wert auf Style legt, dachte ich. Nur waren die Zeitschriften schon ein paar Monate alt und die Wohnung hatte keinen Style mehr. Ich dachte: Etwas muss in seinem Leben passiert sein.«

Ohayon ist sich sicher, dass sie höchstens drei Jahre Gendarmin sein wird, dann würde sie eine Fortbildung machen, sich vielleicht für forensische Psychologie interessieren.

»War denn eine Frau im Haus?«

»Nein. Ich fand auch keinen Hinweis darauf, dass jemand verletzt wurde. Also bin ich wieder gegangen. Ich hätte das wahrscheinlich auf sich beruhen lassen, aber als ich heute Morgen in der Zeitung las, dass Monsieur Descombe einen tödlichen Unfall hatte …«

»Ich verstehe, worauf Sie rauswollen. Es gab einen Streit, eine schreiende Frau war nachtragend, ist durchgedreht. Rums.«

»So ungefähr.«

»Aber einen vollen Tag später? Außerdem wäre diese Art, jemanden zu beseitigen oder Rache zu nehmen, höchst ungewöhnlich und riskant. Ich weiß auch nicht, ob eine Frau ein Auto als Waffe benutzen würde.«

»Die Auseinandersetzung schien sehr emotional gewesen zu sein, und …« Sie lässt eine wirksame Pause wirken und spricht dann, als ginge es um eine Pointe. »Monsieur Descombe machte auf mich den Eindruck eines Menschen, der Angst hat.«

Das mit der rhetorischen Pause hätte sie nicht tun sollen. Diese Art überambitionierte Berufsanfänger hat Ohayon schon zu oft erlebt.

»Es war gut, dass Sie uns benachrichtigt haben. Wenn sich irgendwelche konkreteren Hinweise ergeben, komme ich wieder auf Sie zu.«

»Ich wollte nur sichergehen.«

»Wie ich schon sagte, es war vollkommen richtig, dass Sie uns informiert haben. Lieber dreimal falscher Alarm, als einmal zu spät.« Ohayon zieht den Reißverschluss seines Blousons hoch, und Nadine Bross entspannt sich ein bisschen. Sie sieht ein, dass sie übereifrig war. Im Grunde genommen weiß sie natürlich, dass so etwas die Ermittlungen behindern und Kollegen auf eine falsche Spur führen kann.

»Es tut mir leid, ich weiß gar nicht, warum ich mir das mit der Angst eingebildet habe. Ich hätte mich natürlich fragen sollen, woran ich denn überhaupt gemerkt habe, dass er Angst hat.« Kleine Pause, diesmal nicht rhetorisch. »Er hat nicht gezittert oder so, sein Blick war nicht unsicher, seine Stimme auch nicht. Es gab überhaupt keinen konkreten Hinweis auf Angst.«

Ohayons Hand kommt hoch, und er drückt die Spitze seiner Nase ein bisschen zusammen. »Ziehen Sie sich eine Jacke an, es könnte sein, dass es wieder anfängt zu regnen.«

Auch Nina trägt eine Regenjacke. Sie steht neben dem Baum, gegen den Michels Wagen geprallt ist. Sie hat nicht geweint, ihr ist nur ganz klamm. Jetzt blickt sie rüber auf die andere Seite und sieht dort einen Bauernhof.

Das Haus ist alt und höher als breit, der Garten teilweise verwildert. Die Frau, die ihnen öffnet, ist höchstens achtzehn.

»Polizei? Geht es noch mal um Monsieur Descombe?«

»Ja. Das ist Lieutenant Ohayon aus Fleurville. Dürfen wir reinkommen?«

Zwei weitere Frauen in der Küche, in der ist es feucht und warm, und es riecht stark nach Vanille und was anderem.

»Die Polizei noch mal, wegen dem von drüben.«

»Der hatte einen Unfall und ist tot«, stellt eine Frau, Anfang zwanzig, fest, die neben dem Herd steht und gerade Kuchenteig mit einem Holzlöffel auf ein Backblech tupft. Offenbar will sie Plätzchen backen. »Wir haben schon alles gesagt.«

Auf der Küchenbank liegt eine weitere Frau, die Ohayon ebenfalls auf neunzehn oder zwanzig schätzt. Die sieht ihn jetzt an, als sei er ein ganz besonderer Mensch. Dann fängt sie an zu kichern. Und aus dem Kichern wird ein Glucksen und aus dem findet sie nicht mehr raus.

»Wir hatten nicht viel Kontakt«, erklärt die Frau, die sie an der Haustür empfangen hat.

»Nicht viel Kontakt heißt?«

»Gar keinen«, sagt die Frau am Herd und fängt nun ebenfalls an zu kichern, was wiederum die auf der Küchenbank dazu verführt, sich, was ihr Glucksen angeht, völlig gehen zu lassen.

»Das war neulich schon so mühsam«, erklärt Gendarmin Bross. Ohayon dreht sich zu der Frau um, die sie reingelassen hat. Der wiederum ist die Situation peinlich und, was wichtiger ist: Sie kichert nicht.

»Sie kommen bitte mit.«

»Wohin?«

»Wir unterhalten uns im Wagen. Kommen Sie, es dauert nicht lange.«

Ohayon hatte befürchtet, dass es vielleicht Widerstand geben würde, doch nichts passiert. Die Stimmung in der Küche ist einfach zu gut.

»Wie heißen Sie?«, fragt er, als sie im Wagen sitzen.

»Marie Lambla.«

Gendarmin Bross mischt sich wieder ein. »Sie sagten, Sie hätten die Stimmen eines Mannes und einer Frau gehört.«

»Ich war kurz rausgegangen, den Hibiskus unters Dach ziehen.«

»Können Sie sich inzwischen daran erinnern, was nebenan gesprochen wurde?«

»Nein. Es war einfach ein heftiger Streit. Deshalb habe ich ja auch angerufen. Das Einzige, was ich verstanden habe, war etwas, das klang wie: ›Das stimmt ja gar nicht!‹ Und das kam von ihm. Sonst kann ich wirklich nichts sagen. Ich bin dann ja auch wieder reingegangen.«

»Was machen Sie beruflich?«, fragt Ohayon. »Studieren Sie? Erzählen Sie doch mal ein bisschen.«

Sie ist kurz irritiert. Gendarmin Bross ebenfalls.

»Ich arbeite in einer Autowerkstatt in Ennery.«

Ohayon faltet seine Hände vor dem Bauch. Eine Geste, die große Gelassenheit ausdrückt. Nun, das täuscht. Die Fokussierung, das schnellere Denken setzen in diesem Moment ein.

»Ihre Freundinnen? Was machen die?«

»Ein Praktikum. In der neuen Bibliothek von Fleurville.«

»Sicher eine interessante Arbeit, ich war dort neulich mit meiner Frau auf einem Vortrag über die Entwicklung der griechischen Gesellschaft. Gefällt Ihnen das Gebäude?«

Ohayon unterhält sich eine Weile mit ihr über die Bücherei, kommt schließlich von der Architektur her auf die Griechen zurück. Gendarmin Bross hat inzwischen aufgegeben. Sie hatte auf ein scharfes Verhör gehofft, aber Ohayons

Stimme, die Ruhe, mit der er seine Gedanken entwickelt ... Sie wirkt jetzt, den Kopf etwas zur Seite gekippt, schön entspannt, fast ein bisschen schläfrig, hört sich an, was die Griechen einst dachten, und beobachtet dabei eine Gruppe von drei Kaninchen, die auf dem Sandweg zwischen Pfützen ihre Späße treiben. Ohayon gestaltet den Übergang von der Peripherie zum Zentrum wie immer sehr sanft.

»Autowerkstatt, das habe ich schon öfter gehört, dass da auch Frauen arbeiten. Interessieren Sie sich für Autos?«

»Mein Vater hat eine Werkstatt, und die soll ich mal übernehmen.«

»Ihre Freundin sagte eben, Sie hätten Monsieur Descombe nicht gekannt. Wirklich gar nicht?«

»Er hat uns nicht interessiert.«

»Hatte er manchmal Besuch?«

»Verschiedene Frauen. Vielleicht dachte ich deshalb, dass er sich mit einer Frau gestritten hat.«

»Er hatte mehrere Geliebte, wollten Sie das sagen?«

»Sah so aus.«

»War er ein Gentleman?«

»Wie meinen Sie das?«

»Na, die Waldsiedlung liegt etwas abgelegen. Hat er die Frauen abgeholt und wieder weggebracht?«

»Als ob Frauen nicht fahren könnten!«

»Stimmt, warum sollten die nicht mit ihrem eigenen Auto gekommen sein.«

»Ich habe öfter fremde Autos gesehen, die vor seinem Grundstück geparkt haben, und manchmal auch Frauen, die er morgens noch zum Tor gebracht hat. Hin und wieder kam ein Mann ...«

»Steigen Sie bitte aus.«

»Wie?«

»Steigen Sie bitte aus.«

Kein Widerspruch.

»Wenn jemand Monsieur Descombe besucht hat, wo standen die Autos?«

»Da vor den Haselnüssen.«

»Und am Donnerstagabend?«

»Keine Ahnung.«

Sie hat das schnell gesagt, sieht aber noch immer zu den Sträuchern rüber. Dann zu ihrem Haus. Dann wieder zurück.

»Kann sein, dass da wieder der BMW stand. Ein roter 3er.«

»Ja oder nein?«

»Ich weiß nicht genau wann, aber da stand zweimal ein roter 3er BMW. Ein 323i war das, 170 PS, der mit dem legendären, unkaputtbaren Reihensechszylinder. Geiles Auto. Leider hatte er diese grauenhaften Cupfelgen und war tiefergelegt. Es gibt eben Barbaren.«

»Wie alt?«

»19 Jahre.«

»Ungefähr 20?«

»19 Jahre alt. Die Ausführung mit Sitzen aus Glattleder.«

»Aus was?«

»Glattleder. Nicht diese normalen Ledersitze. Hat ein bisschen was Nuttiges. Einfach großartig. Der ganze Gedanke, die Philosophie. Ich hab mir den noch angesehen, weil ich diese alten 3er total mag. Besonders die 323i mit diesen fiesen Sitzen aus Glattleder. Davon haben sie nur 350 Stück gebaut. Leider wird von manchen Besitzern zu viel an den Dingern geschraubt und verändert. Der hier war, wie gesagt, tiefergelegt und hatte eine Auspuffanlage von REMUS. Die Besitzerin muss total dämlich sein, hab ich gedacht. Ich meine, mit so einem Wagen hier über den unbefestigten Weg mit den Schlaglöchern zu fahren ... Gott, wie kann man so ein geiles, geiles, geiles Auto tieferlegen! Mal ehrlich: Was soll das?«

»Ich weiß es nicht.«

»So was müsste bestraft werden.«

»REMUS, ist das ein seltener Auspuff?«

»Geht so. Schön laut ist er.«

»Und welchem der Besucher dieser Wagen gehört ...?«

»Na, vermutlich einer der Frauen.«

»Eine Frau, die einen alten, aufgemotzten BMW fährt?«

Ihr Blick hat viel Subtext, und Ohayon erinnert sich daran, dass Marie Grenier einen uralten Renault Alpine fährt, an dem sie selbst rumschraubt.

»Sie haben eben einen Mann erwähnt, der hin und wieder mal hier war.«

»Dem gehört der bestimmt nicht. Der war immer total spießig angezogen. Superedle Anzüge und so. Das war eher einer, der sich einen Renault oder Peugeot leasen würde. Schade eigentlich.«

»Warum?«

»Weil er gut aussieht. Weiblich, aber auf eine sehr geile Art. So einer, den man mal richtig tunen müsste, verstehen Sie?« Ein schönes, feines Lächeln, sie sieht Ohayon dabei direkt und mit Interesse an. Möchte sie ihn auch tunen? »Tut mir leid, mehr weiß ich nicht.«

Als Ohayon zwanzig Minuten später die Stufen zur Gendarmerie hochsteigt, steht sein Plan. Er wird sich in Tuningwerkstätten umhören.

*

Ruhig und gemessen steigt er drei Stufen herab, rechts und links vom Ausgang steht je eine Birke mit hängenden Zweigen, an denen Wassertropfen hängen.

Unten angekommen, spürt er den Kragen seines neuen Hemds steif wie einen Rahmen aus Pappe, was ihm ein gutes Gefühl gibt. Er stellt sich etwas abseits von den anderen.

Man akzeptiert, dass er allein sein will, man respektiert seine Haltung, man meint zu wissen, was er empfindet.

Seine Gedanken aber sind ganz woanders. In Gang gekommen sind sie durch das, was eben gesagt wurde. Der Vater, der Sohn und das unsichtbare Dritte, das manche sich als eine Art Geist vorstellen.

In seinem Leben ist auch einiges geisterhaft. Seit Michels Tod gehen ihm lauter alte Sachen durch den Kopf. Zuerst hatte er noch an Situationen gedacht, in denen er und Michel zusammen vorkamen. Aber irgendwann waren andere Szenen dazugekommen.

Ein Gedankensprung.

Warum, überlegt er, spielt eigentlich mein Sohn so eine große Rolle für mich, warum hat der Beruf meines Vaters mein Leben so scharf markiert? Als wäre ich ein Kalb, dem jemand ein Zeichen eingebrannt hat. Da kommst du her, aus diesem Stall, denen gehörst du ... Das ist natürlich Unsinn. Kein Mensch, der wie er, Alain, in Frankreich geboren wurde, gehört irgendjemandem.

Und aus welchem Stall kam Michel? Dessen Vater hatte in der Rechtsabteilung einer großen Firma in Deutschland gearbeitet. Aber was für eine Position hatte er da? War er ein einfacher Buchhalter gewesen? Oder die rechte Hand des Chefs? Er weiß es nicht. Dabei war er als Kind bei Michels Eltern ein- und ausgegangen.

Yvonne unterbricht seine Überlegungen. »Michels Mutter ist nicht gekommen. Ich hatte ihr doch alles geschrieben, ich hatte ihr angeboten, sie abzuholen ...« Yvonne hatte im Grunde die gesamte Beerdigung im Alleingang organisiert, und sie hatte bis zum letzten Moment vor der Aussegnungskapelle auf die alte Dame gewartet. Ihr Mund war dabei ganz schmal gewesen.

»Ich kläre das später, Yvonne. Jetzt sollten wir nur an Michel denken.«

Yvonne nickt, geht zurück zu den anderen.

Aber er denkt nicht an Michel. Die Erinnerung an ein Ereignis, das nicht das Geringste mit dem hier zu tun hat, beginnt sich in seinem Kopf einzurichten. Einzurichten ist das richtige Wort, denn er sieht zuerst die Möbel und den Raum. Er hat seit Ewigkeiten nicht mehr daran gedacht.

Wie war das damals? Ich bin gefahren, es hat geregnet ... Diese Sätze gehen ihm durch den Kopf, während er wie die anderen langsam hinter dem Karren hergeht.

Sich zu bewegen tut gut. Eine Stunde lang war er dem

überstarken Duft von weißen Lilien ausgesetzt, der Ansprache des Pfarrers und einem eiskalten Boden, den er durch die Sohlen seiner Schuhe spürte.

Während Bilder kommen, sich auflösen, wiederkommen, geht er weiter hinter dem Karren her. Es ist kein Karren, denkt er, um zur Realität zurückzufinden, es ist ein Gestell mit Rädern, die aussehen, als hätte man sie von einem Kinderfahrrad abgeschraubt.

Es sind nur zwanzig, die dem Sarg folgen. So viele schöne Frauen, das hätte Michel gefreut ... Es nieselt feinste Tropfen, er bildet sich ein, sie wie scharfe Stiche zu spüren.

Als er wieder an die Nacht denkt, in der sich sein Leben entschieden hat, kommt ihm einiges verwirrend vor. Als hätten Vorhänge, Fenster und Möbel plötzlich eine andere Bedeutung, als gäbe es etwas zu enträtseln, wie in einem alten Theaterstück oder bei einem Ritual. Als Kind war er regelmäßig zur Kirche gegangen, und es hatte ihm dort immer gefallen. Später war er sogar Ministrant geworden. Michel war nicht religiös gewesen, solche Themen hatte er in ihren Gesprächen stets abgewehrt.

Der Zug kommt ins Stocken, als der Karren um eine enge Kurve rangiert wird, dann geht es ein Stück weiter. Hangauf diesmal. Man hat frischen Kies gestreut, damit niemand auf dem aufgeweichten Boden ausrutscht. Dieses Maß an Voraussicht imponiert ihm.

Schließlich wird erneut angehalten und wieder rangiert. Die letzten sind dabei sich einzufinden und einzuordnen in einer Aufstellung, die beinahe einen geschlossenen Kreis bildet. Und alle stehen etwas schief am Hang, so wie im Leben.

Der Pfarrer wartet, die Bilder in Alains Kopf werden genauer.

In der Nacht, an die er denkt, war alles an seinem Platz gewesen. Das übergroße Panoramafenster, das auf ein Naturschutzgebiet hinausging, das alte, abgewetzte Sofa, die Sessel, der große schwarze Flügel, das Parkett mit dem afghanischen

Teppich, den Charlottes Mann von einer Geschäftsreise mitgebracht hatte.

Das Zimmer hatte eindeutig etwas *Amerikanisches.* Alles in dem Raum war horizontal ausgerichtet, wirkte, als hätte jemand beim Entwurf das Wort ›Panorama‹ im Kopf gehabt.

Und sie? Charlotte? Der Wunsch, sie zu besitzen, war doch nicht von ihm ausgegangen.

»Wir sind hier, um Abschied zu nehmen von Michel Descombe …«

Er hatte es getan, nachdem er zu Charlotte zurückgekehrt war. Gereizt, verängstigt, erregt. ›Es friert. Die Straßen sind glatt‹ … Das waren seine ersten Sätze gewesen. Sie hatte noch ein ganz verheultes Gesicht gehabt, ihn mit Angst angesehen – er sieht ihre Augen jetzt ganz genau –, über das Kind gesprochen und ihm dann etwas zu trinken angeboten, damit er sich beruhigt. Er hatte getrunken, war dann zu einem Tisch gegangen und hatte sein Glas abgestellt. Innerlich gezittert. Danach war er in einem ordentlichen Halbkreis, fast wie ein Tänzer, um sie herum und sie hatte noch gestottert: »Was, was …?« Zweimal dieses eine Wort.

Hatte sie wirklich geglaubt, dass er sich so schnell beruhigen und dann wie ein Tänzer um sie herumschreiten würde? Warum hatte sie sich nicht umgedreht? Warum hatte sie ihn gewähren lassen? Er hatte sie von hinten gegriffen, ihren Oberkörper mit seinem linken Unterarm fixiert, ihre Wange unter seiner Hand gespürt und dann ihren Kopf so weit gedreht, dass es in ihrem Genick geknackt hatte. Er bildete sich ein zu spüren, wie warm ihre Haut gewesen war, wie feucht von den Tränen und dann …

Einen Moment lang hatte er einfach nur dagestanden, ihren Körper an sich gepresst. Ein Zittern hatte er gespürt, das Kind würde schlafen, hatte sie ihm als Erstes gesagt.

Dann war irgendwas umgeschlagen, und er war sich mit allem ganz sicher gewesen. Er hatte sie auf den Arm genommen und aufs Sofa gelegt. Ein Buch, das sie offenbar gelesen hatte, bevor er kam, war dabei auf den Boden gefallen. Er hatte es so liegen lassen, wie es lag.

Ein Buch war dabei auf den Boden gefallen. Ein Buch war dabei auf den Boden gefallen. Fast hätte er laut gesprochen.

»Der Verstorbene sei immer fröhlich gewesen, haben mir seine Freunde gesagt, er habe die Tage leicht genommen und doch ein erfülltes Leben geführt…«

Sie war leicht gewesen. Er hätte niemals gedacht, dass diese ungeheuerliche Nacht auf dem Sofa enden würde. Es wären andere Positionierungen, andere Tableaus, andere Arrangements denkbar gewesen, aber eine verrenkte Position am Boden, mit hochgerutschtem Rock hätte nicht zu ihr gepasst. Wo sie sich doch immer so für ihre angeblich knochigen Beine schämte.

In diesem Moment setzt die Erinnerung einen Moment lang aus, denn der Pfarrer hat angefangen, lauter zu sprechen und in Formeln. Offenbar kommt er zum Ende. Alain hört trotzdem nicht zu, kehrt noch einmal zurück.

Er hatte an dem Abend einen teuren hellgrauen Anzug getragen. Den Anzug, hatte sie ihm den geschenkt? Er war ja damals noch Student gewesen. 23, sie 34. Und dann sieht er das Auto. Es ist geradezu aus dem Anzug herausgeschlüpft. Oder steigt der Anzug aus dem Kofferraum auf? Es regnet, der Wagen fährt fünfzig Meter vor ihm. Auf einer Allee? Ja?

Diese Geschichte war ihm durch den Kopf gegangen, während der Pfarrer sprach. Und als er Erde in das Grab seines Freundes wirft, denkt er so plötzlich und intensiv, als wäre es ihm erst jetzt eingefallen: ›Mein Freund, ich werde dich nie vergessen.‹

Als sie vom Grab weggehen, bewegen sich alle sehr langsam. Er geht als Erster, hat sich förmlich vom Grab weggerissen, als würde er es nicht mehr aushalten. Es ist ein echter Impuls, denn der Anblick des Sargs, in dem sein Freund liegt, hat ihn ganz furchtbar erschrocken und sein Gewissen mit einer Gewalt angerührt, die er kaum aushält.

Auf dem Rückweg sind noch immer alle ergriffen, aber der Griff ist bereits etwas gelockert. Christine versucht sogar, Fröhlichkeit zu verbreiten. Das ist bei ihr kein Mangel an Respekt, sondern der Versuch, Michel gerecht zu werden, den sie als lebensfrohen Menschen in Erinnerung hat. Fröhlich. So hatten doch auch die anderen gesagt. Noch vor der Aussegnung, noch vor der Kapelle unter den Birken.

Er spürt wieder den Kragen seines Hemds, er geht allein.

Man respektiert das, er hat heute die Rolle, die für gewöhnlich einer Ehefrau zukommt.

Charlotte und sein Sohn verabschieden sich am Parkplatz.

»Ich bringe Daniel nach Hause«, sagt sie, und ihre Stimme klingt noch ein bisschen nach Friedhof, nach Zittern. »Er hat sich bis jetzt gut gehalten, aber ...«

»Das hat er, er war sehr tapfer.«

Alain geht in die Hocke und nimmt Daniel in den Arm. Er spürt die Hände des Kindes an seinen Schultern, hätte ihn so halten und für immer beschützen wollen. »Danke«, flüstert er seinem Sohn ins Ohr, »dass du so tapfer warst.«

Tapfer, das Wort hat sein Vater manchmal benutzt, und genau wie er selbst früher ist Daniel sehr dünn, ein kleiner Strich.

Er löst sich von ihm, sieht ihn an. Und da begreift Alain, dass sein Sohn etwas Wichtiges zum ersten Mal erlebt hat. Und es ist nicht an ihm abgeprallt. Daniel wirkt zwar ein bisschen formell in seinem Miniaturanzug mit dem steifen Hemdkragen, aber man sieht dem Jungen an, dass er genau verstanden hat, was hier während der letzten anderthalb Stunden passiert ist, dass es einen großen Unterschied gibt zwischen schrecklich und traurig.

Er richtet sich auf, küsst Charlotte etwas förmlich auf die Wangen. Dann steigt sie mit Daniel in ihren Audi A6 und fährt ab.

Charlotte und Daniel werden nicht mit ins Restaurant kommen. Warum auch? Die beiden kennen weder Michel noch Alains Freundeskreis.

Und in diesem Moment begreift Alain endlich, warum er während der Beerdigung seines besten Freundes an die Nacht gedacht hat, in der er sich seinen Sohn erkämpft hat. Michel hatte die Frauen betört und verführt. Aber er, Alain, hat einen Sohn. Es ist ungeheuerlich. Er hat noch während der Beerdigung den Wert seines Freundes gegen den eigenen abgewogen.

Auf dem Weg zu seinem Twingo erschrickt er kurz, der Anlass ist lächerlich. Zwei Wagen der Gendarmerie sind mit hoher Geschwindigkeit an ihm vorbeigefahren.

Etwas später, sie sitzen im *Savoac* direkt an der Place de la Cathédrale, schafft es Christine endlich, die anderen mit ihrer Fröhlichkeit anzustecken. Alle sind erleichtert, dass diese intensiven Momente in der Kapelle und am Grab vorbei sind.

Die Stimmung löst sich. Fast jeder aus dem Freundeskreis hat mindestens eine Geschichte auf Lager, die Michel in einem besonderen Licht erscheinen lässt. Auch die Ansprache des Pfarrers, die Zusammenfassung von Michels Leben war sehr gut, sagen alle, vor allem wegen der humorvollen Einsprengsel. Denn er war ja nun wirklich kein trauriger oder schwermütiger Mensch.

Trotzdem hat das alles im Grunde gar nicht zu seinem Freund gepasst.

»Allein der Geruch der Lilien«, hat er Nina sagen hören, »so was gräbt sich für Tage ein.«

Es ist vorbei und man einigt sich schnell darauf, dass Michel das Leben ›genommen‹ hat. Der Ausdruck ›genommen‹ war von Robert gekommen. Ein Wortspiel, das einige Männer gelassen benicken und einige Frauen mit einem verständnislosen Kopfschütteln quittieren.

Er, Alain, trägt an diesem Tag einen Anzug von De Fursac.

Der schmal geschnittene, an den Schultern fast kantige Anzug steht ihm, bildet einen reizvollen Kontrast zu seinem hoch aufgeschossenen, noch immer jungenhaften Körper und seinen vollen weiblichen Lippen.

Er lockert seinen Kragen ein wenig, bestellt ein großes Bier.

»Du hast dich so abseits gehalten …« Yvonne hatte mal die verrückte Idee gehabt, dass er und Michel sie sich teilen sollten. Michel, in seiner offenen, humorvollen Art, hatte so getan, als würde ihm der Gedanke gefallen. Er, Alain, hatte mit deutlichen Worten abgelehnt. Das war typisch für ihn. Sich nicht mal zu trauen, auf einen Spaß einzugehen. Selbst in vertrauter Runde verklemmt zu sein. Wo hatte Michel nur immer diesen Mut hergenommen, sich in etwas Ungehöriges einfach reinfallen zu lassen. Und warum hatte sein Freund so einen wie ihn überhaupt an seiner Seite geduldet? Im Grunde hatten sie doch überhaupt nicht zueinander gepasst. Oder hatte Michel sich heimlich über ihn lustig gemacht? Brauchte er das? Einen Schwachen an seiner Seite? Aber wenn Michel so stark war, warum hatte er dann so viel getrunken? Vor einem knappen Jahr hatte das angefangen. Kurz nachdem er sich seinen BMW gekauft hatte. Und zwar ziemlich plötzlich. War vor einem Jahr irgendwas vorgefallen, von dem er nichts wusste?

»Du hast vorhin bei der Aussegnung sehr schön gesungen, Alain. Und du kanntest alle Texte.«

»Ich singe im Kirchenchor.«

»Das wusste ich gar nicht.«

Er sagt nichts dazu.

»Wahrscheinlich spürst du noch gar nicht so viel. Das dauert, bis so was bei einem ankommt. Gefühle, Alain, die Kräfte. Du musst Geduld haben.«

Yvonne kommt nach dem Essen noch mal. Sie bringt ihm ein Glas Bier, trinkt mit ihm und hält eine Weile stumm seine Hand. Es ist ihr drittes Bier, und sie ist so viel nicht gewohnt.

»Was ich vorhin vergessen habe...« Lallt sie? »Weiß man inzwischen, wer Schuld hat?«

»Ich weiß nicht mehr als die anderen.«

Er unterbricht sich. Michel war sein ältester und bester Freund. Alle wissen, dass die beiden...

»Michel wollte einen Lastwagen überholen«, sagt er kalt, »dabei hat er die Kontrolle über seinen Wagen verloren, sich gedreht und ist genau mit der Fahrertür gegen einen Baum geprallt. Hatte ja auch mal wieder einiges intus.« Was ist denn auf einmal los mit ihm? Warum spricht er so?

»Dass noch ein anderes Auto in den Unfall involviert war? Wird so was vermutet?«

Er antwortet, ohne zu zögern.

»Michel ist immer riskant gefahren.«

»Und das mit diesem uralten Auto ohne Airbags!«

»Außerdem hatte er ganz schön was intus, du warst ja dabei.« Muss er das jetzt gleich noch mal sagen? Yvonne geht ihm auf die Nerven. Mit ihrer Art, immer so nah ranzukommen.

»Wenn's schlimmer wird, ruf mich ruhig an. Versprich mir das, Alain. Hast du meine Nummer noch?«

»Natürlich.« Sie ist tatsächlich betrunken. Er hofft, dass sie nicht irgendwie auf ihn draufrutscht. »Du bist sehr freundlich, Yvonne.«

»Auch nachts. Wirklich, Alain! Ich komme dann sofort zu dir.«

»Ein bisschen leiser bitte.«

»Du musst damit rechnen, dass die Polizei dich früher oder später befragt. Sag nicht zu viel. Wenn du reden willst, rede mit mir, nicht mit der Polizei.«

»Werde ich machen, Yvonne, danke.«

Sie geht.

Er wartet ein paar Sekunden, dreht dann seinen Kopf und sieht ihr nach. Yvonnes Parfüm hängt noch in der Luft. Sie geht wie immer sehr gerade und trägt einen modischen, sicher nicht billigen Rock. Er steht ihr gut, findet er, weil sie keine ausladenden Hüften hat. Ausladende Hüften, das ist etwas, das Alain nicht besonders anziehend findet bei Frauen. Charlotte ist schmal.

»Bei Yvonne ist es völlig egal, ob die Sachen teuer oder billig sind, bei ihr hat alles die gleiche Wirkung«, hatte Michel noch vor ein paar Tagen gesagt. Er, Alain, hatte gelächelt, als wäre er einverstanden. Aber er war schon lange nicht mehr einverstanden gewesen mit dem, was sein Freund sagte und dachte.

Er dreht seinen Kopf ein Stück zurück.

Am Kopfende des Tischs sitzt Commissaire Roland Colbert. Groß. Gut angezogen wie immer. Mit seiner Frau. Wie heißt die noch …? Julia? Juliet? Julietta? Es kommt selten vor, dass Alain den Namen einer Frau nicht parat hat. Die Frau des Commissaire hat ein schmales, markantes Gesicht. Ihre Augenbrauen sind kräftig, wie bei einer Frau aus dem Süden, aber gezupft. Er stellt sich vor, dass sie dominanter ist, als sie erst mal wirkt.

Le Commissaire …

Ein Verwaltungsmensch, unnachgiebig, wenn es um ›seine‹ Stadt geht. Alain hat Roland schon öfter in Bauausschüssen und im Stadtrat erlebt. Selbst den mächtigen Monsieur Theron hat der Commissaire in seine Schranken verwiesen, und das heißt schon was.

Ja, Roland Colbert hat etwas, das auch er, Alain, gerne gehabt hätte. Eine Position. Er findet, dass der Ausdruck sehr gut passt. Weil er exakt beschreibt, worum es dabei geht. Er sieht sich Colberts Frau noch mal genauer an. Bei ihr vermutet er das Geheimnis. Beim Gehen hatte sich ihre Hüfte kaum bewegt. Er hatte nach einem passenden Wort gesucht, aber keins gefunden. Position. Das Wort kommt ihm wieder in den Sinn.

Alain hat hin und wieder diese lichten Momente, in denen er die Menschen so sieht wie sie sind. Sie kommen ihm dann vor wie Figuren, die sich irgendwo platziert haben oder dort hingestellt wurden. Um eben von dieser Position aus ihre Möglichkeiten ins Spiel zu bringen oder von anderen benutzt zu werden. Das Leben ist, aus dieser Perspektive betrachtet, die Summe einer Reihe von Zügen und Gegenzügen. Der Gedanke gefällt ihm.

Monsieur Theron ist nicht gekommen. Aber gut, das hat er auch nicht erwartet.

Er bestellt ein weiteres Bier, schiebt seinen Finger zwischen Hals und Kragen. Der kommt ihm jetzt doch ein wenig eng vor und steif.

Als er nach Hause kommt, ist es bereits kurz nach neun.

Das Licht im Flur ist gedimmt, und er sieht Charlotte, die gerade rückwärts aus Daniels Zimmer kommt und leise die Tür schließt. Sie gefällt ihm noch immer so gut wie damals. Er kann sich bis heute nicht vorstellen, wie ihr erster Mann so eine Frau hatte schlagen können. Verprügeln regelrecht. Für so was gibt es keine Entschuldigung. Auch er hat manchmal Geldsorgen, auch er hat Stress mit Kunden, trinkt mal ein bisschen zu viel. Aber der Gedanke, dass er Charlotte körperlich attackieren würde, eine Frau, die so zierlich ist … Nun, er ist eben ein sanfter Mann, eher so einer wie sein Vater. Auch wenn der im Leben nicht viel erreicht hat. Die Eisenwarenhandlung, das Bild eines Mannes im grauen Kittel, der gerade zwischen hohen Regalen verschwindet, dieses Bild kommt ihm ganz ungewollt. Sein Vater war stets ein fürsorglicher Familienvater. Geduldig, ein Mensch, der zufrieden wirkt. Dass er hier im Flur auf einmal so zärtlich an seinen Vater denkt … Verrückt! Sein Kopf kommt ihm vor wie ein alter Tümpel, in dem jemand mit einer Stange herumgerührt hat. Da kommt seit Michels Tod so viel hoch. Verhängnisvolles und Schönes vermischten sich zu einem verrückten Getümmel aus Bildern und Empfindungen.

Zum Glück ist hier im Haus wie immer alles in Ordnung.

Dafür haben er und Charlotte gearbeitet. Nicht für die Größe der Räume, die Einrichtung, die Lage des Grundstücks. Das allein wäre es nicht wert gewesen. Dass alles in Ordnung ist und ohne Lüge, dafür lohnt es sich. Bei Michel war einiges nicht in Ordnung gewesen, und er, Alain, hatte es viel zu lange akzeptiert.

»Noch in Gedanken?«, fragt Charlotte.

»Sieht man mir das an?«

»Du hast schon auf dem Friedhof so ins Weite geguckt.«

»Wohin sonst, wenn es nach innen geht?«

Bestimmt hatte Charlotte lange mit Daniel reden müssen. Sein Sohn ist jetzt in einem Alter, wo er Erklärungen verlangt. Er stellt Fragen, die ihn, Alain, immer sehr anrühren in ihrer Direktheit. Manchmal geschieht das, wenn er mit seinem Sohn hinten auf dem Feld ein Modellflugzeug oder die Drohne fliegen lässt oder wenn sie am Teich sind. Neulich zum Beispiel wollte Daniel wissen: »Warum darf man eine Mücke töten und eine Katze nicht?« Immer kommen diese Fragen wie aus dem Nichts.

Charlotte trägt noch das schwarze Kostüm, das sie bei der Beerdigung anhatte, und er, Alain, will natürlich noch schnell einen Blick in Daniels Zimmer werfen.

»Weck ihn nicht noch mal auf, Alain, ich bin so froh, dass er endlich schläft. Weißt du, was er wissen wollte?«

»Nein.«

»›Weint Vati?‹ – Du hast nicht geweint.«

»Hat er denn was zu Abend gegessen?«

»Einen halben Pfannkuchen. Komm, lass uns ins Wohnzimmer gehen, Daniel will doch immer zu dir, wenn er deine Stimme hört.«

Der letzte Satz löst etwas in ihm aus, in ihr auch. Er zieht sie ruhig, aber bestimmt an sich, und sie nehmen sich Zeit. Sie nehmen sich immer Zeit. Hinterher zieht sie ihn ein Stück weit mit sich, Richtung Wohnzimmer, verschwindet dann in der Küche.

Gut, dass er das hier hat. Die Gedanken an Charlotte und

Daniel, an das schöne Haus, das gute Licht haben ihm schon auf der Heimfahrt geholfen.

»Möchtest du etwas trinken?«

»Nein danke, ich hatte schon zwei Bier. Nina hat mich gefahren. Den Wagen hole ich dann morgen nach der Arbeit ab.«

Sie geht von der Küche aus direkt zur Couch und sieht ihn ein bisschen zu ernst an, als er sich zu ihr setzt.

»Froh, dass es vorbei ist?«

Er zuckt mit den Schultern und atmet tief durch. Erst nach einer Weile fängt Alain an zu sprechen.

»Ich musste an dem Morgen, nachdem es passiert ist, in den Obduktionsraum der Gendarmerie, um Michel zu identifizieren ...«

Sie wartet, aber es kommt nichts mehr. Natürlich will sie das Naheliegende tun. Fragen: War es schlimm für dich? Aber das tut sie nicht, sie hat das Gefühl, dass er so was nicht hören will. Die Pause dauert schließlich so lange, dass sie schon meint, es würde bei dieser knappen Mitteilung bleiben. Dann sieht sie, dass er zittert. Auch seine Lippen bewegen sich, als wäre ihm kalt oder er würde mit sich selbst sprechen.

»Es hat mir nicht das Geringste ausgemacht! Michel ist immer riskant gefahren, das musste ja mal passieren!« Sie ist schockiert. Weil er laut geworden ist, was sonst nie vorkommt. Er hat sich natürlich sofort wieder im Griff. »Sei nicht böse, aber ich lege mich hin. Ich gehe ins Gästezimmer, ich will allein sein.«

Er wartet ihre Antwort nicht ab.

*

Der Mann, der Karl Marx ähnlich sieht, hat einen Namen. Er heißt Eckhart und kommt aus Deutschland. Aus München. Hat er gesagt. Der Pfarrer kennt ihn nur bei seinem Vornamen. Sie sitzen im Wohnzimmer des Pfarrhauses und unterhalten sich über das Bauvorhaben entlang der Rue Terray und über eine Siedlung, die eine Baufirma namens VERDE errichtet. Zeitgemäße Eigenheime. Im Grünen wohnen und sich grün verhalten, da sind dann gleich zwei Lebensziele in Erfüllung gegangen. Dennoch sind einige der Bauherren einfach nur Grünschnäbel.

Dem Pfarrer ist nicht ganz wohl. Er ist ein Mann des Wortes, Eckhart scheint ein Mann des tätlichen Protests zu sein. Eckhart hat ihm in den letzten beiden Monaten dabei geholfen, einige Veranstaltungen zu organisieren, auf denen sie gemeinsam mit Leuten aus der Gemeinde versucht haben, Hausbesitzer und Stadtverordnete davon zu überzeugen, ihre Grundstücke nicht zu verkaufen oder die Neubauten zu verhindern. Damit Fleurville Fleurville bleibt.

›Damit nicht weiter preiswerter Wohnraum zerstört wird!‹

Alles, was Eckhart sagt, klingt engagiert und plausibel, aber auch ein bisschen so, als hätte er es aus der Zeitung.

Sie hatten kein Glück mit ihrem Protest, denn Baufirmen wie die CONDOR-VERSAILLES zahlen inzwischen Preise … Die meisten alten Arbeiterhäuser in der Rue Terray wurden bereits abgerissen. Es waren übrigens keine schönen Häuser, und energieeffizient waren sie schon gar nicht.

Aber die Niederlage ist nicht der Grund, warum der Pfarrer sich heute Abend unwohl fühlt. Sein Gegenüber hat einen Vorschlag gemacht, der ihm nicht behagt. Es geht um etwas, dass der Deutsche noch nicht richtig benannt hat. Er spricht bis jetzt nur undeutlich von einer Aktion. Und zum ersten Mal fragt sich der Franzose, warum der Deutsche ihm seinen Nachnamen nicht nennen will. Warum jemand aus München sich für Bauvorhaben in einer kleinen französischen Stadt interessiert. Es ist nur ein Gefühl, denn der Pfarrer weiß nicht, wegen welcher Straftaten dieser Mann gesucht wird.

Was als Straftat gilt und was nicht, ist aus Eckharts Sicht letztlich eine Sache der Auslegung, ein Ausdruck von Macht, in Paragrafen gefasst. So gesehen fühlt sich Eckhart nicht schuldig. Er gehört zu der Sorte, über die der Pfarrer von Fleurville sagen würde: Wenn mir vor etwas graut, dann sind es die Menschen mit einem guten Herzen.

Yvonne Clerie hat kein gutes Herz. Das darf sie nicht haben, denn sie versucht, Süchtigen zu helfen. Notfalls auch dann, wenn sie zwischendurch mal nicht wollen. Natürlich würde sie nie einen Menschen unnötig leiden lassen oder Gewalt antun. Es sei denn, man bezeichnet unnachgiebiges Fragen und Insistieren als Gewalt. Es sei denn, man bezeichnet eine gewisse Immunität gegen Betteln und Lügen als Gewalt. Süchtige sind Lügner. Und der Erste, den sie belügen, sind sie selbst.

»Hallo David. Wie geht es dir heute?«

»Meine Tabletten …?«

»Ich habe genügend dabei, du wirst keine Schmerzen mehr haben, aber findest du nicht, dass du mal ein bisschen aufräumen solltest? Hier sieht es schrecklich aus. Wann hast du dich das letzte Mal gewaschen?«

»Ich habe echt andere Probleme als Aufräumen und Waschen.«

»Meinst du?«

»Meine Tabletten.«

»Hier. Fang.«

»Für mich? Eine ganze Dose?«

»Halt sie fest. Aber ich möchte, dass wir ein Tauschgeschäft machen.«

Irgendwas an dem Wort Tauschgeschäft scheint ihm nicht zu behagen. Das ist typisch für den Bequemen: Nehmen, ja! – Aber geben?

David Vichy versucht also, aus seinem Sessel aufzustehen. Das fällt ihm schwer. Seine Beine oder sein Rücken, damit scheint irgendwas nicht zu stimmen. Yvonne hilft ihm. Indem sie ihn sanft und ganz gewiss ohne Gewalt daran hindert aufzustehen. Und sie hat – wenn es mal nötig ist – Kraft. Sie geht nicht umsonst seit Jahren zum Sport. Als er aufgegeben hat, als er wieder sitzt, sieht er sie eine Weile an. Abstoßend, sein demonstrativ leidender Blick, diese feuchten Augen. Dann sagt er einen ungeheuer dummen Satz: »Ich kann nicht, ich habe Angst.«

So was zu sagen, ist typisch für den Bequemen. Für einen wie David Vichy. Gleich ganz elementar von Angst zu reden und davon, dass er irgendetwas angeblich nicht kann. Da kann es eben vorkommen, dass mal jemand daran gehindert werden muss aufzustehen. Einfach damit er sich und andere nicht verletzt. Und da gibt es dann natürlich gleich wieder irgendwelche Klugscheißer, die alarmiert sind. Menschen, die überall das Böse sehen. Die ihr Geld damit verdienen oder ihre Zeit damit verschwenden, an Stellen etwas aufzudecken, an denen Stillschweigen und Vertrauen angebracht wären. Da werden Schwestern in Krankenhäusern angeklagt, Pfarrer, die Jugendarbeit machen, Väter, die ihre Kinder lieben.

Yvonne Clerie ist also ein guter Mensch. Und da sie eben ein Mensch ist, hat sie mehr als nur eine Seite. Aus Sicht der Süchtigen, die sie behandelt, eine gute und eine böse.

Was will man ihr unterstellen? Dass sie Lust daran hat, Macht über ihre Patienten auszuüben? Allein, dass Yvonne die Disziplin aufbringt zu arbeiten, so kurz nach dieser schrecklichen Geschichte in der Rue Bisson, das sollte man ihr hoch anrechnen. Davon abgesehen trägt sie Jeans, einen hellrosa Strickpulli und Turnschuhe von Nike. Am Auffallendsten an ihr sind die langen Haare und der schnurgerade geschnittene Pony, der knapp über ihren Augen endet. Wegen dieses Haarschnitts sieht sie noch immer ein bisschen aus wie ein Mädchen.

»Ich möchte mit dir darüber sprechen, was du kannst und was nicht, David.«

»Nein.« Kein kategorisches Nein, nur eine schwache, reflexhafte Abwehr.

»Du hast mich drei Monate lang belogen.«

»Hab ich nicht!« Oh! Er ist laut geworden. Da war ganz schön was an Energie zu spüren. Gerade die Schwachen haben ja bisweilen hochenergetische Ausbrüche. Er bräuchte vielleicht ein Beruhigungs- oder Schlafmittel. Nur gut, dass Yvonne ihm die Dose mit den Tabletten schon gegeben hat. Die hält er in der Hand, er wird sie nicht wieder hergeben.

»Hast du im Moment Schmerzen?«

»Nein.«

»Weil du deine Tabletten hast.«

»Ich kann nicht anders, glaub mir.« Das war wieder schwach. Er hat versucht, die Stimme eines Kindes nachzuahmen.

»Deshalb habe ich dir ja auch so viele Tabletten mitgebracht. Damit du keine Angst vor Schmerzen haben musst. Damit wir in Ruhe reden können.« ›Lust daran, Macht über ihre Patienten auszuüben‹. Lächerlich! Sie redet mit ihm, das ist alles.

»Ich weiß gar nicht, was du willst, Yvonne.«

»Nein?«

»Du hast eben Tausch gesagt, was für einen Tausch meinst du?«

»Ich habe dir deine Tabletten mitgebracht, und du erklärst mir etwas, das ich nicht verstehe.«

»Und was willst du wissen?«

»Warum du nicht möchtest, dass deine Schmerzen aufhören.«

»Natürlich möchte ich, dass sie aufhören!«

»Wenn du das wolltest, würdest du ins Krankenhaus gehen, damit dein Rücken noch mal operiert wird.«

»Nicht ins Krankenhaus, das mache ich nicht!«

»Siehst du. Deshalb denke ich, du möchtest, dass alles so bleibt. Du nimmst die Schmerzen in Kauf, um das Gefühl zu erleben, dass sie nachlassen, wenn du dein Medikament nimmst. Das ist ein schönes Gefühl, nicht wahr? Das nimmt dir nicht nur den Schmerz, sondern auch die Angst, und das macht dich glücklich wie ein Rausch.«

»Ich schwöre …!«

»Tu das nicht, du schwörst zu oft!« Jetzt hat sie ein bisschen schärfer und lauter gesprochen. Kein Wunder, wenn er sie ständig belügt. Und natürlich hat sie sich sofort wieder im Griff: »Du hast mir gesagt, dass deine Angst größer ist als alles andere. Aber wovor hast du eigentlich Angst?«

»Dass ich sterbe. Dass ich nie wieder aufwache.«

»Du nimmst in Kauf, dass du an deiner Sucht zugrunde gehst, weil du Angst hast zu sterben? Habe ich das richtig verstanden? Kann es nicht sein, dass du sterben möchtest?«

Wieder das Gleiche. David Vichy sieht Yvonne an. Dieser Blick bestätigt ihr, dass sein Zustand schlimmer geworden ist. Nicht, dass er sie anfallen würde, denn, wie gesagt, er ist schwach und hält die Dose mit den Tabletten ja bereits in der Hand. Sein Blick macht ihr Angst, weil sie erkennt, dass er vollkommen unberechenbar ist.

»Als du neulich zu mir gekommen bist«, fragt sie vorsichtig, »hast du da dein Auto genommen?«

Er antwortet nicht.

»Na gut. Ich komme morgen wieder.«

*

»Hallo! Ich bin wieder da!« Fast schon gesungen, klingt wirklich nach Freude.

Aber eben doch jeden Abend der gleiche Satz. Und jeden Abend kommt Ines dann in den Flur. Und jeden Abend die gleiche Umarmung mit Kuss neben den Haken für die Garderobe. Und das nur, weil sie sich freuen, sich wiederzusehen.

Es ist halb sechs. Seit er zum Lieutenant befördert wurde, schafft es Ohayon fast immer, pünktlich nach Hause zu kommen. Am Montag und Donnerstag muss er total pünktlich sein, denn da geht Ines zum Sport. Sein Kollege, Lieutenant Conrey, ist da anders. Der macht Überstunden *en masse*. Im Moment ist er in eine komplexe Ermittlung gegen eine Baugesellschaft eingebunden, die VERDE heißt und in mehreren Städten operiert. Conrey leitet ein Team, in das Kollegen aus anderen Städten eingebunden sind, sogar einer aus Paris, von der Police Nationale, ist dabei. Da ist er natürlich unabkömmlich, da kann er nicht auf Stunden achten.

Auch Ohayon wird gebraucht. Seine Tochter Florence ist nicht gerade die Beste in der Schule. Nicht, dass er mit ihr Hausaufgaben machen würde, das macht Ines, denn er selbst war ja nie eine große Leuchte. Er ist dafür zuständig, seiner Tochter wichtige Fragen zu beantworten. Voraussetzung: Sie liegt im Bett und hat sich die Zähne geputzt. Seine Antworten sind manchmal etwas weitschweifig, aber Florence stört das nicht. Wahrscheinlich findet sie es einfach nur schön, dass ihr Vater auf dem Rand ihres Bettes sitzt und erzählt.

Wenn er dann zurück in die Küche kommt, fragt Ines jedes Mal: »Und? Schläft sie?«

Und Ohayon antwortet jeden Abend: »Ja.«

Er weiß, während diese Sätze fallen, dass schon ein kaltes Bier im Kühlschrank auf ihn wartet. So wie er auch weiß, dass er dafür zuständig ist, den Salat zu machen. Nachdem er die Sachen in die Spülmaschine geräumt hat, werden sie ins Wohnzimmer gehen, eine DVD in den Recorder schieben und zwei weitere Folgen ihrer Serie gucken. Die Geschichte spielt in mehreren Ländern und ist sehr grausam. Dafür gibt es eine hübsche Prinzessin, die Drachen züchtet. Ines liebt Geschichten dieser Art. Während sie zusammen gucken, trinkt Ohayon sein Bier und Ines ein Glas Wein und manchmal küssen sie sich. Aber Ohayon guckt die Folgen nie mit Ines zu Ende, denn er mag Geschichten, in denen Menschen gequält und geköpft werden, nicht besonders. Also steht er nach einer Stunde auf, holt sich einen seiner Fotobände aus dem Regal und sieht sich Aufnahmen von römischen und griechischen Gebäuden und Tempeln an. Ines fragt sich manchmal, ob er dabei an etwas denkt. Sie kann sich einfach nicht vorstellen, wie man sich dreißig Minuten lang die Aufnahme eines griechischen Tempels ansehen kann. Aber irgendwas muss das für ihren Mann bedeuten. Denn selten am

Tag sieht er so konzentriert, ja beinahe angestrengt aus, wie in diesen Momenten.

Einmal hatte sie ihn gefragt, und da hatte er geantwortet: »Ich stelle es mir vor.« Wenn er das tut, sollte man ihn nicht stören. Und einen Vorteil hat die Sache mit den Fotobänden ja auch. Ines weiß immer, womit sie ihm zum Geburtstag oder zu Weihnachten eine Freude machen kann. Gute Ehe. Nicht zu viele Ambitionen. Außer den Kindern natürlich.

»Komm, Ines, es ist gleich zwölf. Zeit fürs Bett.«

*

Am nächsten Morgen klappert Ohayon als Erstes die in Fleurville ansässigen Tuningwerkstätten ab. Bei *French Carstyling* in der Rue Raynouard hat er Glück.

»Sitze aus Glattleder, da sind Sie sicher?«

»Die Zeugin hat dieses Wort mehrfach benutzt, und die schien sich mit Autos auszukennen.«

Der Besitzer der Tuningwerkstatt heißt Jules Alesi, er ist Ohayon auf Anhieb sympathisch.

»Der BMW, den sie suchen, ist der zufällig rot?«

»Ja.«

»Ein 323i, Reihensechszylinder?«

»Ja.«

»Fünfzehn Jahre alt?«

»Ja.«

»Auspuff von REMUS?«

»Sie wissen …?«

»Klar, das ist der Wagen von Georg Wassermann. Ein extrem seltenes Auto. Sieht man nicht auf den ersten Blick, aber …« Alesi wirkt auf einmal betrübt. »Wir hätten ihn nicht tieferlegen sollen, das war ein Verbrechen.«

»Wie?«

»Möchten Sie wissen, was für einen Motor der hat?« Alesi lächelt. »Sie verstehen das nicht, oder?«

Ohayon wehrt sich. »Ich hatte mal einen Camaro! Acht Zylinder …«

»Ach, scheiß auf Camaro! Beschissene Gelenkwellen. Dazu ein Kutschenfahrwerk, der brachte die Leistung gar nicht auf die Straße. Wenigstens hatte er im Original keinen Katalysator, die konnten damals noch frei atmen. Aber mal unter uns und generell: Deutsche Autos sind immer besser als Amis oder Franzosen. Ich meine, ich bin Franzose, aber … denken Sie doch mal nach! Ein starker Motor, Sitze aus Glattleder, Sie haben eine schicke Frau dabei.« Jules Alesi lacht, und sein Lachen wirkt ansteckend. Ohayon grinst also zurück, obwohl er weiß, dass die Art, wie Alesi über Frauen in Autos redet, absolut nicht korrekt ist. Es ist einfach das Lachen, diese ganze zugewandte, offene Art, die sich da überträgt. Vom Aussehen her vermutet Ohayon, dass Alesis Vorfahren aus Algerien stammen.

»Die Deutschen sind schlau«, fährt der fort, »die denken immer einen Schritt weiter!«

Alesi fängt an, über Deutsche und Franzosen zu reden, Ohayon unterbricht ihn.

»Haben Sie mal davon gehört, dass sich BMW-Fahrer hier in der Gegend Rennen liefern?«

»Wie kommen Sie darauf? Ach, geht es um die Sache, die in der Zeitung stand? Der Unfall mit dem 2002. War da Wassermanns BMW beteiligt?«

»Das ist noch offen.«

»Von Autorennen zwischen BMW-Fahrern hier in der Gegend hab ich noch nie was gehört, tut mir leid. Aber sagen Sie, der 2002 wird doch sicher verschrottet. Könnte man den Motor erwerben? Ist das einer mit Turbolader?«

»Ähm …«

»Kein Problem, ich ruf selber an. Da ist doch bestimmt Marie für zuständig.«

»Sie kennen Marie Grenier?«

»Sie und ihren Renault Alpine. Reizbar. Klassisch. Super

erhalten. Ach übrigens, Georg Wassermann wohnt oben in der Ananas. Sie wissen, welches Gebäude ich meine?«

»Natürlich. Danke.«

Ohayon findet Jules Alesi und sein Gerede über Frauen, Deutschland und Autos zwar etwas altmodisch, aber er scheint ein witziger Kerl zu sein. Erst als er den Hof verlassen will, und der Inhaber von *French Carstyling* gar nicht mehr von ihm ablässt, ändert sich das. Alesi redet weiter über die Deutschen und jetzt nicht mehr ausschließlich in Bezug auf Autos. Er scheint ein fast schon fanatischer Anhänger irgendeiner verdrehten Vorstellung von einem geeinten Europa unter deutsch-französischer Führung zu sein. Alesi garniert seine Thesen immer noch mit witzigen Zwischenbemerkungen, und Ohayon weiß eine Weile nicht, wie er das alles einordnen soll. Aber irgendwann kippt was, und er spürt, dass er Jules Alesi überhaupt nicht witzig findet.

Also ruft er, als er wieder im Wagen sitzt, Marie an.

»Du, ich habe hier eben mit einem komischen Mann gesprochen.«

»Wen meinst du?«

»Den Inhaber von *French Carstyling*.«

»Jules.«

»Der sagt so merkwürdige Sachen über ein geeintes Europa. Ich kann das nicht einordnen.«

»Der ist so, mach dir darüber keine Gedanken.«

»Er glaubt nicht an die Überlegenheit irgendwelcher Länder oder Rassen?«

Marie lacht so laut, dass Ohayon sein Handy ein Stück weit vom Ohr nimmt.

»Ich weiß, was du meinst. Mir kam das auch komisch vor, als ich das erste Mal da war, aber ich kenne Jules jetzt schon einige Jahre, der hat halt seine Vorstellungen. Ich schalte, wenn er über Europa oder Frauen in Autos redet, einfach auf Durchzug.«

»Also mir war er ein bisschen unheimlich. Na gut, wir sehen uns nachher.«

»Warte. Mir fällt gerade ein, dass Conrey mal bei *French Carstyling* ermittelt hat. Wegen organisiertem Versicherungsbetrug. Conrey und seine Truppe, die haben doch vor drei Jahren in Reims diese beiden Versicherungsvertreter festgenommen, die sich auf mittelständische Unternehmen spezialisiert hatten. Soweit ich mich erinnere, gehörte *French Carstyling* aber nicht zu den Tätern, sondern zu den Geschädigten.«

»Danke.«

Ohayon klappt die Sonnenblende runter und startet den Motor. Die Sonne hat inzwischen eine solche Kraft entwickelt, dass die Besitzer von Restaurants und Cafés bereits damit beginnen, Tische und Stühle rauszustellen. Die Straßen sind voller Menschen, und so kommt es Ohayon vor, als wäre Fleurville aus einer Art Winterschlaf erwacht.

Auch Georg Wassermann genießt die Wärme der Strahlen, und Jules Alesi hat Recht, er wohnt tatsächlich ganz oben, im 14. Stock der Ananas. So nennen die Bürger von Fleurville das bauchige Hochhaus mit den obszönen Balkonen, die wie spitz ausgezogene lüsterne Unterlippen aussehen. Das Gebäude hat die CONDOR-VERSAILLES vor ein paar Jahren auf dem alten Weinberg errichtet. Ein Projekt, mit dem Bauboom und Aufschwung in Fleurville begannen.

Eine hübsche Frau Mitte zwanzig öffnet Ohayon. Sie hält eine Zeitschrift in der Hand, um ihren Hals trägt sie eine zierliche Kette mit einem Kreuz.

»Von der Gendarmerie, ich möchte zu Herrn Wassermann.«

Sie spricht mit leichtem Akzent. »Haben Sie einen Ausweis oder eine Marke?«

»Natürlich.«

Tabakbraune Auslegeware bester Qualität dämpft ihre Schritte.

»Lieutenant Ohayon von der Gendarmerie«, erklärt sie und wartet dann, als würde man sie noch brauchen.

»Gendarmerie! Na, das ist ja mal was«, freut sich Wassermann, ein kräftig gebauter Mann um die achtzig. »Möchten Sie mal auf den Balkon, die Aussicht genießen?«

»Balkon? Warum nicht?« Ohayon reizt der Gedanke, die lüsternen Balkone mal von oben zu sehen.

»Mir nach!«

Wassermann fährt mit seinem elektrischen Rollstuhl voraus, die junge Frau folgt ihm.

»Ist das ein Blick?«

Ohayon ist beeindruckt.

»Die Wohnung war nicht billig«, erklärt Wassermann in einem Tonfall, als hätte man ihn gefragt. »400 000! Ist jetzt das Doppelte wert.«

»Ich habe gehört, dass die Wohnungen damals sehr schnell verkauft wurden.«

»Meine wurde mir von einem sehr freundlichen und nicht gerade unattraktiven jungen Mann vermittelt. Du erinnerst dich, Ieva?«

Sein Blick. Was soll das? Nun, Ieva geht nicht darauf ein, und Wassermann wechselt zum Glück das Thema.

»Sehen Sie? Da hinten kann man schon die Vogesen sehen.«

»Unten auf dem Parkplatz stehen viele Autos von Pflegediensten. Ist das hier inzwischen ein Altersheim?«

Wassermann lacht. Und zwar, wie sich herausstellt, über das Wort ›Altersheim‹, für das er drei andere Bezeichnungen parat hat, die, wie Ohayon zugeben muss, besser klingen.

»Aber Sie haben natürlich Recht, hier leben fast nur alte Menschen. Vor allem Männer. Sehen Sie mal runter, auf die anderen Balkone. Das ist zum Totlachen.«

Ohayon tritt an die Brüstung, und tatsächlich: Auf fast allen Balkonen sitzen alte Männer mit Wolldecken über den Beinen unter Heizpilzen, und auf fast allen Balkonen sitzen neben ihnen junge Frauen auf Stühlen, die etwas aus Zeitungen, Zeitschriften oder Büchern vorlesen oder mit ihnen zu Mittag essen.

»Man hat den Drang draußen zu sein, wenn man alt ist«, erklärt Wassermann, »man braucht Licht und Jugend. Hat sich schnell rumgesprochen, dass es sich hier gut leben lässt. Vorausgesetzt natürlich, man hat Geld.«

»Ich dachte immer, dass in den meisten Ehen die Frauen die Männer überleben. Ich sehe hier fast nur Männer.«

»Sind fast alles Selbstständige. Entweder sie waren nie verheiratet, oder sie sind geschieden. Wenn Sie da rübergucken, sehen Sie Meyenburg-Fleyming, da habe ich gearbeitet.« Der Ausdruck in Wassermanns Gesicht verändert sich. »Ich war Bergbauingenieur. Vierzig Jahre hab ich das gemacht. Mit dem Beruf verheiratet.«

»Keine Frau?«

»Keine Zeit. Hab mein Leben vielleicht falsch eingerichtet. Na, ich hab gerne gearbeitet, und wie Sie sehen, es ist nie zu spät.«

Wieder sieht Wassermann die junge Frau an. Ihr Blick bleibt ohne jeglichen Ausdruck. Er darf offenbar sagen, was er will.

»Wollen Sie wissen, warum ich mir das hier leisten kann?«

Ohayon sagt nichts, er ist noch damit beschäftigt, das Verhältnis zwischen Wassermann und seiner jungen Gesellschafterin zu deuten.

»Ich habe ein Patent auf ein sehr effizientes Drainagesystem. In Bergwerken ist Wasser immer ein Problem. Nomen est omen, mein Name ist Wassermann! Nun gut, ich bin ein Schwätzer, und Sie haben ihre Zeit nicht gestohlen. Was möchten Sie wissen?«

»Was aus Ihrem roten 3er BMW geworden ist. Ledersitze ...«

»Glattleder!«

»Genau. Auspuffanlage von REMUS.«

Wassermann sieht wieder zu der jungen Frau rüber und sein Blick ist voller Wehmut. »Ihr könnt reingehen, wenn ihr ungestört sein wollt. Schieb ruhig die Balkontür zu, Ieva, mir ist warm genug.«

»Er hat mir den Wagen geschenkt. Vor zwei Jahren.«

»Wie lange kommen Sie schon zu Herrn Wassermann?«

»Seit vier Jahren. Ich habe bereits für ihn gearbeitet, als er hier eingezogen ist.«

»Aber Sie sind beim Pflegedienst *Jeunesse-Fleurville* angestellt.«

Sie nickt.

»Sie können gerne ein bisschen mehr sagen.«

»Ich bin eher so was wie seine Gesellschafterin.« Sie bemüht sich um ein Lächeln, was sie gut kann.

»Es war sehr nett, dass Herr Wassermann Ihnen seinen BMW geschenkt hat.«

»An was denken Sie dabei?«

»Sie haben Recht, das geht mich nichts an.«

»Er hat mir sein Auto geschenkt, weil er es nicht mehr brauchte. Er ist Ingenieur.« Sie zeigt Ohayon die Zeitschrift, die sie die ganze Zeit in der Hand hält. »Ich lese ihm daraus vor.«

»Aus einer Zeitschrift, die vom Autotuning handelt? Er sitzt im Rollstuhl.«

»Aber er ist immer noch Ingenieur. Ihn interessieren Maschinen und technische Lösungen. Er besitzt noch mehr Patente als das für seine Drainageanlage. Ich weiß nicht, warum er manchmal so tut, als würden ihn nur Nebensächlichkeiten interessieren.«

Sie kramt eine Weile in ihrer Handtasche und schreibt dann etwas auf einen Zettel. »Das ist der neue Besitzer.«

»David Vichy ... Seit wann hat er den Wagen?«

»Ich habe ihm den BMW vor einem dreiviertel Jahr verkauft. Ich hätte das vielleicht nicht tun sollen.«

»Warum?«

»Ich glaube, dass er Drogen nimmt. Harte.«

»Das können Sie beurteilen?«

»Ich habe zwei Jahre in einem Krankenhaus in Berlin gearbeitet.«

»Hat Monsieur Vichy eine Adresse angegeben?«

»Er sagte mir, er würde bei seiner Mutter leben. Marie Vichy. Ich habe ihm den Wagen für 1200 Euro überlassen. Da musste viel dran gemacht werden. Eigentlich war der Wagen wertlos. Er fuhr ja auch gar nicht mehr richtig. Aber Wassermann meinte, wegen der Sitze würde ich sicher noch Geld bekommen.«

»Er fuhr nicht mehr? Wissen Sie, in welche Reparaturwerkstatt der Käufer den Wagen hat bringen lassen?«

»Nein. Mich hat nur interessiert, dass die Versicherung gekündigt und der Wagen umgemeldet wurde. Das ist alles korrekt gelaufen.«

»Danke.« Ohayon geht zur Tür. Als er schon draußen ist, sieht sie ihn an.

»Sie möchten mir noch etwas sagen?«

Sie zögert. Als sie spricht, klingt ihre Stimme sanft, aber entschieden. »Herr Wassermann hat sich für nichts zu entschuldigen oder zu schämen.«

»Das habe ich jetzt nicht verstanden.«

»Doch, das haben Sie. Es war Ihnen unangenehm, als er von dem jungen Mann sprach und so tat, als hätte der mir gefallen. Er macht so was manchmal, wenn Gäste oder Freunde da sind. Trotzdem steht es Ihnen nicht zu, darüber zu urteilen.«

»Hat Ihnen der junge Mann denn gefallen?«

»Er sieht gut aus, ist zurückhaltend und stets gut gekleidet. Wir singen beide im Kirchenchor. Ich habe ihn damals mit Herrn Wassermann zusammengebracht, weil ich wusste, dass der hier eine Wohnung kaufen wollte. Ich habe für diese Vermittlung weder eine Provision noch sonst etwas erhalten.«

»Danke für ihre Offenheit.«

Die Tür schließt sich geräuschlos. Als Ohayon mit dem Aufzug nach unten fährt, fühlt er sich, als hätte man ihn gerade nackt ausgezogen.

*

»Und? Bist du weitergekommen mit deinem roten BMW?« Marie Grenier wirkt amüsiert. Das ist oft so, wenn sie mit Ohayon zu tun hat.

»Ich habe den Halter ermittelt. Vorausgesetzt, dass der Wagen nicht noch mal weiterverkauft wurde. Er heißt David Vichy, ist möglicherweise drogenabhängig und wohnt noch bei seiner Mutter in Klingenthal. Resnais und ich fahren morgen hin.«

»Was ist mit Jules Alesi?«

»Conrey sagt, *French Carstyling* hätte damals nicht zu den Geschädigten gehört.«

»Kann ich mir auch kaum vorstellen, dass jemand mit so einer kleinen Klitsche irgendwelche Versicherungsbetrügereien einfädelt. Worum sollte es da gehen? Um angeblich gestohlene Ersatzteile? Hier mal 200 Euro, da mal 500. Ich glaube, das war damals schon eine etwas größere Nummer.«

Ohayon spürt, wie sich seine Hose an den Knien spannt. Vor ihm der Kotflügel des BMW 2002 aus den siebziger Jahren. Er hat ihn befühlt, sogar seine Wange darauf gelegt und flach über das orangefarbene Blech gestiert.

»Ich weiß, Ohayon, dass du meinst, du hättest Röntgenaugen, aber da ist nichts.«

»Schade, oder? Wenn da eine Beule drin wäre, mit roter Farbe dran …«

»Der Fahrer hatte 1,2 Promille Alkohol im Blut.«

»Trotzdem war vermutlich ein zweites Fahrzeug in der Nähe. Und der Fahrer ist nicht am Unfallort geblieben.«

»Hier vorne, vielleicht bringt uns das weiter.« Marie zeigt auf die altmodische Stoßstange, die ein Stück weit um den Kotflügel herumgezogen ist. »Da könnte ihn jemand touchiert haben.«

»Lackspuren?«

»Minimal.«

»Rot?«

»Ja. Aber wie alt die sind …«

»Da fällt mir was ein. Von der Rue Bisson zweigt doch so ein kleiner Feldweg ab ...«

»Da waren Spuren, aber die waren nicht mehr zu identifizieren. Einer meiner Assistenten hat es am nächsten Morgen noch mal versucht, aber ohne Erfolg.«

»Was für Spuren?«

»Abdrücke von Reifen.«

»Tief?«

»Du meinst, ob da jemand gewartet hat?«

»Hat jemand gewartet?«

»Sie waren etwas tiefer als normale Fahrspuren, aber was bedeutet das? Wenn von da jemand kommt, der in die Rue Bisson reinfahren will, hält er an. Die Straße ist wegen der Alleebäume nicht gut einzusehen.«

»Kein Profil identifiziert?

»Es waren Spuren von einem PKW. Kein Laster, kein Trecker. Mehr kann ich nicht sagen. Mein Mitarbeiter hat alles versucht.«

»Bleiben uns also nur die roten Lackspuren.«

»Ich habe die Proben nach Nancy geschickt, in ein paar Tagen werden wir wissen, ob sie tatsächlich von einem 3er BMW stammen. Dieser Wagen hier hat übrigens vierzig Jahre auf dem Buckel. Gute Technik. Der 2002 war eins der ersten Autos für normale Käufer, das von einem Motor mit Turbolader angetrieben wurde. Ein Liebhaberstück. Und völlig unrestauriert! Der rote 3er, weißt du über den etwas Genaueres?«

»Irgendwas mit sechs Zylinder und Reihenmotor.«

»Ein 323i?«

»Ist das was Gutes?«

»Ein super Motor. Allerdings hat der Wagen Heckantrieb, die brechen manchmal aus, wenn man unkontrolliert Gas gibt.«

»Spricht für deine Theorie, dass es ein Unfall war, das willst du sagen.«

»Hm.«

»Zwei sportliche Wagen. Wie schnell war Monsieur Descombe, als er die Kontrolle verlor, was schätzt du?«

»100, 110. Ziemlich schnell, wenn man bedenkt, dass die Straße 400 Meter vor ihm in die Rue Belleville mündet und er gerade erst angesetzt hat zu überholen. Selbst ein Auto mit so einem Motor kommt da an seine Grenzen. Für den Laster wäre es mit Sicherheit ein Problem geworden, wenn er sich wieder vor ihn gesetzt und dann vor der Einmündung in die Rue Belleville scharf abgebremst hätte.«

Ohayon richtet sich auf, der Wagen ist noch immer feucht, seine Knie inzwischen auch. »Sag mal, der Unfall, das war doch um kurz nach acht. Dienstschluss hatte Descombe, hat sein Chef Resnais gesagt, um fünf. Er hat sich also in den drei Stunden dazwischen ordentlich betrunken – oder er war vorher noch woanders. Hmm. Wie war sein körperlicher Zustand? War er durchtrainiert?«

»Ja. Warum fragst du?«

»War was im Auto? Eine Sporttasche oder so?«

»Wow!«

»Da war eine Sporttasche, und die Sachen rochen nach Schweiß.«

»Eine Eingebung?«

»Vor dem Kreisel, von dem die Rue Bisson abgeht, da steht doch dieser schicke, ovale Bau, bei dem ich immer an eine Muschel denken muss, dieser Turnverein.«

»Du meinst das *Centre Fleur*?«

»Richtig! Das könnte doch passen. Dass er von da kam. Das würde die drei Stunden erklären, die uns fehlen. Da ist doch so eine Bar angeschlossen.«

»Das *Lacombe*.«

»Man muss im *Centre Fleur* doch Mitglied sein, wenn man da Sport machen will. Erinnerst du dich? Die *Gazette* hat sich damals furchtbar aufgeregt, als die Muschel gebaut wurde. Weil die a) nicht in die Gegend passt, weil da b) vorher unser altes Freibad stand, und weil die Muschel c) nur was für reiche Leute ist.«

Marie versteht. »Also erst mal: Das *Centre Fleur* ist kein Turnverein, sondern ein Club.«

»So was wie die Country Clubs in Amerika?«

»Ungefähr. Und das *Lacombe* ist keine Bar, es gehört zum Clubhaus. Die einfachste Mitgliedschaft kostet 3000 Euro pro Jahr, und die Trainer müssen extra bezahlt werden. Die Mitglieder des *Centre Fleur* sammeln außerdem für soziale Projekte, und ich denke, wenn man da Mitglied ist, kann man sich kaum drücken. Es leben jetzt eben andere Menschen in Fleurville als noch vor ein paar Jahren.«

»Was kommt da zusammen? Ich meine, mit den Trainerstunden. Sagen wir, er hat drei pro Woche genommen.«

»Schätzungsweise 200 Euro, kommt auf den Trainer an.«

»Pro Woche! Macht im Jahr? Jetzt hilf mir doch mal!«

»7000, 8000. Vielleicht mehr, wenn er Premiummitglied war.«

»Also alles in allem 10000. Für die Gesundheit, fürs Aussehen. Was meinst du, was so ein Oldtimer kostet?«

»In dem Erhaltungszustand und mit dem Motor? 30000. Moment, im Kaufvertrag steht…«

»Wo hast du den her?«

»Der steckte in der Mappe mit der Betriebsanleitung.«

Marie holt ihre Unterlagen, zieht den Kaufvertrag raus. »Oh, da hat er aber ein Schnäppchen gemacht. 10000 Euro hat er für den Wagen bezahlt.«

»Na gut, aber Reparaturen und Ersatzteile sind bei so einem Auto sicher nicht billig. Ich meine, er war Versicherungsvertreter. Gib mal den Kaufvertrag ... Ach nee! Monsieur Descombe hat den Wagen vor einem Jahr bei *Funcar* gekauft. Das ist doch dieser Händler, der sich auf Luxusoldtimer spezialisiert hat.«

»Ein Auto von *Funcar* für 10000 Euro? Dann sind alte BMW wohl doch nicht so viel wert, wie ich dachte.«

»Würde mich wundern, wenn du mal mit irgendwas falsch liegst.«

Funcar ist kein einfacher Gebrauchtwagenhandel, sondern eine Art Disneyland für jung gebliebene Männer. Es fällt Ohayon nicht leicht, sich vom Anblick der wie neu dastehenden Oldtimer loszureißen und in die Verkaufsbude zu gehen. Nun, es ist schon etwas mehr als eine Bude, es riecht nicht nach Öl, und der Mann hinter dem Schreibtisch hat keinen verschmierten Blaumann an. Er steht sofort auf, er hat einen kräftigen, man möchte sagen ehrlichen Händedruck.

»Das haben wir selten, jemand mit so viel Entschlusskraft. Nehmen Sie Platz.«

»Wie kommen Sie darauf, dass ich Entschlusskraft habe?«

»Nun, die meisten Kunden sehen sich erst mal unsere Fahrzeuge an.«

»Hätte ich auch gerne getan, aber ich bin nicht hier, um ein Auto zu kaufen.«

Ohayon zeigt seine Dienstmarke.

»Ich hoffe, Sie haben nichts mit der Steuer zu tun.« Dem Mann scheint seine Bemerkung zu gefallen, jedenfalls weiß Ohayon jetzt, dass er drei Goldzähne hat.

»Ich bin hier wegen eines orangefarbenen BMW 2002.«

»Der den Unfall hatte? Unsere Wagen werden technisch bis ins Letzte durchgecheckt, und natürlich auch abgenommen. Das ist alles dokumentiert.«

Der Mann steht auf.

»Bleiben Sie bitte sitzen, es geht nicht um technische Details. Wir haben den Wagen untersucht, da ist alles in Ordnung.«

»Dann war das jetzt ein Missverständnis. Also, wie kann ich helfen?«

»Ich verstehe ein bisschen was von alten Autos, ich hatte mal einen Camaro von 1969 ...«

»Und sicher Probleme mit den Gelenkwellen.«

»Stimmt. Aber jetzt bin ich hier, weil ich mich wundere, dass der BMW so billig war.«

»Na, so günstig war er nun auch nicht.«

Ohayon reicht dem Mann den Kaufvertrag, der fängt an, ihn zu studieren, spricht dabei weiter. »Nicht, dass unsere Preise überhöht wären, aber wenn Sie ein altes Fahrzeug suchen, das technisch ... Ah! Jetzt verstehe ich. Weil da 10000 steht. Das war die Anzahlung. Es gibt einen weiteren Vertrag, in dem ich die restlichen 21000 quittiert habe. Mein Steuerberater hat das alles lückenlos ...«

»Jetzt bleiben Sie doch bitte sitzen! Ich verdächtige Sie ja gar nicht, die Steuer zu betrügen.«

»Monsieur Descombe hat diesen Teil, also die 10000, per Überweisung bezahlt, als Anzahlung. Den Rest hat er vier Tage später gebracht. Er hat auf zwei Verträgen bestanden, auf dem zweiten sind diese Details schriftlich festgehalten. Steuerlich wurde alles abgeführt, ich kann Ihnen gerne ...«

»Was heißt das? Den Rest gebracht?«

»Na, gebracht. Das Geld.«

»Er hat bar bezahlt?«

»Ja.«

»21000 Euro in bar?«

»Ich habe einen Safe.«

»In was für einer Stückelung?«

»Ein paar Fünfhunderter, Hunderter, sehr viele Fünfziger und Zwanziger.«

»Kommt das oft vor, dass Kunden so hohe Beträge bar einzahlen?«

»Schon. Ja.«

»Die Leute kommen mit solchen Bergen an Geld?«

»Normalerweise sind es Tausender und Fünfhunderter. Aber, das Geld war echt, ich habe es am nächsten Morgen auf der Bank eingezahlt, und die hatten nichts zu beanstanden. Monsieur Descombe hat den Wagen natürlich erst erhalten, als das Geld auf meinem Konto verbucht war.«

»Sie meinen«, sagt Ohayon mit unbewegter Miene, »das Verbrecherkonto, mit dem Sie Geld an der steuerlichen Erfassung vorbeileiten.«

Der Mann erschrickt, bleibt zwei Sekunden so. Dann freut er sich, und Ohayon sieht, dass es in Wirklichkeit vier Goldzähne sind. Ganz hinten links steckt noch einer.

Während er den Platz mit den Autos überquert, denkt er daran, dass sich Michel Descombe am Abend vor seinem Tod vermutlich mit jemandem gestritten hat. Geld. Streit. Tot. Vielleicht hatte Gendarmin Bross Recht, als sie sagte: ›Monsieur Descombe machte auf mich den Eindruck eines Menschen, der Angst hat.‹ Er ruft sie an.

»Als Sie wegen der Ruhestörung in Michel Descombes Wohnung waren ... Sie haben mir doch gesagt, dass alles sehr viel Stil hatte. Erinnern Sie sich an irgendwelche teuren Sachen, die Sie benennen könnten? Zum Beispiel die Stereoanlage, der Fernseher, die Kücheneinrichtung oder so? Ja, Bang & Olufsen sagt mir was. Danke.«

Zwanzig Minuten später bekommt Resnais einen Auftrag. »Fahr bitte mal in den Laden, wo sie diese teuren Stereoanlagen und Fernseher verkaufen.«

»Der in der neuen Galerie an der Place de la Cathédrale?«

»Frag, ob Michel Descombe da eine Anlage von Bang & Olufsen gekauft hat. Falls er bar bezahlt hat, versuch rauszufinden, in welcher Stückelung. Außerdem möchte ich, dass du bei CNP Assurances anrufst und fragst, wie viel Monsieur Descombe im Monat verdient hat.«

Zwei Stunden später erstattet Resnais Bericht. Seine Haare, Schultern und Ärmel sind klatschnass vom Regen, und er wirkt aufgekratzt. Gerötet von der Kälte und schön wach. So soll es sein. Er spricht mit fast kindlicher Aufgeregtheit davon, dass die Feuerwehr am Fluss Sandsäcke stapelt, dass möglicherweise Gefahr besteht und dass eine Brücke gesperrt wurde.

»Die von der Feuerwehr sagen, die Böden könnten nichts mehr schlucken, es kommt einfach zu viel, und es flutet jetzt überall rein. Sie nennen das Staudruck«, erklärt er abschließend.

Dann reden sie vernünftig. Sie wissen jetzt, dass Michel Descombe 2500 Euro netto im Monat verdient hat. Sie wissen auch, dass er seine Stereoanlage und den Fernseher mit vielen kleinen Scheinen bezahlt hat, und Ohayon sagt: »Wenn auf A immer B folgen würde …«

Er lässt offen, was dann geschähe, geht in sein Büro zurück und räumt den Schreibtisch auf. Feierabend.

Sein Fahrrad steht genau da, wo er es abgestellt hat. Er wischt den Sattel trocken, hängt seinen Korb – Geschenk zu Weihnachten – vor den Lenker und fährt los. Heute ist er dran mit Einkaufen. Seine Stirn, seine Wangen, seine Oberschenkel werden erst nass, dann kalt. Das ist erfrischend und gut für seine Gedanken. So kommt er schließlich auf eine brillante Verbindung zwischen vielen 20- und 50-Euro-Scheinen und der Aussage der jungen Gesellschafterin von Herrn Wassermann. Die hatte ihm erzählt, der neue Halter des roten BMW sei drogensüchtig. Ohayon weiß jetzt, was er am nächsten Tag tun wird, und vergisst seine Arbeit. Er ist später dran als sonst, die Mädchen schlafen sicher schon.

Früher haben ihn alle für einen Mann gehalten, der todsicher für immer Junggeselle bleiben würde. Zu viel getrunken hatte er, und fett war er gewesen, mit seinem blöden Camaro. Ein paar Momente lang kommt ihm alles wie ein Wunder vor, und er hat auf einmal den dringlichen Wunsch, seiner Frau etwas Gutes zu tun. Etwas, worüber sie sich freut. Er hält also mit seinem Fahrrad vor einem Supermarkt. Aber nicht einem von der billigen Sorte. Nicht an so einem schönen Tag. Als Erstes kommt ein großer Strauß Rosen in den Korb, weil er ihr doch zum Geburtstag die Vase aus Muranoglas geschenkt hat. Sehr angenehme Gedanken an ein Hotel in Venedig leuchten auf, und während er dann zwischen den Regalen herumgeht und die aufs Melodische reduzierte Version einer berühmten Verdioper hört, beginnt bereits die

Vorfreude auf den Abend. Er kauft für Ines eine Flasche Rotwein. Italienischen diesmal, und er nimmt den teureren. Dazu natürlich Pizza. An rote Kerzen denkt er auch noch und an rote Servietten.

Nur, wenn er sich so freut auf den Abend mit Ines, warum biegt er dann in die Rue Jesse Owens ab, warum fährt er zum *Centre Fleur*?

Der Gedanke war ihm ganz plötzlich gekommen.

Das *Centre Fleur* mit seinem stark gewölbten Dach sieht tatsächlich aus wie eine weit geöffnete Muschel. Wobei das, was bei einer Muschel offen ist, vollständig aus Glas besteht. Davon abgesehen hat die Muschel zwei Stockwerke. Unten wird auf vier Plätzen Tennis gespielt. Hinter dem Glas oben steht eine Reihe von Steppern. Alle werden benutzt. Zehn Frauen zählt er. Alle im Gleichtakt.

Das *Lacombe* klebt rechts an der Muschel und hat, wohl als Kontrast, die Form eines Kastens. Was Ohayon am meisten beeindruckt, ist das Licht. Alle Räume sind hell und doch gemütlich beleuchtet.

Plötzlich ist ihm klar, wie wenig brillant sein Gedanke vorhin war. Dass möglicherweise ein Zusammenhang besteht zwischen vielen kleinen Geldscheinen und einem Drogenabhängigen, der seinen Dealer von der Straße abdrängt.

Er blickt noch immer zu den Frauen auf den Steppern hoch. Er kann sich irgendwie nicht vorstellen, dass ein Mann, der für eine Versicherung arbeitet, einer, der noch nie straffällig geworden ist und viel Geld für seine Gesundheit ausgibt, ein Dogendealer ist. Das Bild der maschinenartigen Bewegungen von Schatten auf Steppern beginnt zu wirken, und er fragt sich, was einen Mann dazu bringen könnte, sich ein total unvernünftiges Auto zu kaufen. Auch sein Camaro war ja ständig in der Werkstatt gewesen. Den Wagen hatte er verkauft, nachdem er Ines kennengelernt hatte. Als er nicht mehr allein und traurig war. Michel Descombe war, soweit er wusste, Single gewesen, und zwei Zeugen hatten ausgesagt, er sei kurz vor seinem Unfall wie ein Verrückter gefahren. Hatte Marie nicht gemeint, an der Stelle noch zu überholen, sei reiner Selbstmord gewesen?

Der Gedanke löst sich auf, es ist Zeit für seinen Abend mit Ines. Als Ohayon kurze Zeit später auch noch freihändig fährt und anfängt, mit seiner wunderbar dunklen Stimme Teile einer italienischen Oper zu singen, mit seinem Korb vorne und der Weinflasche und den Pizzaschachteln, die oben rausgucken, da hat man tatsächlich den Eindruck, er sei ein glücklicher Mensch.

*

Es gibt Idealisten, und es gibt Pragmatiker. Nina Havelot hat sich bei diversen Gelegenheiten als Pragmatikerin geoutet. Dabei kommt sie aus einer Familie von Musikern, ihr Großvater war ein berühmter Pianist, und es gibt immer noch Menschen, die sagen, seine Einspielungen der Werke Schuberts seien die Besten. Das ist natürlich etwas, worauf man stolz sein kann, aber nicht jetzt.

Nina Havelots Pragmatismus hat nämlich in der Nacht des Verbrechens eine merkwürdige Form angenommen. Sie hatte gar nicht das Gefühl, etwas Unrechtes zu tun. Nein, sie war im Recht, durfte in Michels Haus einbrechen, weil sie in sein Haus einbrechen musste. Weil Michel aus ihrer Sicht ein Arschloch war, jemand, der sich nicht wundern musste, dass ihm so was wie dieser Unfall geschah.

Heute Morgen hat sie zusammen mit einem extra dafür gebuchten Saxofonisten zwei Jingles für eine Werbeagentur eingespielt, und sie war nicht weniger bei der Sache als sonst. Merkwürdig war allerdings ihre Beschäftigung am Abend nach Michels Beerdigung. Da fing sie nämlich an, kurze Sätze auf einen Notizblock zu schreiben.

Zum Beispiel: *In Liebe, deine Freunde* oder *Er war ein Freund.*

Bei einem Versuch hatte sie sogar geschrieben: *Er war manchmal echt witzig und gut im Bett.* Aber das hatte sie wieder durchgestrichen, denn man schreibt ja auf Grabsteine nicht, was man denkt.

Es ist ein Uhr nachts, Nina sitzt zusammengesunken an ihrem Keyboard. Sie hat eine der Platten ihres Großvaters aufgelegt, hört Schubert und hat das Gefühl, dass möglicherweise eine Erkältung im Anmarsch ist. Sie legt die Finger auf die Tasten, spürt das Lied in den Fingern, hat längst erkannt, dass ihr Großvater ein Faible für kleine Verzögerungen und plötzliche, minimale Beschleunigungen hatte. Die Übertragung eines rhythmischen Wollens, also eines Gedankens, einer Empfindung, stellt sich sofort ein. Nina könnte in der Manier ihres vor vierzehn Jahren unter großer Anteilnahme beerdigten Großvaters mitspielen. Eine Übertragung lebendigster Art.

Nur spielt Nina nicht.

Stattdessen fängt sie an zu weinen. Und das passiert ihr nicht oft. Aber man kann ja aus Wut weinen, aus Verzweiflung und sogar aus ästhetischen Gründen. Vielleicht liegt es an Schubert, der geht doch zu Herzen, und Nina wurde am Klavier ausgebildet. So wie ihre Mutter vor ihr und ihr Großvater vor ihrer Mutter.

Ninas Können ist in der Branche längst anerkannt. Mit ihren Jingles und den Arbeiten fürs Fernsehen verdient sie inzwischen sehr gut. Und in dieser Branche verdient man nicht sehr gut, wenn man irgendwelchen Schrott abliefert. Natürlich gibt es Neider. Vor ein paar Wochen hatte ihr ein Kollege vorgeworfen, sie würde sich ziemlich ungeniert bei Gustav Mahler bedienen. Na und? Man geht doch nicht jahrelang aufs Konservatorium, um das Gelernte nicht anzuwenden.

Vielleicht ist die Unterscheidung in Idealisten und Pragmatiker einfach falsch. Nicht als Bezeichnung eines möglichen Charakterzugs, aber falsch, wenn man meint, ein Mensch sei entweder das eine oder das andere.

Es gehört zum Funktionieren des Menschen, dass er

mehrere Persönlichkeiten in sich beherbergt. Wie sollte sonst so etwas wie ein schlechtes Gewissen oder ein Gedanke entstehen? Wie anders als im Widerspruch zu sich selbst? Vielleicht war Michel auch beides. Ein guter und ein schlechter Mensch. So gesehen ist es vielleicht gar kein Widerspruch, dass Nina den Toten einerseits als Arschloch bezeichnet und andererseits nach einer schönen Inschrift für seinen Grabstein sucht. Sie ist übrigens die Einzige unter den Freunden, in deren Kopf das Bild mit dem orangefarbenen BMW unter der Traverse noch nicht aufgetaucht ist. Möglicherweise hat sie es gar nicht gesehen. Möglicherweise war sie gerade woanders.

*

Von der Sonne ist zwar heute nichts zu sehen, aber wenigstens regnet es nicht mehr. Gebäude, Bäume und Gegenstände wirken in der gesäuberten Luft so klar, so jeder Stimmung entzogen, als wären sie unecht.

»Zwei BMW. Wie hoch wohl die Wahrscheinlichkeit ist…?«

Resnais geht nicht darauf ein. Nicht alles, was sein Chef von sich gibt, verdient Beachtung.

»Ich muss immer an diese beiden BMW denken«, schiebt Ohayon irgendwann nach.

»Und?«

»Ich weiß nicht.«

Sie fahren auf die Vogesen zu. Die sehen sehr sauber aus. Detailreich, wie auf einem Stich oder einer Radierung. Eine Weile wird nicht gesprochen. Dann erreichen sie die Berge, es geht steil nach oben, zwischen den hohen Tannen.

»Und warum musst du an die beiden BMW denken?«

»Das waren sehr ungewöhnliche Fahrzeuge, oder? Der eine war vierzig Jahre alt, der andere stammt aus einer … wie sagt man, wenn davon nur wenige gebaut wurden?«

»Special Edition?«

»Also auch ein seltenes Auto.«

»Und warum beschäftigt dich das? Wir haben doch den Halter.«

Ohayon gibt Resnais Recht, aber die Autos spuken noch immer in seinem Kopf rum. Gedanken hören ja nicht einfach auf, nur weil alles klar ist. Jeder Serientäter könnte ein Lied davon singen.

Klingenthal liegt in einem Tal, und die Häuser hier sehen völlig anders aus als die in Fleurville. Schöne alte Fachwerkhäuser sind das. Überhaupt macht die kleine Stadt einen einladenden Eindruck, und angesichts dieser Schönheit hat Ohayon seine beiden BMW inzwischen vergessen. Überall gibt es Gasthäuser und in der Ortsmitte einen kopfsteingepflasterten Platz mit einem alten Brunnen, in dessen Mitte eine zufriedene, fette Figur steht, die sich gerade Weintrauben in den Mund stopft.

Dann sieht Ohayon, dass sich zu Füßen der Bacchusfigur mit ihren Weintrauben steinerne Schweine tummeln. Und da nimmt sein Verstand wie aus dem Nichts Fahrt auf. Funken überspringen winzige, mit ekligen Botenstoffen verkleisterte Zwischenräume, und er denkt an die Bäuerin, mit der er über den Unfall gesprochen hat, und schon ist die Ziege da. In voller Pracht. Die Ziege, die den Hang hat, gegen Zäune zu springen, wenn sie sich erschrickt. Bei Ohayon stehen jetzt, bedingt durch eine hormonell verstärkte Übertragungserregung, auch die Nervenzellen unter Strom, die für Abstraktes zuständig sind. Es kommt zu fruchtbaren Dopplereffekten, und ihm wird schlagartig klar, dass sehr wohl eine Ziege gegen einen Zaun, ein Zaun aber niemals gegen eine Ziege springen kann. Der Zentralgedanke ist da, die Leistung vollbracht. Jetzt geht es nur noch um einfache Schlussfolgerungen und ein kleines Reihenexperiment. Sind nämlich zwei Ziegen beteiligt, so ist es möglich, dass Ziege A Ziege B angreift, es ist aber auch möglich, dass Ziege B Ziege A angreift.

»Du, ich habe gerade noch mal überlegt ...«, fängt Ohayon an, »Michel Descombe hatte seinen Führerschein seit elf Jahren! Nie ein Unfall, nie eine Anzeige, außer für Falschparken. Dann beschleunigt er seinen Wagen auf einer Allee von nur einem Kilometer Länge auf 110.«

»Warum er nicht vorher überholt hat?«

»Er kannte die Rue Bisson, er wusste, dass er jeden Meter brauchen würde, um an dem Laster vorbeizukommen.«

»Du meinst, er hatte den anderen Wagen vorher noch nicht erkannt und wollte ihn einholen?«

»Ich meinte ...«

»Das würde heißen«, fährt Resnais fort, »Michel Descombe hatte vor, den roten BMW von der Straße zu rammen und nicht umgekehrt. Warum sollte er das tun?«

»Ich weiß es nicht. Vielleicht wollte er niemandem etwas tun, und es war ihm einfach egal, was mit ihm und jemand anderem passiert.«

»Selbstmord?«

»Der Gedanke ist mir gestern Abend gekommen.«

»Aber wenn der Fahrer des roten BMW von Michel Descombe gerammt wurde, warum ist er dann abgehauen?«

Die Zufahrt ist so steil, dass Resnais sie im zweiten Gang nehmen muss. Er tritt rechtzeitig die Kupplung und schaltet dann sauber und mit Gefühl.

»Hübsch.«

Das Haus, in dem David Vichys Mutter lebt, besteht ganz aus Holz, ist uralt und schwarz. Neben dem Haus stehen drei Autos unter berankten Carports. Ein roter BMW ist nicht dabei.

Ein Hundezwinger. Vor dem eine Kette. Der Hund ist offenbar heute nicht da, denn sie kommen, ohne dass einer laut wird, bis zur Tür. Neben der Tür hängt ein Schild. Offenbar ist Davids Mutter Inhaberin einer Hausverwaltung.

Eine Frau, Mitte zwanzig, öffnet ihnen. Im Inneren des

Hauses nehmen Ohayon und Resnais als Erstes den starken Geruch von künstlicher Tanne wahr.

»Sie sind sicher die von der Gendarmerie.«

Sie werden in ein Büro geführt. Madame Vichy sieht jünger aus, als Ohayon sie sich vorgestellt hat, und muss mal eine richtige Schönheit gewesen sein. Davon ist im Moment allerdings nicht viel zu sehen, denn sie hat geweint.

»Ist David was passiert?«

Ohayon legt seinen Arm um sie und geleitet sie zu einem Stuhl. »Wir sind nicht hier, um Ihnen irgendeine schreckliche Botschaft zu überbringen.«

Sie nickt, presst ihre Lippen zusammen.

»Aber wir würden gerne mit Ihrem Sohn sprechen. Können Sie uns sagen, wo er ist?«

»In Saarbrücken? Ich weiß es nicht.«

»Wie kommen Sie dann auf Saarbrücken?«

»Er studiert dort. Maschinenbau. Seit vier Semestern. Da ist das wahrscheinlich auch passiert.«

»Was?«

»Dass er plötzlich drogenabhängig geworden ist.«

»Er hat keine Drogen genommen, als er noch bei Ihnen wohnte?«

»Was denken Sie denn? Getrunken, ja, und vielleicht zu viel. Dazu kam dann noch sein Haschisch. Aber ich habe mich damals im Internet erkundigt, und da stand, Haschisch sei nicht so gefährlich und dass viele das machen. Mein Ex-Mann, Pierre, meinte auch, das sei kein Grund, sich Sorgen zu machen.«

Ohayon nickt. »Wir suchen sein Auto.«

»Den roten BMW? Ich weiß gar nicht, ob er den überhaupt noch hat. Er konnte ja nicht mehr fahren, seit seinem Unfall.«

»Er hatte einen Autounfall?«

»David war mit Freunden in den Bergen und ist beim Skifahren gestürzt.«

»Der Wagen ist aber noch auf ihn angemeldet«, insistiert

Resnais. »Hat ihr Sohn einen Freund oder eine Freundin, die ihn sich geliehen haben könnte?«

»Ich kenne seine jetzigen Freunde nicht. Der Wagen stand bis vor drei Wochen hinter den Carports, dann hat ihn wohl irgendwer mitgenommen. David kam in letzter Zeit immer mit dem Taxi.«

»Warum glauben Sie, dass Ihrem Sohn etwas passiert sein könnte?«

»Weil David sonst immer hergekommen ist. Weil er ja Geld braucht. Er hat dann hier übernachtet und was Ordentliches gegessen, weil er doch so furchtbar dünn war, und …«

»Entschuldigen Sie, wenn ich unterbreche. Ihr Sohn studiert, und Sie finanzieren sein Studium.«

»Ja.«

»Gibt es einen Dauerauftrag, bekommt er monatlich Geld?«

»Früher gab es einen Dauerauftrag, er hat 800 Euro im Monat bekommen. Aber den Dauerauftrag habe ich vorletzten Monat gelöscht. Mein Lebensgefährte hat mir dazu geraten. Das Konto zu sperren war die einzige Möglichkeit, David noch ein bisschen an Zuhause zu binden. Nur ist er jetzt seit zehn Tagen nicht mehr gekommen.«

»Und da haben Sie keine Vermisstenanzeige aufgegeben?«

»Henri, also mein Lebensgefährte, wollte das nicht. Sie müssen das verstehen. Die Querelen mit David haben unsere Beziehung sehr belastet. Zuerst haben wir uns einfach gefreut, dass er nicht ständig herkam …«

Diesmal presst sie ihre Lippen nicht einfach zusammen, sie saugt sie nach innen.

»Sie erwähnten eben, dass ihr Sohn in Saarbrücken studiert, da wird er ja eine Wohnung haben. Können Sie uns die Adresse geben?«

Sie zuckt mit den Schultern.

»Sie wissen nicht, wo ihr Sohn lebt?«

»Für Außenstehende ist das sicher schwer zu verstehen, aber ... David hat sich vollkommen von uns abgekapselt. Seine Schwester ist ganz anders, die weiß, was sie will.«

»Wie heißt die?«

»Melissa.«

»Und mit Nachnamen?«

»Noch immer Vichy. Sie ist nicht verheiratet.«

»Wir bräuchten ein aktuelles Foto von ihrem Sohn.«

Sie muss eine Weile suchen. Während sie das tut, erklärt sie, dass sie keine schlechte Mutter sei und ihren Sohn lieben würde. Nur sei schon ihre erste Ehe an den Problemen mit David gescheitert, und ihr neuer Freund sei eben der Meinung, und vielleicht habe er Recht, dass eine straffere Handhabung ... Und so weiter. Sie habe insgesamt kein gutes Gefühl, wie sich die Strategie mit der strafferen Handhabung entwickelt hat. Von dem, was sie erklärt, abgesehen, neigt sie zum Weinen. Resnais wirft Ohayon einen Blick zu, der bis zum Rand mit Meinung und Vorurteil gefüllt ist.

»Hier. Das ist vor zwei Wochen aufgenommen worden, da waren wir beim Chinesen. David war schon als Kind immer ganz wild auf chinesisches Essen.«

Resnais sieht sich die Aufnahme kurz an, reicht sie an Ohayon weiter.

»Das auf dem Foto ist ihr neuer Lebenspartner?«

»Ja, das ist Henri. Er gibt sich Mühe, das mit mir durchzustehen. Wie ich schon sagte, meine erste Ehe ist ja daran gescheitert. An Davids Sucht.«

»Diese Sucht besteht also doch schon länger.«

»An dem Tag, an dem das Foto aufgenommen wurde, haben Henri und David sich ganz furchtbar gestritten.«

»Warum?«

»Henri hat gedroht, ihn anzuzeigen, wenn er sich noch mal bei mir blicken lässt. Aber Sie dürfen das bitte nicht falsch verstehen. Henri hat nur versucht, mich vor David zu schützen. Weil ich immer wieder auf ihn reingefallen bin.«

Sie zögert. »Henri hat nur um sein Recht gekämpft. Und

um meins. Dafür, dass wir normal leben können. Ohne dass David alles kaputt macht.«

Ohayon betrachtet noch immer das Foto. »Was sind das für Krücken?«

»Na, die braucht David doch. Wegen seines Skiunfalls.«

»Aber der war vor anderthalb Jahren.«

»Die Wirbelsäule wurde verletzt. Man hat ihn operiert, und der Arzt sagte damals, dass ein weiterer Eingriff nötig wäre. Aber David wollte ja nie zum Arzt. Er hatte furchtbare Angst davor. Henri und ich haben immer wieder versucht, ihn zu einer Operation zu überreden, aber er ist jedes Mal ausgerissen. Wir haben uns furchtbar gestritten«

»Wie hat Ihr Sohn darauf reagiert?«

»Er hat das Haus verlassen und kam erst nach ein paar Tagen zurück.«

»Selbst nach einem heftigen Streit kam er nach ein paar Tagen zurück?«

»Ohne Geld, was sollte er da machen? Ich dachte immer, dass Henri ihn wieder hinkriegt. Und ich habe David doch auch immer aufgenommen, wenn er in Not war.«

Sie steht wieder kurz davor zu weinen. Resnais betrachtet seine neuen Stiefel, und man könnte durchaus den Eindruck haben, ihr Weinen ginge ihm auf die Nerven. Ohayon ist da anders. Professioneller. Erfahrener in jedem Fall. Das sieht man schon daran, dass er noch immer die Packung mit den Taschentüchern in der Hand hält.

»Sie haben Ihren Sohn hier übernachten lassen, Madame. Das war gut.«

Ihr Blick. Etwas wässrig zwar, aber sie ist froh, das zu hören.

»Sie haben ihrem Sohn zu essen und auch Geld gegeben, jetzt sollten Sie eine Vermisstenanzeige aufgeben, denn sonst können wir nichts unternehmen.«

»Das kann ich nicht. Das wäre ja, als würde ich meinen Sohn verraten.«

»Wir sollen ihn nicht suchen?«

»Sie wollen ihm doch nur irgendwas anhängen! Außerdem muss ich das erst mit Henri besprechen.«

Eine Bewegung. Resnais löst sich vom Anblick seiner Stiefel. »Das Schild am Eingang: Sie sind Inhaberin einer Hausverwaltung?«

Sie nickt.

»Könnte David sich vielleicht in einer der Wohnungen aufhalten, die Sie verwalten?«

»Dann müsste er ja die Schlüssel haben, und die sind im Safe.«

»Sehen Sie bitte nach, ob noch alle Schlüssel da sind. Auch die zu irgendwelchen Garagen und Nebengebäuden.«

Draußen ist es immer noch kalt.

»Wo ist eigentlich Ihr Hund?« Ohayon zeigt auf den leeren Zwinger.

»Den mussten wir einschläfern lassen.«

»Warum?«

»Der Tierarzt meinte, das sei besser so. Henri hat mir das abgenommen. Ich hätte das nicht gekonnt.«

»Sie selbst waren nicht mit dem Hund beim Tierarzt?«

»Nein, Henri. Warum fragen Sie?«

»Wann wurde der Hund eingeschläfert?«

»Letzte Woche.«

»Und das hat nichts mit David zu tun?«

»Wieso mit David?«

»Weil es zeitlich so nah zusammenliegt. Ich meine, man riecht den Hund ja noch im ganzen Haus.«

»Ich kann Ihnen gerne die Adresse von Dr. Chauveau geben.«

»Das ist schlimm, wenn so ein Tier plötzlich nicht mehr da ist. Hunde sind uns Menschen ja in vielerlei Hinsicht überlegen. Die haben ein feines Gespür. Und einen tollen Geruchssinn. Bei der Polizei setzen wir die ja auch ein. Zum Beispiel, wenn wir nach einer Leiche suchen.«

Ohayon sieht sie eine Weile einfach nur an.

»Möchte Henri einen neuen Hund?«

»Nein, erst mal nicht.«

»Gut, wir können Ihren Sohn nur suchen, wenn Sie eine Vermisstenanzeige aufgeben, das haben Sie verstanden.«

»Wie ich schon sagte, ich muss das erst mal mit Henri besprechen. «

»Das Foto dürfen wir trotzdem mitnehmen?«

»Horroreltern«, sagt Resnais auf dem Weg zum Auto.

»Ich denke eher, sie will es nicht wahrhaben, und ihr neuer Mann hat ein Problem mit seinem Stiefsohn.«

»Und das bedeutet jetzt was?«

»Dass wir zu diesem Tierarzt fahren.«

»Warum?«

»Weil es doch komisch ist, dass Sohn und Hund zur gleichen Zeit verschwinden.«

Beim Tierarzt müssen sie erst mal warten, denn Dr. Chauveau behandelt gerade eine Katze.

Endlich erscheint eine Frau, die einen weißen Kittel trägt und etwas unkonzentriert wirkt. »Sie können kommen, wo ist ihr Tier?«

»Schon tot.«

»Dann folgen Sie mir doch bitte.«

Dr. Chauveau hat Hautprobleme an den Handrücken und sitzt etwas krumm.

»Wir bräuchten eine Auskunft, die einen Hund betrifft«, beginnt Resnais förmlich. »Es geht um den von Madame Vichy.«

»Der Rottweiler. Ja, ich erinnere mich, das war letzte Woche.«

»Sie haben den Hund eingeschläfert?«, fragt Resnais weiter.

»Monsieur Maeche hat ihn gebracht. Ich habe extra noch angerufen und Madame Vichy gefragt, ob das in Ordnung ist. Er war ja nicht der Halter.«

»War der Hund denn so krank, dass er eingeschläfert werden musste?«

«Er war alt und ... Moment ... Der Hund war dreizehn Jahre alt, und große Hunde werden nicht viel älter. Monsieur Maeche sagte mir, dass er bösartig sei und Menschen angreift. Auch Hunde verändern sich, wenn sie alt werden.«

»Aber er war nicht so krank, dass man ihn zwingend hätte einschläfern müssen.«

»Wenn er Menschen angefallen hat?«

»Sie können so was natürlich schwer überprüfen.«

»Darf ich fragen, warum Sie das interessiert?«

»Weil der Sohn von Madame Vichy offenbar verschwunden ist.«

»Sie meinen, der Hund hat ihn zerfleischt?«

»Das wäre dann allerdings sehr dramatisch.«

»David wird sich am Bahnhof von Meyenburg-Fleyming rumtreiben. Ich kenne ihn. Sie wissen, dass er drogenabhängig ist?«

»Sie haben ihn dort gesehen?«

»Ja. Die treffen sich am Bahnhof. Die meisten dort sind einfach nur Kiffer. Mein Sohn hat sich auch eine Weile da rumgetrieben. Ich hab ihn ein paarmal von dort weggeholt, aber nicht, weil er Haschisch geraucht hat. Ich bin Arzt und habe bemerkt, dass mein Sohn sich verändert hat. Er hat mir dann erzählt, dass sie dort neuerdings experimentieren. Mit Tabletten. Es wäre sicher gut, wenn sich mal jemand dahinterklemmt und rausfindet, woher die ihre Tabletten bekommen.«

Als sie wieder im Auto sitzen, fasst Ohayon einen Entschluss. »Du bringst mich zurück nach Fleurville und dann fährst du nach Meyenburg-Fleyming. Vielleicht gibt es dort tatsächlich irgendwelche Süchtigen, die wissen, wo David Vichy sich aufhält.«

»Und du?«

»Wir konzentrieren uns zu sehr auf das Auto und wissen zu wenig über das Unfallopfer. Woher er das viele Bargeld hatte. Was für ein Leben er geführt hat. Ich möchte nicht die ganze Zeit stumpfsinnig hinter einem Auto herjagen.«

»Deshalb mach ich das ab jetzt.«

»Genau. Ich werde mal im *Centre Fleur* nachfragen, vielleicht weiß da jemand was.«

Ohayon lässt sich dann aber nicht an der Gendarmerie und auch nicht am *Centre Fleur* absetzen, sondern am Friedhof. Zeit, seine Mutter zu besuchen. Der Gedanke war plötzlich da, er war schon seit zwei Wochen nicht mehr bei ihr. Auf ihrem Stein steht nur, dass ihr Sohn sie geliebt hat und natürlich ihr Name. Florence.

*

David Vichy leidet nicht mehr, denn er hat seine Tabletten. Trotzdem hat sie ihn reingelegt. Sie hat ihn allein zurückgelassen und gedroht, keine Tabletten mehr zu bringen, falls er das Haus verlässt. Nun, im Moment hat er keinen Druck, im Gegenteil, es geht ihm gut. Er hat ja immer diese Phasen, in denen er sich fühlt, als wäre er ein ganz normaler Mensch.

Yvonne hat nichts dagegen, dass er aufsteht. Er darf sich frei im Zimmer bewegen. Er hat auch einen Fernseher und einige Bücher. Die hat sie ihm mitgebracht. Das war nett. Trotzdem weiß er immer noch nicht, was er von ihr halten soll. Sie hat mit ihm über seine Angst gesprochen und wollte viel über seine Eltern wissen. Über seine Eltern hat er ihr nicht die Wahrheit gesagt. Denn das geht niemanden etwas an, das hat auch nichts mit seinen Schmerzen zu tun. Ob sie gemerkt hat, dass er sie belogen hat?

Er würde gerne rausgehen und wieder ein normales Leben führen. Mit dem Finger schnippen und sich vorstellen, dass es funktioniert. Es hatte während der Gespräche mit ihr Momente gegeben, in denen er ihr geglaubt und gemeint hatte, alles sei gar nicht so schwer, wenn er sich ihr nur anvertrauen würde. Aber dann war er doch wieder misstrauisch geworden.

Mit dem Finger schnippen, und alles ist gut. Er würde wieder mit seinem BMW fahren. Solange er im Auto sitzt und fährt, hat er keine Angst. Aber zu fahren, das hat sie ihm verboten. Also bleibt ihm nichts anderes übrig, als sich vorzustellen, wie es war, als er noch fahren konnte. Manchmal schläft er dabei ganz plötzlich ein. Das liegt an ihren Tabletten. Wenn er dann wieder aufwacht, denkt er weiter über die Gespräche mit ihr nach oder darüber, wie es war, frei zu sein. Es ist dieser Rhythmus, der sein Leben bestimmt. Aufwachen und schlafen. Wenn er schläft, träumt er manchmal vom Fahren, vom Wind. Aber nicht alle Träume vom Fahren sind schön.

Er weiß nicht, wo die Straße geblieben ist, die er sucht. Das meiste ist einfach weg. Es hatte damals geregnet, und der Regen war auf der Fahrbahn gefroren.

Jetzt scheint die Sonne, auf den Feldern links und rechts kommt das erste Grün raus. In seiner Erinnerung gibt es einen Fluss. Oder hat er sich den immer nur eingebildet? Er findet nichts wieder, das er wirklich kennt. Aber je länger Alain sucht, desto genauer scheint seine Erinnerung zu werden. Und desto falscher. Er weiß einfach zu wenig, er war ja damals so aufgeregt gewesen und wütend. Zuerst waren sie zwanzig, vielleicht dreißig Kilometer auf der Autobahn gefahren. Richtig, oder? Dann runter. Aber wo? Drei Ausfahrten vor Nancy? Zwei? Eine? Dann eine Weile geradeaus oder … daran erinnert er sich nicht mehr. Sie waren durch einen Wald gekommen, da ist er sich sicher. In seiner Erinnerung gibt es einen kleinen Fluss, und der lag eher rechts.

Er fährt schon seit zwei Stunden. Es ist alles zu uneindeutig.

Betrunken! Zu schnell! Deshalb! Wie oft hatte er sich das gesagt? Immer die gleichen Bilder: Aufgeblendete Scheinwerfer. Lichthupe. Wald. Fluss. Und eben ein silberner Mercedes, aus dessen Kofferraum ein Geist aufgestiegen war, nachdem er sich überschlagen hatte, ein Geist, der aussah wie ein Anzug.

Michel ist tot.

Keiner aus dem Freundeskreis hatte sich getraut, etwas zu sagen, dabei mussten doch alle gemerkt haben, dass Michel sich verändert hatte. Und er, Alain, hatte immer geglaubt, diese Freundschaft sei unverbrüchlich. Schon wieder! Regenbild unter starken Scheinwerfern und nur noch ein paar Minuten Leben. Nur noch ein paar Minuten Michel.

Irgendwann, Alain hat schon zwei Stunden gesucht, ist er kurz davor durchzudrehen. Nein, das ist kein Schuldgefühl, das ist die Angst des Täters, entdeckt zu werden. Aber wie bitte soll mich jetzt noch irgendwer entdecken? Unsinn!

Und doch fährt er weiter. Er spürt, dass sein Bauch wehtut. Hat er den die ganze Zeit angespannt? So geht es nicht weiter. Also hält er am Rand eines Erlenwäldchens und steigt aus. Er nimmt den Geruch von Pilzen wahr, aber Pilze um die Jahreszeit? Morchel? Oder Moos? Oder was Pflanzliches, das verwest? Er weiß es nicht. Der Geruch des Waldes, das Geräusch des Windes, der durch die noch kahlen Kronen der Bäume streicht, das alles trägt nicht gerade zu seiner Beruhigung bei.

Große Schritte, eindeutig zu groß für einen Spaziergang im Wald. Er hat nichts getan, das man Mord nennen darf. Oder doch? Bild der Allee im Regen, Bilder verschiedener Straßen im Regen … Rue Bisson, mündet in die Rue Belleville … Im Grunde ist nichts anderes passiert, als dass sich sein Freund betrunken hat und er ihn davon hätte abhalten müssen zu fahren. Hatte er nicht geahnt, dass etwas passieren würde? Nur ein winziger Gedanke war das gewesen. Müsste ihm eigentlich sagen, dass er besser nicht mehr fährt …

Er geht weiter, die Gedanken und Gegengedanken, die ihn entlasten sollen, wiederholen sich. Und das ist nicht gut, das hat etwas von einer Rechtfertigung. Michel war auf dem Weg nach Hause gewesen, wäre von der Rue Bisson in die

Rue Belleville eingebogen und der gefolgt bis zur Waldsiedlung. Rue Bisson mündet in die Rue Belleville ... Hörte das denn überhaupt nicht mehr auf? Und wieder das Regenbild. Michels Wagen, wie er unter der Traverse steht, an der starke Lampen senkrecht nach unten strahlen.

Hat er sich gerade eine Zigarette angezündet? Ist er so nervös? Warum? Wegen der Frauen? Die waren komisch gewesen an dem Abend. Wütend auf Michel. Ein ganz neuer Gedanke.

Er schafft es, von dem Bild wegzukommen, ohne dabei an aufsteigende Geister und einen silbernen Mercedes zu denken. Sofort geht es ihm besser, und er meint gerade, dass es jetzt ausgestanden wäre, als er das Geräusch hört. Er ortet, woher es kommt, und verlässt den Weg. Das tut er wie von selbst. In seinem guten Anzug mit seinen guten Schuhen quer durch einen Erlenwald mit Büschen und vielen Ästen am Boden. Er geht weiter, bekommt nasse Füße, ohne es richtig zu merken. Er muss weiter. Er will es jetzt wissen. Und dann ist es, wie er befürchtet hat. Er steht am Rand eines kleinen Flusses. Sechs Meter breit mag der sein. Und da kommt es ihm dann so stark, dass er mit den Füßen trippeln muss, und dann bekommt er fast die Hose nicht rechtzeitig auf, so doll muss er plötzlich pinkeln. Er achtet darauf, nicht in Richtung des Flusses zu urinieren, aus Angst damit etwas auszulösen. Dabei ist er doch sein Leben lang nie abergläubisch gewesen. Gläubig ja, aber nicht so. Mit Geistern und urologischen Vorzeichen.

Endlich frei. Das Pinkeln hat ihm gutgetan, er hält zwar seinen Penis noch in der Hand, aber er ist wieder bei Verstand.

Was wird Charlotte sagen, wenn sie die Schuhe sieht? Er schließt seine Hose und sieht ... seinen Vater. Der Mann im grauen Kittel ist aufgetaucht. Irgendwo in einem Erlenwäldchen, nicht weit von Nancy entfernt.

David Vichy schreckt auf. Fühlt sich allein. Und er hat Angst davor, allein zu sein. Also lauscht er, achtet auf jedes Geräusch. Und das Schicksal meint es gut mit ihm, denn er hört, wie sich ein Auto nähert. Es hält vor dem Haus. Sie ist es.

Als er Yvonne sieht – sie trägt wieder Jeans, aber diesmal einen hellblauen Pullover –, da macht sein Herz einen Sprung. Es gibt im Moment keinen wichtigeren Menschen in seinem Leben als sie. Ja, es ist sogar möglich, dass er sich noch nie auf jemanden so gefreut hat. Sie lächelt ihn an. Es ist ein freundliches Lächeln, eins, dem er trauen kann. Sie kommt ihm heute so jung vor, aber sie ist ja auch fast in seinem Alter. Der Gedanke, dass ihm eine Gleichaltrige hilft, macht es leichter. Von so einer kann er Anordnungen leichter annehmen, sie könnte fast seine Freundin sein. Der Gedanke gefällt ihm, denn er macht ihn stärker.

*

Gelbe Narzissen. Der Bahnhof von Meyenburg-Fleyming ist keiner mehr. Unkraut wächst zwischen den großformatigen Betonplatten. Um den Platz herum verlassene Geschäfte und verwilderte Sträucher, eingegrenzt von hochkant gestellten Waschbetonplatten. Um das Grauen noch grauer zu machen, hat die Stadtverwaltung alles mit diesen gelben Narzissen bepflanzen lassen. Bild eines Untergangs. Aber Dr. Chauveau hatte Recht, es gibt eine Ansammlung von fünf Jugendlichen auf dem verwaisten Bahnhofsvorplatz, und die scheinen bester Stimmung zu sein.

Die Tatsache, dass Resnais ihnen seinen Ausweis zeigt, bewirkt nichts Negatives. Die Fünf rennen nicht weg und fangen auch nicht an, schlecht über die Polizei zu reden. Im Gegenteil, sie scheinen erfreut, dass etwas passiert.

»Ich suche diesen Mann.«

Das Foto wird weitergereicht.

»David, oder?«, fragt einer, der zwei Meter groß ist, einen mit wilden Haaren und tollen Koteletten. Der nickt, gibt das Foto an drei weiter, an denen nichts markant ist, außer dass sie frösteln. Auch die nicken und sagen: »David.«

»Der gehört aber nicht mehr zu uns, der ist bei den Junkies«, erklärt der Anführer.

»Früher war er bei euch?«, fragt Resnais.

»Eine Weile, bis vor ein paar Monaten. Da kam er manchmal rauchen und reden. Wir haben ihn im Zug kennengelernt. Irgendwann kreuzte David hier auf. Aber der war anders als wir. Kein Kreativer. Und er kommt auch nicht aus Meyenburg, sondern irgendwo aus den Bergen.«

»Ihr studiert?«

»Die drei visuelle Kommunikation, und der Lange und ich Film. In Karlsruhe, aber wir kommen aus Meyenburg …«

»Und David?«

»Der kam immer auf Krücken. Und ist dann zu den Anderen gewechselt, ich glaube, er war da hinter einem Mädchen her …«

»Séverine«, unterbricht ihn ein anderer. »Die ist jetzt in der Psychiatrie.«

»Warum fragen Sie nach David? Ist er tot?«

»Habt ihr was in die Richtung gehört?«

»Nein, ich sag das nur, weil schon mal einer gestorben ist von denen, der lag da in der Unterführung, da schlafen die manchmal. Und weil eben immer mal welche verschwinden und nie wieder auftauchen.«

»Wie?«

»Das ist normal bei denen, dass sie verschwinden, bei David ist es ja auch so. Schon mal in Krankenhäusern gefragt? Vielleicht ist er da gestorben.«

»Was für Drogen nehmen die?«

»Tabletten.«

»Und wo bekommen sie die her?«

»Wissen wir nicht. Wir haben nichts mit denen zu tun.«

»David hat mal gesagt, dass er in Saarbrücken in einer WG wohnt, vielleicht ist er da.«

»Die Adresse dieser WG?«

»Tut mir leid.«

»Danke.«

Zwei Stunden später ruft Resnais Ohayon an.

»Ich habe mit David Vichys Vater und dem neuen Lebensgefährten von Madame Vichy gesprochen. Bei keinem der beiden ist der Wagen, und ich glaube ihnen, dass sie nicht wissen, wo David sich aufhält. Aber pass auf: Die Jugendlichen am Bahnhof von Meyenburg meinten, da würden öfter Süchtige verschwinden. Vielleicht gibt es irgendwo eine Station oder eine Einrichtung, wo man sie hinbringt. Ich werde also die Krankenhäuser abklappern. Danach fahre ich nach Saarbrücken, die WG suchen, in der er wohnt. Kannst du dafür Melissa Vichy überprüfen? «

*

Als Ohayon Melissa Vichy sieht, weiß er, wie ihre Mutter vor zwanzig Jahren ausgesehen hat. Melissa Vichy ist nicht einfach nur schön, sie besitzt die Gabe, so zu gehen, zu reden und ihren Salat zu essen, als sei sie sich ihres guten Aussehens überhaupt nicht bewusst. Nur, wo ihr Bruder ist…

»Es tut mir leid, aber ich habe keine Ahnung. Möchten Sie vielleicht auch etwas essen? Ich warne Sie, es gibt nur Salat. Ich esse seit Tagen nur noch Grünes. Schrecklich!«

Nachdem sie das gesagt hat, entfährt ihr ein kleiner Rülpser, und sie bittet um Verzeihung. Ohayon lässt es ihr durchgehen und wünscht sich einen kurzen Moment lang, er hätte sein ganzes Leben lang nur Salat gegessen und Sport getrieben.

»Sie mögen Ihren Bruder?«

»Als wir Kinder waren, ja. Und wie! Ist das nicht immer so, dass Mädchen ihre kleinen Brüder mögen? Jetzt beklaut

David jeden, in dessen Wohnung er kommt und ... Damit, dass Sie David finden, ist es ja nicht getan. Er muss einen Entzug machen, und ich glaube, da muss auch sonst noch einiges in Ordnung gebracht werden bei ihm. Nur kann man leider niemandem helfen, der sich nicht helfen lassen will. Wollen Sie wissen, was für ein Bild ich von meinem Bruder habe? Das Bild einer Leiter, die bis hoch in den Himmel führt. Mein Bruder klettert immer höher und höher. Man könnte meinen, er sei unglaublich mutig. Nur hatte David immer Höhenangst.«

Sie hört auf zu sprechen und sieht eine Weile zu einem Poster rüber, auf dem ein Mann breitbeinig hinter zwei Monitorboxen steht und seine Gitarre mit der Faust bearbeitet.

»Wenn sie jemals mit einem Süchtigen unter einem Dach gelebt hätten, wüssten Sie, dass man irgendwann ziemlich hart wird. Ich wollte aber nie hart werden.«

Ohayon bekommt eine immer genauere Vorstellung, mit wem er es hier zu tun hat. Melissa Vichy steht mit beiden Beinen auf dem Boden, ist freundlich, denkt mit, obwohl sie nicht helfen kann, und ist davon abgesehen eine ganz normale junge Frau, die zu Hause barfuß rumläuft, einen etwas ausgebeulten Jogginganzug trägt, ihr wildes Haar etwas schludrig zusammengebunden hat und offenbar mit zwei kleinen Pickeln kämpft, auf die sie Creme getupft hat. Das Gespräch ist locker, geht ein bisschen ins Private. Sie gesteht Ohayon sogar, dass sie nachts manchmal eine Gesichtsmaske trägt, damit ihre Haut frisch bleibt. Das wiederum hängt mit ihrem Beruf zusammen...

»Ich bin Chefsekretärin in einem großen Büro. Viel Kundenverkehr, da muss man auf sein Äußeres achten.«

Über ihre beiden Väter spricht sie recht positiv. Aber sie war ja auch schon aus dem Haus, als Madame Vichy den Partner wechselte.

»Und Ihre Mutter? Wie ist die?«

»Wir kamen nie besonders gut miteinander klar. Aber das ist ja oft so bei Müttern und Töchtern.«

Es ist für Ohayon immer schön, wenn er es bei seiner Ermittlung mit völlig normalen Menschen zu tun hat. Offenbar interessiert sich Melissa Vichy für Musik. Jedenfalls hängen in ihrer Küche zwei Plakate, die auf Konzerte von Metallica hinweisen, und auf dem Küchentisch liegen stark abgegriffene CDs von Faith no more, Sodom und Nirvana.

*

Es ist warm in seiner Erinnerung. Die Sonne brennt senkrecht vom Himmel und erzeugt so viel Licht, dass die Farben verblassen und die Konturen ausfransen. Alain hat verstanden. Letztlich geht es um eine Art inneren Frieden, einen Ausgleich, ein Akzeptieren. Er weiß nicht einmal mehr, wogegen er sich überhaupt gewehrt hat. Komische Sachen hat er geträumt. Aber das kann an den Tabletten liegen. Seit gestern muss er immer wieder an das gleiche Bild denken. Es stammt aus der Zeit, als er und Michel sich kennengelernt hatten. Sie waren im Freibad gewesen, einem See mit abgesperrter Zone, und da gab es einen Fünf-Meter-Turm, zu dessen Sprungbrett eine rostige Leiter hochführte, an der einige Sprossen fehlten. Der Turm war schon seit langem gesperrt, niemand traute sich da mehr rauf. An einem Sonntag waren er, Michel und einige aus der Klasse zum Baden hingefahren. Der Bademeister hatte mal wieder in seiner Bretterbude gehockt und so war irgendwann auf völlig unsinnige Weise darum gewettet worden, dass sich niemand auf den Sprungturm trauen würde. Sie waren noch mitten im Reden, als Michel aufgestanden und hochgeklettert war. Auf halber Höhe der Leiter hatte er zu ihnen runtergesehen – Alain meint, er hätte genau ihn angeblickt – und unglaublich frech und herausfordernd gegrinst. Nach seinem Sprung war Michel ein Held gewesen, und für ihn, Alain, hatte an diesem Tag angefangen, was dann nie mehr aufgehört hat. Alle Mädchen hatten sich um Michel geschart. Der war nach seinem Sprung an Land geschwommen und hatte sich neben ihn gesetzt. Und so hatte er, Alain, etwas abbekommen von Michels Glanz. Und das war mehr oder weniger so geblieben.

»Du stehst auf Frauen mit schmalen Hüften, die nicht rumwackeln«, hatte Michel neulich gemeint. »Also Frauen, die eher männlich wirken.«

Michel, der Augenmensch. Michel, der Gruppenmensch.

Würde sich alles ändern, jetzt, wo er nicht mehr lebt? Im Grunde hatten sich doch die Frauen seines Freundeskreises um Michel geschart. Worüber würden sie in Zukunft sprechen, wenn sie im *Lacombe* zusammensitzen? Jetzt, wo niemand mehr da ist, um im richtigen Moment neue Themen anzureißen.

Michel hatte die einzigartige Begabung besessen, eine Gruppe, ohne dass es groß auffiel, durch einen Abend zu coachen und genau zu spüren, wann das Gespräch zu versanden drohte.

Gestern ist Alain nicht im Büro gewesen, sondern hat eine lange Fahrt unternommen, die in einem Erlenwäldchen endete. Das ist sein Tiefpunkt gewesen. Und zugleich die Wendung zum Guten. Denn dort im Erlenwäldchen ist ihm die Idee gekommen. Vater anrufen ... Am späten Nachmittag ist er dann gleich zu ihm gefahren.

Sie haben verabredet, dass Alain ihn an seiner Eisenwarenhandlung in Bitche abholen würde. Seit wann bin ich nicht mehr hier gewesen...? Seit zehn Jahren...? Zwölf...? Als er noch zu Hause gelebt hat, war die Eisenwarenhandlung seines Vaters immer mal wieder Thema gewesen. Mutter hat sich für ihn und seinen grauen Kittel geschämt. Oder? Sie hat doch immer wieder versucht, Vater zu überreden, was Anderes, etwas Richtiges zu machen. Vater in seinem grauen Kittel. War der nicht letztlich sein, Alains, Motor gewesen, der Stachel, der Antrieb, es zu etwas zu bringen? Und das hatte er doch auch geschafft. Oder?

In Bitche angekommen, hat er Probleme, einen Parkplatz zu finden. Offenbar ist aus der Straße, in der die kleine

Eisenwarenhandlung seines Vaters liegt, eine Fußgängerzone geworden.

Dann findet er den Laden nicht. Wo früher die Eisenwarenhandlung war, befindet sich ein großes Geschäft, dass sich drei Häuser weit hinzieht. Davor stehen Fahrräder, Mopeds und einige Traktorrasenmäher. Aber das war doch hier ... In diesem Moment sieht er einen Mann winken. Sein Vater kommt aus dem Laden, und da endlich begreift Alain die Buchstaben. Dabei sind sie ja nun wirklich groß genug.

CHARTIER

Alain hat seinen Familiennamen noch nie so groß in aller Öffentlichkeit präsentiert gesehen.

»Hallo, Alain. Schön, dass du mich mal außer der Reihe besuchst.«

Sie umarmen sich etwas länger als sonst, obwohl Alain noch immer das Gefühl hat, dass etwas nicht stimmt. Sein Vater trägt nämlich einen Anzug und keinen grauen Kittel.

»Du bist sicher gekommen, um über Michel zu sprechen. Seinen besten Freund zu verlieren ... Warum hast du uns nicht gesagt, wann er beerdigt wird? Wir wären doch gekommen.«

Alain hat nur halb zugehört. Er starrt noch immer zu dem Geschäft rüber.

»Das war früher viel kleiner.«

»Na, ich hab mich erweitert. So Stück für Stück was dazugekauft. Wollen wir spazieren gehen und hinterher was essen?«

Sie nehmen den Wagen seines Vaters, einen neuen Renault Espace.

Der Parkplatz an der Mosel ist der richtige, soweit sich Alain erinnert, aber auch hier ist alles anders. Das Gleiche gilt für den Weg am Fluss.

»Das war hier früher immer so rutschig und der Weg, war der nicht ein bisschen schräg? So zum Fluss hin geneigt?«

»Dann warst du aber wirklich lange nicht mehr hier, das wurde bereits vor vielen Jahren in Ordnung gebracht.«

Sie sprechen während ihres Spaziergangs – beide unter dem Regenschirm des Vaters – lange über Michel, und Alain berichtet ohne Scheu davon, durch welche Tiefen er in den letzten Tagen gegangen ist. Ein paar Sachen lässt er aus, denn er will seinen Vater ja nicht mit Details überschütten. Auf dem Rückweg fragt er ihn darüber aus, wie das mit der Vergrößerung des Geschäfts genau abgelaufen ist. Es gibt nichts Magisches zu berichten, außer, dass sein Vater sich offenbar seit zehn Jahren als Stadtverordneter in Bitche engagiert und auf diesem Weg günstig an die Häuser gekommen ist. Das alles verwirrt Alain, er versteht nicht, warum er offenbar überhaupt kein Bild davon hat, wer oder was sein Vater ist. Dabei besuchen er, Charlotte und Daniel seine Eltern doch regelmäßig. Nur liegt deren Haus eben nicht in Bitche. Worüber haben wir gesprochen? Jedenfalls nicht über Vaters Beruf. Warum nicht?

Sie sind beide der Meinung, dass sie ins Warme sollten und sich ein gutes Essen verdient hätten. Während sie warten, trinken sie jeder ein Bier, und Alain kommt nun endlich zu dem, worüber er eigehtlich hatte sprechen wollen.

»Weißt du, was mir, glaube ich, helfen wird, mit Michels Tod fertigzuwerden?«

»Na?«

»Die Tatsache, dass ich von euch religiös erzogen wurde. Ich bin froh, dass du mich als Kind dazu gedrängt hast, Ministrant zu werden und im Chor zu singen.« Ein schönes, ehrliches Lachen. »Im Nachhinein kann ich nur dankbar sein, dass du ein religiöser Mann bist. Das klingt ein bisschen albern, ich weiß, aber das wollte ich dir unbedingt sagen.«

Was für ein schönes Gefühl, seinem Vater ein so großmütiges Kompliment zu machen. Alain bestellt zwei weitere Gläser Bier.

»Es ist lieb, Alain, dass du dich bedankst, aber ich muss dich enttäuschen. Ich bin kein übermäßig religiöser Mensch.«

»Aber du hast mich Ministrant werden lassen.«

»Weil du das unbedingt wolltest. Du mochtest den Pfarrer, du hast ihn fast angebetet. Ich habe mich damals gewundert, aber ... Schön, dass es dir jetzt hilft.«

»Du musst mir nicht antworten, aber ... Wenn jemand Mutter angreifen würde. Oder wenn damals jemand mich angegriffen hätte. Nicht mit einem Messer oder so, sondern mit Worten. Sagen wir, derjenige wüsste etwas über mich oder Mutter und fängt an, das rumzuerzählen. Üble Nachrede, die schlimme Folgen hat. Wie weit wärst du gegangen?«

»Man kann einen Anwalt einschalten.«

»Du weichst aus.«

»Weil ich nicht verstehe, warum mir mein erwachsener Sohn so eine Frage stellt. Kannst du das nicht selber entscheiden?«

»Ich habe längst entschieden. Ich will wissen, was du getan hättest.«

Sein Vater versteht, und Alain bekommt die Antwort, die er so dringend gebraucht hat. Ein Mann hat selbstverständlich die Pflicht, seine Familie zu beschützen, und ein Mann hat in solchen Fällen durchaus das Recht zu handeln, ohne vorher im Gesetzbuch nachzusehen. Ein Mann hatte auch das Recht, Fehler zu machen. Er sollte sich nur nicht erwischen lassen.

Nachdem die Frage männlicher Handlungsfreiheit geklärt ist, sprechen sie über die wichtigen Sachen.

»Daniel wünscht sich eine kleine Schwester, und Charlotte und ich überlegen ...«

Das wird mit einem Schnaps begossen. Und dann mit einem zweiten.

Danach geschieht etwas, das Alains Vater zwar etwas wundert, aber auch freut. Sein Sohn fängt an, ihn weiter über seinen Lebensweg auszufragen, die Entscheidungen, die er hat treffen müssen, und die Zufälle, die sein Leben bestimmt haben. Kurz darauf sind sie bei den Großeltern, den Tanten, Onkeln, Cousinen, Neffen. Alain scheint – das ist der Eindruck seines Vaters – gar nicht genug zu bekommen von diesen Lebensgeschichten und Schicksalen der Familie, der er entstammt. So ist er noch nie gewesen.

Es wird ein langer Abend. Vielleicht der vertrauteste und persönlichste, den er und sein Vater je miteinander verbracht haben.

Auf der Fahrt zurück nach Fleurville hat Alain trotzdem ein schlechtes Gewissen. Das mit dem angeblich geplanten und gewünschten Kind, da hat er nicht ganz die Wahrheit gesagt. Charlotte hat ihn zwar schon ein paarmal gefragt, aber er ist stets ausgewichen. Vor einem zweiten Kind, meint er, müsse er erst mal mit seinem Chef, Monsieur Theron, sprechen. Ich bin gut in meinem Beruf und habe das Recht befördert zu … Sicher, nur führt der Weg zu Theron über eine Frau, derentwegen er manchmal nächtliche Wanderungen unternimmt. Melissa Vichy, wer ist die schon? Eine Sekretärin. Erst jetzt, schon etwas hypnotisiert von den Scheibenwischern, wird Alain klar, was für ein lächerlicher Mann er doch ist. Ob er und Charlotte ein zweites Kind bekommen, soll von einer Frau abhängen, die er kaum kennt und von der er meint, abhängig zu sein?

Als er am nächsten Morgen die Küche betritt, sitzt Charlotte bereits am Tisch, liest Zeitung und trinkt Kaffee. Ihr fällt sofort auf, dass etwas an ihrem Mann anders ist.

»Du guckst so nachdenklich.«

»Ich habe gestern lange mit meinem Vater gesprochen. Familiensachen.«

»Du hast mir gar nicht gesagt, dass du zu deinen Eltern fährst. Wie geht's deiner Mutter?«

»Ich habe nur meinen Vater gesehen.«

»Und worum ging es?«

»Ich will das nicht so nebenbei beim Frühstück besprechen.«

Eine Pause nach diesem Satz. ›Familiensachen‹, hat er gesagt. Warum hakt Charlotte nicht nach?

»Hier steht noch mal was über Michels Unfall.« Sie reicht ihm die Seite rüber, er liest den Artikel.

»Wie geht es dir, Alain? Was spürst du?«

»Du meinst gerade jetzt?« Er hat zu schnell gesprochen, vielleicht schreckhaft gewirkt. »Ich habe nicht an Michel gedacht, falls du das meinst, sondern an Daniel. Er wünscht sich ein Fahrrad zum Geburtstag.«

»Aber er hat doch eins.«

»Er wünscht sich aber ein Neues. Hab ich dir mal von meinem gelben Fahrrad erzählt?«

»Nein.«

»Wenn wir mal Zeit haben. Ich muss los, ins Büro. Vier Tage Trauerurlaub sind genug.«

Alain fährt aber nicht ins Büro, sondern ins Krankenhaus. Diese Fahrt kann er nicht länger aufschieben. Der Besuch ist unerfreulich.

Als er gegen Mittag an seinem Platz im Büro ankommt, drückt June ihm sofort ihr Beileid aus. Und das bedeutet Alain mehr als alle Bekundungen auf der Totenfeier.

Über June spricht er sogar zu Hause, über die Frauen aus dem Freundeskreis nie. Alain hat June schon viermal zum gemeinsamen Abendessen mit Charlotte und seinem Sohn eingeladen, aufwändig gekocht und ihr Kommen jedes Mal mit vielen Worten angekündigt. Charlotte hatte sich sehr gewundert, als sie June zum ersten Mal sah und erlebte. Sie hatte sich gefragt, was ihrem Mann an dieser wirklich äußerst rationalen und uninteressanten Frau so gefiel. Zudem war sie auch noch deutlich älter als er.

Das mit dem Altersunterschied hatte Michel gerade erst vor ein paar Wochen veranlasst, etwas sehr Geringschätziges über June zu sagen, die für ihn auch nicht wirklich zum Freundeskreis gehörte.

Natürlich nicht! Dafür war sie dir nicht jung genug und zu durchschnittlich ...!

Was ist denn los mit ihm? Versucht er schon wieder,

seinen toten Freund schlechtzumachen? Aber macht er das erst, seit der tot ist? War da nicht schon vorher einiges nicht mehr so ganz in Ordnung gewesen?

Zu viel getrunken und dann einen Haufen Scheiße geredet...

Alain war schon seit Monaten aufgefallen, wie herablassend sich Michel über manche Frauen äußerte. Und so war ihm gestern und auch schon vorgestern ein sehr unpassender und zudem geschmackloser Gedanke gekommen: Michel war auf dem besten Weg, auf eine sehr unangenehme, fast schon eklige Art zu altern. Selbst wenn es nur daran lag, dass er zu viel trank, was macht das für einen Unterschied? Jetzt ist er tot. Letztlich ist das doch gut für ihn.

All diese Gedanken verschwinden im Bruchteil einer Sekunde, als Melissa Vichy das Großraumbüro betritt. Sie geht gleich nach vorne zum Tisch von Monsieur Mazières und legt ihm einen Stapel Dossiers auf den Tisch. Wie immer tut sie das ohne etwas zu sagen. Dann setzt sie sich an ihren Platz.

Die Vichy ist im Grunde nicht mehr als die Sekretärin von Monsieur Theron. Hinten am Ende des Raums gibt es zwei Türen. Hinter der linken residiert Theron. Hinter der rechten ist ein leerer Raum. Dorthin will Alain es schaffen. Und das schon seit zwei Jahren. Zwischen den Türen steht ein Schreibtisch, und an dem sitzt Melissa Vichy mit ihren roten, perfekt frisierten Haaren, ihren ebenfalls roten, meist einteiligen Kleidern.

Alain sieht sie jetzt im Profil, starrt hin. Ihre Körperhaltung ist beeindruckend. Obwohl sie gerade etwas notiert, wirkt sie auf ihn eher wie eine Statue als wie jemand, der arbeitet. Er muss bei Melissa immer an eine Sphinx denken. Denn an ihr wird kein Weg vorbeiführen, wenn er, Alain, irgendwann in dem Büro neben dem von Theron sitzen will.

Melissa Vichy umgibt eine Aura, die das, was sie tatsächlich ist, weit übertrifft. Dabei ist sie höchstens 27, also in Alains Alter. Trotzdem lässt sie sich von allen, selbst von

Angestellten kurz vor der Verrentung, Madame Vichy nennen, während sich sonst alle duzen.

Alain hat da einen heimlichen Verdacht, der Monsieur Theron betrifft. Der gilt als unnahbar, alles Wichtige läuft über Melissa. Und wieder kommen Alain die gleichen Gedanken: Therons ganze Macht beruht letztlich auf ihr. Auf ihrem begehrenswerten Körper, ihren roten Haaren, den Kleidern, die sie trägt. Selbst Frauen schüchtert sie mit ihrem Körper ein. Natürlich ist sie schön, natürlich ist sie begehrenswert, das ist ja gar keine Frage.

Schon seit einem Jahr hat er sich vorgenommen, mit ihr zu sprechen. Sie soll ihm einen Termin bei Monsieur Theron geben, und vor allem soll sie sich für ihn, Alain, einsetzen. Denn sie führt ja die Liste mit den Abschlüssen, die Liste, die alles entscheidet, was den beruflichen Aufstieg angeht.

Vor einem Jahr war er schon ganz nah dran gewesen. Michel hatte die Vichy irgendwo kennengelernt, und sie war eine Weile im *Centre Fleur* aufgetaucht. Da hätte er, Alain, seine Chance gehabt. Es wäre so leicht gewesen. Aber dann hatte Michel die Vichy genauso verlassen wie alle anderen vor ihr. Seitdem hatte sie kein Wort mehr mit ihm gesprochen. Jetzt, wo Michel tot ist, könnte er die Gelegenheit doch ergreifen und vielleicht versuchen, auf ihr Mitgefühl zu setzen. Oder sich entschuldigen für das, was sein Freund getan hat.

Er beruhigt sich schließlich und fängt an zu arbeiten. Eine Stunde später hat er einen Text verfasst, der wirklich gelungen ist. Er kennt seine Kunden inzwischen so gut, dass er genau weiß, wie er sie triggern muss. Die meisten kommen zu Theron & Lazhar, um ein Haus oder eine Wohnung zu kaufen. Das sind meist ältere, respektable Leute, die es zu etwas gebracht haben. Viele Frauen darunter, die nach dem Tod ihres Manns einen Neuanfang suchen. Und was tun sie? Sie erzählen ihm ihre Lebensgeschichte, erklären, warum sie ihren Lebensabend in Fleurville verbringen wollen. Manche berichten sogar von ihren Kindern und Enkeln. Das alles fließt in die stets sehr individuell abgefassten Exposés ein, die er für seine Kunden schreibt. Die Fähigkeit, sich in Menschen, besonders in Frauen, einzufühlen, ist das, was ihn von den anderen bei T&L unterscheidet, deshalb ist er auch einer der Besten. Denn eigentlich sind seine Maklerexposés Lebensgeschichten, dezente Andeutungen von Träumen.

Monsieur Theron hätte eigentlich längst auf ihn aufmerksam werden müssen. Er in dem Büro neben seinem, die richtig lukrativen Objekte ... Dann hätte er auch sofort mit Charlotte über ein weiteres Kind gesprochen. Das ist doch sein eigentliches Ziel, denn Daniel wünscht sich eine Schwester. Er könnte viel teurere Wohnungen und Häuser verkaufen, aber die Objekte, die richtig hohe Provisionen bringen, die bearbeitet immer Monsieur Mazière. Der ist der Einzige, mit dem die Sphinx manchmal spricht. Die arrogante ...! Wahrscheinlich hat sie Mazière diese Position verschafft. Warum nicht ihm? Weil Michel sie verlassen hat? Gut möglich! Gott, es ist noch nicht mal eine Woche vergangen seit Michels Beerdigung, wie kann er da so was denken! Alain erschrickt. Hatte er das eben laut gesagt ...?

Plötzlich steht Katja vom Empfang vor ihm. »Entschuldige, Alain, wenn ich störe. Kannst du kurz nach vorne kommen, da ist jemand für dich.«

June sieht ihn an. Es ist ungewöhnlich, dass Katja ihren Empfangstresen verlässt, um zu einem Angestellten zu gehen. Normalerweise wird angerufen, und man geht nach vorne, um den oder die Kunden in eins der beiden Besprechungszimmer zu führen. Nur wirklich wichtige Kunden werden ins Büro von Monsieur Theron geführt. Und dann ist immer Monsieur Mazière dabei.

»Ich habe keinen Kundentermin«, erklärt Alain und konzentriert sich auf seinen Bildschirm.

»Würden Sie bitte trotzdem kommen?«

Sie siezt mich?

»Ich denke, es wäre auch im Sinne von Monsieur Theron, wenn Sie nach vorne kämen.«

Nachdem Katja ihr Sprüchlein aufgesagt hat, dreht sie sich

um und geht zurück. Er sieht June an, die zuckt mit den Schultern.

Einer geschäftlichen Gewohnheit folgend, wartet er noch zwei Minuten, ehe er aufsteht.

Es kommt eigentlich nie vor, dass ein Kunde unangemeldet auftauchte. Wenn das mal passiert, sind es meist Leute mit Schnapsideen und wenig Geld.

Als er sich dem Empfangstresen nähert, sieht er, dass dort ein Mann steht, der sich sicher keine Wohnung des Preissegments leisten kann, wie sie das Maklerbüro Theron & Lazhar vermittelt. Obwohl es seit gestern aufgehört hat zu regnen, trägt der Besucher einen knallroten, gefütterten Blouson, eine Art kurze Daunenjacke, die sich sonderbar aufgebläht hat und billig wirkt. Der Mann ist in ein intensives Gespräch mit Katja verwickelt, wobei er zuhört und sie hin und wieder mit einem Lachen ermuntert, weiterzuerzählen. Offenbar berichtet sie ihm gerade davon, wie viele Mitarbeiter T&L hat. Dabei gibt es doch die eindeutige Anweisung von Monsieur Theron, dass solche Interna nicht weitergegeben werden.

»Was kann ich für Sie tun, Monsieur?«

Der Mann wirkt überrascht, dass er so plötzlich von hinten angesprochen wird. Auch Katja guckt etwas verschreckt. War er zu laut gewesen?

»Ah!«, sagt der Dicke in seinem Daunenblouson.

Das klingt, als wären sie miteinander bekannt, was soll das?

»Sie haben nach mir verlangt?«

»Wenn Sie Alain Chartier sind.«

»Wurde ich Ihnen von einem Kunden empfohlen?«

»Nein.« Der Kleine lächelt freundlich. »Ich suche keine Wohnung. Wir bekommen Dienstwohnungen gestellt.«

»Aha. Und was kann ich dann für Sie tun?«

»Mir ein paar Auskünfte geben.« Jetzt greift der Mann in die Seitentasche seines Blousons und holt einen Ausweis heraus.

»Lieutenant Ohayon, Gendarmerie Fleurville. Ich habe Fragen, die einen Autounfall betreffen.«

Das Adrenalin schießt ihm ins Blut, und er wird rot. Oder nicht? Ist damit Michels Unfall gemeint? Was denn sonst, korrigiert er sich. Doch obwohl sein Verstand schnell Möglichkeiten abwägt, kann er nichts gegen das machen, was mit seinem Körper passiert. Wieder ist die Welt einen kurzen Moment lang entrückt, und er meint, seine Atmung wäre irgendwie behindert.

»Es ist nichts, was Sie beunruhigen müsste. Aber wie ich inzwischen erfahren habe, waren Sie heute Morgen im Krankenhaus …«

»Ich habe mich checken lassen. Herz, Kreislauf, Lungenfunktion …«

»Richtig. Aber nach ihrem Check-Up haben Sie sich auch noch erkundigt, ob ihr Freund noch einmal aufgewacht wäre und etwas gesagt hätte.«

»Lassen Sie uns in den Besprechungsraum gehen, da sind wir ungestört.« Er dreht sich zu Katja um, spricht aufgeregt und zu schnell. »Ist der kleine Besprechungsraum frei?«

»Monsieur Mazières hat ihn für 11.30 Uhr vorgemerkt, er trifft sich dort mit Madame …«

»Dann soll er den großen Raum nehmen, Sie sehen doch, was hier los ist!«

Sie wirkt wieder verschreckt. Ist er zu aggressiv gewesen? Hoffentlich nicht.

»Kommen Sie, Monsieur …«

»Ohayon.«

Sie gehen in einen kleinen Vorraum, von dem drei Türen abgehen. Auf der mittleren steht *Toilette*. Das weiß er doch, warum fällt es ihm jetzt so besonders auf? Was soll das? Er öffnet die rechte Tür.

»Hier sind wir ungestört. Setzen Sie sich doch bitte schon mal. Ich hatte noch keine Zeit für einen Kaffee, ich sitze gerade an einem Dossier für einen Kunden und …« Er unterbricht sich. Die Gendarmerie ist sicher nicht an seinem

Exposé interessiert. »Möchten Sie vielleicht auch etwas trinken? Einen Espresso, einen Cappuccino, einen Latte, ein Glas Wasser, oder …? Vielleicht einen Kaffee? Filterkaffee, oder …« Wie viele Getränke will er denn noch aufzählen, was redet er solchen Unsinn?

»Ein deutscher Filterkaffee wäre phantastisch.«

Der junge Mann geht, wobei er die Tür hinter sich schließt. Es ist bedrückend still hier drin, der Raum überheizt. Ohayon sieht sich um, an den Wänden hängen Bilder und Computergrafiken von Häusern. Eine fällt ihm besonders auf.

Das Haus auf dem Bild besteht aus zwei länglichen Kuben, von denen der obere um 90 Grad gedreht ist und vorne übersteht, wobei dieser obere Teil von zwei schlanken Säulen abgestützt wird. Neben diesem oberen Kubus gibt es offenbar eine große Terrasse. Denn dort, am Geländer, steht ein Kind, ein etwa sechsjähriges Mädchen, das den Großeltern zuwinkt, die gerade mit ihren Einkäufen beladen nach Hause kommen. Der Mann ist Mitte sechzig und trägt einen Korb, aus dem zwei Stangen Baguette herausragen, die Frau winkt dem Kind. Ohayon fragt sich, warum die Großeltern das Kind nicht mit zum Einkaufen genommen haben. Eine Sechsjährige lässt man doch nicht alleine zu Hause. Er und Ines würden das jedenfalls nie tun.

Ohayon steht auf und sieht sich das ganze von Nahem an. Die Grafik ist signiert. *Eric Descleves* steht rechts unten, in leicht schräg gestellten Buchstaben.

Eric Descleves, das weiß Ohayon, sitzt im Vorstand der CONDOR-VERSAILLES und Ohayon vermutet, dass das Maklerbüro Theron & Lazhar mit dem Verkauf der Häuser befasst ist, die Monsieur Descleves entwirft und baut. Und Michel Descombe hat bei einer Versicherung gearbeitet, die darauf spezialisiert ist, eben solche Häuser zu versichern.

Der junge Mann hatte sich furchtbar erschrocken, als er ihm seinen Ausweis gezeigt hatte, und kurz darauf die Frau am Empfang angebrüllt. Ein Mann offenbar, der schnell außer Kontrolle geriet.

»So, Ihr Cappuccino. Ich habe Ihnen drei Päckchen Zucker ... ich weiß nicht, wie Sie ihn mögen.«

»Danke. Sehr vorausschauend, das mit den drei Päckchen Zucker.«

Nur hat Ohayon doch gar keinen Cappuccino bestellt, sondern deutschen Filterkaffee. Der war ihm ja ausdrücklich angeboten worden. Und warum hat der junge Mann sich selbst nichts mitgebracht? Hatte er nicht gesagt, dass er einen Kaffee bräuchte?

»Sie haben Fragen?«

»Es geht um den Unfall von Michel Descombe. Mein herzliches Beileid erst mal.«

»Danke. Michel wurde Dienstag beerdigt.«

»Hat man Ihnen gesagt, wie sich der Unfall abgespielt hat?«

»In der Zeitung stand, Michel hätte versucht, einen Lastwagen zu überholen.«

»Das stimmt. Aber direkt hinter dem Lastwagen fuhr möglicherweise noch ein Auto, ein roter BMW, und der hat vielleicht den Unfall verursacht. Wir sind auf der Suche nach dem Fahrer.«

Diesmal wackelt Alains Welt nicht, Gott sei dank.

»Michel war mein ältester und bester Freund. Wenn es einen Schuldigen gibt, wäre ich natürlich daran interessiert, dass er gefasst wird. Aber ein roter BMW? Da kann ich Ihnen nicht helfen.« Er hat das sehr schnell gesagt. Für einen Außenstehenden hat der Satz möglicherweise geklungen, als wäre er vorbereitet gewesen. Der kleine Mann sieht ihn an. Freundlich. Dann holt er einen leicht angeknitterten Stadtplan von Fleurville heraus, den er auf dem Tisch ausbreitet.

»Sie besitzen ein Auto?«

»Einen weißen Twingo.«

»Ah ja. Der Unfall hat sich auf der Rue Bisson ereignet und zwar hier, ungefähr auf Höhe der Einfahrt, die zu diesem

Gehöft führt. Also etwa fünfhundert Meter vor der Stelle, wo die Straße auf die Rue Belleville stößt. Monsieur Descombe arbeitete für die CNP Assurances ...«

»Richtig, Michel war Versicherungsvertreter.«

»Er stand doch bestimmt in Verbindung zu Theron & Lazhar, da er ja vor allem Häuser versichert hat.«

»Warum sagen Sie das?«

»Die neuen Hausbesitzer wurden von hier aus an die CNP vermittelt?«

»Ich empfehle keine Versicherungen.«

»Obwohl Ihr bester Freund ...«

»Ich empfehle keine Versicherungen!«

»Ich wollte Ihnen nichts unterstellen.«

»Wie gesagt ...«

»Ich habe verstanden, Monsieur Chartier. Ihr Freund hat am Freitag bis 16.30 Uhr gearbeitet. Da sich der Unfall um kurz nach acht ereignete, frage ich mich, wo er die Zeit verbracht hat. Das sind dreieinhalb Stunden.«

»Wir waren in der Halle. Sie kennen das *Centre Fleur*?«

»Nur von außen.«

»Wir haben dort Tennis gespielt, wie jeden Dienstag und Freitag.«

»Können Sie mir ein paar Zeiten nennen?«

»Am Freitag haben wir uns immer um 17 Uhr in der Halle getroffen.«

»Bis wann haben Sie gespielt?«

»Bis 18.30 Uhr. Danach haben wir geduscht.« Was war das wieder für ein Blödsinn? Was wollte er denn noch alles ungefragt sagen?

»Und Sie sind dann gleich nach Hause gefahren?«

»Nein, wir waren noch im *Lacombe*. Was trinken. Wie lange wir dort waren, weiß ich nicht genau, vielleicht eine Stunde. Meist gehen wir so gegen acht.«

»Haben Sie im *Lacombe* etwas getrunken?«

»Bier.«

»Mehrere?«

»Warum fragen Sie?«

»Weil Monsieur Descombe viel Alkohol im Blut hatte. 1,2 Promille.«

»Wer fragt danach? Die Versicherung?«

»Wie viel haben Sie getrunken?«

»Ein Bier. Ich musste ja noch fahren.«

»Sonst nichts?«

»Was sind das für Fragen?«

»Fragen, die den Vorgang aufklären sollen. Sie müssen sie nicht beantworten.«

»Ein Bier und einen Ramazzotti.«

»Hatte Monsieur Descombe an dem Abend Streit mit jemandem?«

Alain sieht das Bild sofort. Der orangefarbene BMW unter den starken Strahlern an der Ausfahrt des Parkplatzes. Das alles hinter Regenschleiern, und Yvonne und Nina …

»Haben Sie meine Frage verstanden?«

»Es war ein Abend wie jeder andere.«

Ohayon weiß, dass er einem Mann gegenübersitzt, der lügt. Irgendetwas war vorgefallen. Aber er wird die Sache mit dem Streit jetzt nicht weiter vertiefen. Die nötigen Informationen über den Verlauf des Abends würde er sich auf anderem Wege beschaffen. Um seinen Gegenüber bei einer zweiten Vernehmung gegebenenfalls damit zu konfrontieren.

Ohayon steht auf, und Alain Chartier ist erleichtert. Es ist nicht so schlimm geworden, wie er zwischendurch angenommen hat. Und so passiert ihm das Nächste wie von selbst. »Ich kenne übrigens Ihren Chef, Monsieur Colbert. Wir haben manchmal im Rathaus miteinander zu tun und saßen auch schon zusammen in einigen Ausschüssen, die mit der Eingemeindung von Valette und Briey befasst sind. Grüßen Sie ihn doch bitte von mir.« Etwas Dämlicheres hätte er nicht sagen können.

Ohayon nickt zufrieden. Lächelt er? »Das werde ich gerne tun. Ach, noch was: Sie wissen doch sicher, wie oft pro Woche ihr Freund im *Centre Fleur* war.«

»Ich glaube, viermal.«

»Hat Monsieur Descombe dort Trainingsstunden genommen?«

»Tennisstunden.«

»Wie oft?«

»Ich glaube, dreimal die Woche. Einmal mit mir und zweimal allein.«

»Immer eine Stunde?«

»Anderthalb.«

»Was kosten diese Stunden? Ich nehme an, sie werden extra bezahlt.«

»90 Euro. Das *Centre Fleur* hat sehr gute Trainer.«

Als sie gerade den Raum verlassen, fällt Ohayon noch etwas ein.

»Hat Monsieur Descombe in letzter Zeit auf Sie verändert gewirkt?«

»Sie meinen, ob er deprimiert war? Ob er Selbstmordabsichten hatte?«

»Er muss es ja nicht so direkt geäußert haben.«

»Ganz bestimmt nicht. Ich kann mir kaum jemanden vorstellen, der weiter von so was entfernt gewesen wäre als Michel. Er hatte viel Erfolg bei Frauen. Sie verstehen?«

»Nein.«

»Warum sollte sich so jemand umbringen? Jemand, der Freunde hat, Humor, und eben ...«

»Frauen. Aber er ist mit 1,2 Promille noch gefahren. Sehr leichtsinnig gefahren. Eine Angewohnheit?«

»Michel stand in letzter Zeit etwas unter Stress.«

»Mehr getrunken heißt, drei Bier und zwei Schnäpse?«

»So ungefähr.«

»Seit wann war das bei Ihrem Freund so? Mit dem Trinken? Mit dem Stress?«

»Seit einem Jahr wohl. Jeder hat doch mal so Zeiten.«

»Berufliche Probleme? Sein Chef hat nichts von einer drohenden Entlassung gesagt.«

»Ich weiß nicht, was es war.«

»Danke.«

Er führt den kleinen Lieutenant zur Tür. Vor dem Empfangstresen verwickelt er ihn noch in ein kurzes Gespräch über ein neues Stadtviertel, den *Südpol*. Damit Katja mitbekommt, dass die Sache gut ausgegangen ist, für den Fall, dass sie später mit Monsieur Theron spricht.

»Und grüßen Sie bitte Monsieur Colbert von mir!« Schon wieder! Es ging wohl nicht anders, er hätte sich ohrfeigen können.

*

Bei der Durchsuchung von Michel Descombes Wohnung ist Ohayon nicht dabei. Aber Gendarmin Nadine Bross hat es sich natürlich nicht nehmen lassen. Den Rest erledigten Marie Grenier und die Zwillinge sowie ein Mann und eine Frau mit einem Drogenhund und zwei Männer von der Steuerbehörde.

Es ist bereits Nachmittag, als Marie Ohayon unterrichtet.

»Wir haben 4400 Euro gefunden. Wieder in kleiner Stückelung. Die Gendarmin aus Belleville war etwas nervig mit ihrer überkorrekten Art, aber in einem Punkt hat sie Recht. Irgendwas im Leben von Michel Descombe muss sich verändert haben. Die meisten Sachen im Haus waren recht teuer, und doch sah es da aus wie bei einem Alkoholiker. Anfangsstadium. Kaum harte Sachen, dafür ein guter Vorrat an Bier. Wenig leere Flaschen. Er scheint sie noch weggebracht zu haben. Du kennst solche Wohnungen.«

»Kein Hinweis darauf, woher das Geld kam?«

»Nichts. Der Drogenhund hat auch nichts gefunden.«

»Er hat getrunken, war aber noch nicht abgestürzt.«

»So könnte man sagen.« Marie zögert. »Du magst es doch, wenn man ausspricht, was man fühlt.«

»Sag.«

»Da war überhaupt nichts Persönliches. Keine Fotos, keine drolligen Geschenke auf dem Bücherregal, keine ausgefallenen CDs, nur sehr viel Musik für romantische Abende. Es gab auch nichts, was alt war, nichts, was darauf hingedeutet hätte, dass er an irgendwas hing. Einen Computer haben wir nicht gefunden, dafür ein gutes Handy. Im Handy waren nur Telefonnummern von Frauen gespeichert. Mit einigen hat er in den letzten Tagen telefoniert. Außerdem hat er sehr viele Seiten aufgerufen, in denen es um Immobilien und Angebote für durchschnittliche Gebrauchtwagen der mittleren Preisklasse ging. Was das mit den Gebrauchtwagen bedeutet, weiß ich nicht. Aber da könnte ich mir am ehesten vorstellen, dass größere Summen in kleiner Stückelung vorkommen.«

»Doch irgendwas mit dieser Werkstatt für Autotuning?«

»Jules Alesi? Glaube ich nicht, das wäre Conrey nicht entgangen. An- und Verkauf von Autos. Vielleicht hat er für irgendwen Geld gewaschen. Davon abgesehen könnte ich dir, nachdem ich seinen gesamten Besitz durchgegangen bin, nicht mehr über ihn sagen, als dass er ein Mann war, der sich gut angezogen hat, verschiedene Magazine über Lifestyle gelesen und sich dementsprechend eingerichtet hat. Für Sportwagen aus den siebziger und achtziger Jahren scheint er sich interessiert zu haben. Und Zeitung hat er gelesen. *Le Figaro* und *Le Monde*. Die liest mein Vater auch.«

»Also kein Hinweis, woher das Geld kam.«

»Schon mal dran gedacht, dass er der Prostitution nachgegangen ist?«

*

Würstchen, Feuer, Mauseloch.

Das Wort Mauseloch war von Michel gekommen und das Wort Würstchen auch. Alain hatte es als Beleidigung aufgefasst. Wie lange ist das her? Ein Jahr?

»Spinnst du? Natürlich will ich kein Würstchen sein. Ich habe nur gesagt, dass die Mitgliedschaft im *Centre Fleur* ziemlich teuer ist.«

»Na, es geht.«

»Du verdienst ja auch mehr als ich. Was kriegst du bei CNP?«

»Schlechte Frage, Alain. Freundschaft. Geld. Neid. Lass uns nicht über so was reden.«

»3000 Euro Mitgliedsbeitrag im Jahr, dazu noch die Trainer. Ich habe echt überlegt, ob ich aussteige.«

»Willst du ein Leben wie eine Maus in einem Mauseloch leben?«

Alain hatte seine Mitgliedschaft nicht gekündigt, aber ... Was ist mein Leben, ein Feuer oder ein Mauseloch? Diese Frage hatte ihn nach dem Gespräch mit Michel tagelang beschäftigt. Michel war Feuer. Keine Frage.

Jetzt, ein paar Tage nach Michels Tod, ist alles anders. Alain hat angefangen, sich für seine Familie zu interessieren, seine Vorfahren und deren Schicksal. Und einige von denen waren ziemliche Loser. Früher hätte Alain das noch mehr angespornt, es noch weiter zu bringen. Wie kommt es, dass er gerade mal eine Woche nach Michels Tod so anders denkt?

War der plötzliche Tod seines Freundes der Auslöser für diesen Reifeprozess?

Was hat Michel denn erreicht oder geschaffen? Nichts! Keine Frau, die um ihn trauerte, keine Kinder ... Sein Sohn Daniel war für Alain schon immer das Wichtigste, und kaum dass sein Freund tot ist, denkt er an ein zweites Kind. Überhaupt kommt ihm auf einmal alles so leicht und richtig vor.

Wie schön das Wetter heute ist ...!

Der Gedanke beendet seine Grübelei. Die Narzissen blühen. Es ist ein grelles, beinahe schon flackerndes Gelb. Und Alain sieht eine ruhige Zukunft vor sich, fühlt sich stark. Diesmal ohne Michel, ohne Monsieur Feuer. Gut, dass es so gekommen ist ... Das denkt er natürlich nur kurz.

Sein Handy klingelt

Es ist Melissa Vichy. Die Sphinx mit dem knallroten Kleid, die Sphinx von Monsieur Theron. Sie fragt ihn, ob er nicht heute Abend vorbeikommen will. Einfach so. Es ist das eingetreten, was er sich so lange erhofft hat. Offenbar hat sie endlich begriffen, was er für T&L wert ist. Er spürt, wie etwas Starkes sich in ihm in Gang setzt. Sein Herz, das reagiert doch immer so schnell.

Es ist schon dunkel, als er bei ihr klingelt. Sie öffnet ihm, und er schreckt zurück. Die Edelsekretärin von Monsieur Theron trägt schwarze Jeans, die nicht mehr ganz schwarz sind, und ein zerknittertes T-Shirt, das sie entweder auf dem Flohmarkt gekauft oder ihrem Vater geklaut hat. Denn auf dem grau gewordenen Stoff sind die Konzertdaten einer Frankreichtournee der Ramones angekündigt. Die hat stattgefunden, als Ronald Reagan noch Präsident der Vereinigten Staaten war. Melissa hat, so wie sie vor ihm steht, weniger mit einer Sphinx gemein als die Ramones mit Ronald Reagan. Dass sich ihre Brustwarzen durch den Stoff drückten, findet er unangenehm.

»Komm rein, Alain.«

Er nimmt einen Geruch wahr, der aus ihr oder aus ihrer Wohnung kommt. Er kennt ihn, obwohl er nur einmal in seinem Leben Haschisch geraucht hat.

»Schicker Anzug.« Sie dreht sich um, ohne abzuwarten, ihre Schultern gefallen ihm und ihr Hals.

In ihrem Wohnzimmer hängt ein Plakat von den Ramones, auch das irritiert ihn.

»Danke, dass Sie mich eingeladen haben, ich …«

Sie setzt sich wie ein Mädchen auf ihre Couch, sagt ohne Übergang: »Zu teuer, Alain.«

»Was?«

»Deine Anzüge. De Fursac, Dormeuil, Valentino … Makler bei T&L tragen preiswertere Sachen. Armani, besser noch Boss. Aber du hast einen schönen Mund.«

Er spürt, wie sein Herz anfängt zu arbeiten und Blut in seinen Kopf pumpt.

Sie öffnet ein Paket Tabak und klebt Blättchen zusammen. »Was löst du aus, bei Frauen? Beschützerinstinkte, weil du wie ein kleiner Junge bist? Sadistische Instinkte?« Sie lacht, krümelt rum und dreht ihren Joint.

Alain schluckt zweimal Speichel runter. Ein hartes Gefühl im Kehlkopf. Aber er hat sich im Griff. Hier geht es um seine berufliche Zukunft, also letztlich auch um die Zukunft von Daniel. Da ist es doch egal, was sie sagt und wie sie aussieht. Alain würde nie zu einer Frau Schlampe sagen, so ein primitiver Mann ist er nicht.

»Es ist sehr nett von Ihnen …«, beginnt er.

»Du bist hier, weil du willst, dass ich einen Termin bei Monsieur Theron für dich arrangiere und ein gutes Wort einlege. Ich wundere mich nur, dass du keine Blumen mitgebracht hast.«

»Sie sind diejenige, die am besten weiß, wie viele Wohnungen ich in den letzten Jahren verkauft habe.«

Sie nimmt ihren Joint hoch, leckt ihn an. Ihre Brustwarzen gehen ihm auf die Nerven. Überhaupt ihre ganze Körperlichkeit, die … wie soll man sagen? Die Tatsache, dass sie überhaupt einen Körper hat, das findet er irgendwie ekelhaft. Und noch schlimmer: das Buch. Auf dem Boden liegt ein Buch. Hat er es in diesem Moment schon gesehen?

»Ja, du bist sehr fleißig und du verdienst einen Termin bei Monsieur Theron, du verdienst, dass man sich für dich einsetzt. Ich habe mich damals auch für Monsieur Mazière eingesetzt, wusstest du das? Seitdem betreut er die richtig lukrativen Projekte. Ihr seid alle neidisch auf ihn. Stimmt doch. Du weißt, dass ich von Monsieur Mazière immer einen kleinen Anteil bekomme? Natürlich nur von seiner Provision, nicht vom Gehalt.«

»Wenn Sie sich für ihn eingesetzt haben …«

Es ist doch egal, es läuft doch überall so. Wenn nur nicht dieses Pfeifen im Ohr wäre, wenn er nicht immer auf ihre Brustwarzen starren würde. Ganz wichtig, jetzt ruhig zu bleiben. Sich nicht von dieser blöden … sich nicht provozieren lassen.

»Also gut, Alain, ich werde mit Theron sprechen. Aber vorher müssen wir uns erst mal über etwas anderes unterhalten.«

Oh Gott, will sie mit ihm schlafen? Wird sie das T-Shirt der Ramones dabei anbehalten? Das Schwindelgefühl wird stärker, das Pfeifen lauter.

»Und worüber müssen wir sprechen?«

»Über einen roten BMW.«

Sie ist keine Sphinx, sie ist der Teufel. Das Blut steigt ihm fast schlagartig in den Kopf. Ja, und in genau diesem Moment ... das Entscheidende passiert wohl erst in diesem Moment. Das Buch. Die Kontinuität seiner Existenz, die Familienträume, diese ganze schöne Genealogie platzt im Bruchteil einer Sekunde von ihm weg. Auf dem Boden vor ihrem Sofa liegt ein Buch. Es ist wohl runtergefallen, als sie aufgestanden war, um zur Tür zu gehen. Er hätte das, was dieses Buch in ihm auslöst, niemals für möglich gehalten.

*

Die vielen Stimmen überlagern sich und gehen so ineinander über, dass es etwas von einem hellen, leicht plapperigen Rauschen hat. Und Ohayon liebt sie doch, diese kleinen, bunten Sushihäppchen. Dass Yvonne ihn eingeladen hat und er hier am Buffet steht, verdankt sich einer Recherche im *Lacombe*.

Dort hatte ihm eine Barfrau verraten, mit wem Michel Descombe befreundet war. »Yvonne Clerie, Nina Havelot, Alain Chartier.« Diese Namen fielen, als sie vom engen Freundeskreis sprach. Dann kamen ein paar andere Namen. »Die saßen auch öfter am Tisch.«

Ihrer Meinung nach war Michel so was wie das Herz dieser Runde gewesen, der, um den sich alle scharten. Dann berichtete sie von seiner Fähigkeit zu verführen, von Liebesverhältnissen, und brachte die Namen von weiteren Frauen ins Gespräch.

»Er hat mit verschiedenen Frauen geschlafen?«

Sie zögert, wirkt etwas unsicher. »So wird hier geredet. Aber ich glaube, das ist gar nicht passiert. Er mochte die Frauen einfach. Sie kennen das doch. Was da immer gleich unterstellt wird, wenn mal ein Mann charmant ist und gut ankommt. Nein, so war Michel nicht …« Wieder zögert sie, diesmal starrt sie dabei auf ihren Tresen. »Ich weiß nicht mal, ob den Frauen auf diese Weise überhaupt interessiert haben. Also, dass er mit ihnen schlafen wollte. Ich glaube, für Michel war vieles einfach ein Spiel. Er mochte Frauen, fühlte sich zu ihnen hingezogen, das meinte ich. Nicht, dass Sie da was falsch verstehen.«

»Kein weiterer Mann in der Runde?«

»Na, Alain. Die beiden waren ja immer zusammen.«

»Aber sonst keiner. Kein weiterer Mann.«

»Einer. Robert. Der arbeitet auf dem Bauamt von Valette, aber den mag ich nicht. Bei dem hat jeder Satz was von Anmache. Alles, was er sagt, hat was Sexuelles, das meine ich. Aber der hatte in der Runde keine Chance. Die meisten von den Frauen sind ja selbstständig, die sind wach und wissen, wer Klasse hat und wer nicht. Es wird auch viel gelacht. Wurde. Jetzt ist Michel ja nicht mehr da, und sie sitzen rum wie tote Fliegen. Der war wirklich ein besonderer Mann. So schnell im Kopf und so charmant. Dem fiel zu allem was Kluges ein. Ich hatte mir immer mal vorgenommen aufzuschreiben, was er sagt. Das kam bei dem einfach so. Zack. Da hätte man ein tolles Buch draus machen können. Eins aus dem Bereich Lebenshilfe oder Nimm es mit Humor. Michel war auch nie arrogant oder herablassend und …«

Ohayon hatte sie unterbrochen, damit sie mal Luft holen konnte. »Ein wacher Mann und schnelle Frauen.«

»Sie hätten ihn gemocht. Sie haben auch so was. Bei Ihnen fragt man sich gleich: ›Was er wohl gerade denkt?‹ Sie hätten gut zu denen gepasst. Alain ist auch so. Bei dem fragt man sich immer, was ihm wohl gerade im Kopf rumgeht. Ich glaube, der denkt ununterbrochen über irgendwas nach.«

Eine Kollegin von ihr sagte weiter aus, am Abend von Michels Unfall hätte es möglicherweise einen Streit gegeben. Und noch etwas sei anders gewesen als sonst. Yvonne Clerie hätte fast den ganzen Abend an der Bar gesessen und nicht, wie sonst, am Tisch mit den Anderen. Sie hätte einen traurigen Eindruck gemacht. Irgendwann, nachdem die meisten bereits gegangen waren, sei sie zum Tisch hin, hätte kurz mit Michel gesprochen, der daraufhin das *Lacombe* verlassen hätte, Richtung Parkplatz. Es hätte stark geregnet. Man könne das auch bei Dunkelheit sehen, denn der Parkplatz sei gut beleuchtet. Dabei hatte sie aus dem wandgroßen Fenster gezeigt. Und tatsächlich erkannte Ohayon dort einige gerüstartige Bauten, an denen starke Lampen hingen. Er hatte sich daraufhin vorgestellt, wie das ganze wohl bei Nacht und im Regen aussah.

»Haben Sie schon von den California Rolls probiert?«

»Nein, können Sie die empfehlen?«

»Unbedingt. Sie sind Monsieur Ohayon, nicht wahr? Sie sind Ermittler.«

»Sie kennen mich?«

»Aus der Zeitung. Gefällt Ihnen Yvonnes Party?«

»Ja. Eine schöne neue Praxis.«

»Finde ich auch.«

»Und Sie? Sind Sie auch Psychologin?«

»Oh Gott, merkt man das? Dürfte ich Ihnen eine Freundin vorstellen? Die interessiert sich für Straftaten.«

»Gerne.«

»Ich hole sie schnell, okay?«

»Klar.«

»Probieren Sie von den California Rolls, die sind phantastisch.«

Man sieht an diesem Gespräch sofort, Ohayon ist ein für alles offener Mensch. Er kann außerdem unterscheiden, was wichtig ist und was noch ein wenig warten kann. Oder sogar warten muss. Fragen stellen, das sollte man seiner

Meinung nach nicht zu früh machen. Jemand wie Lieutenant Conrey wäre wahrscheinlich reingetrampelt in Yvonnes Party, hätte sie beiseite genommen und gefragt: »Was war das für ein Streit, im *Lacombe*?«

Daraufhin hätte sie geantwortet: »Michel hat etwas sehr Verletzendes über seinen Freund Alain gesagt. Ich habe ihm angedroht, mit den anderen zu sprechen, woraufhin man ihn wahrscheinlich ausgeschlossen hätte.«

»Wusste Alain davon, dass sein Freund so über ihn spricht?«

»Ich hoffe nicht, denn das hätte ihn sicher sehr traurig gemacht.«

Das wäre die Wahrheit gewesen, und Conrey hätte sich auf Alain gestürzt, der aber nachweislich einen weißen Twingo fährt. Daraufhin hätte Conrey versucht herauszufinden, ob Alain in der Tatnacht Zugang zu einem roten BMW hatte, und da ungefähr wäre er dann steckengeblieben. Das alles, ohne auch nur eine von den California Rolls zu probieren. Über ihr kategorisches Nein hätte Yvonne sicher nicht mit Conrey gesprochen, denn dieses Nein ist für sie sehr intim. Ohayon hat Yvonne also nur kurz begrüßt, sie dann aber in Ruhe gelassen, da sie damit zu tun hat, ihre Gäste zu empfangen.

Während Ohayon sich zunächst mit zwei, dann mit vier und zuletzt mit fünf Psychologinnen unterhält, fallen ihm zwei Sachen auf. Zum einen läuft Yvonne Clerie ständig mit Stapeln von benutzten Sushischälchen herum, die sie in einen hinteren Raum bringt, wo sie vermutlich abgewaschen oder in eine Kiste gestellt werden. Dabei hat sie doch extra drei junge Frauen für den Abend engagiert. Die stehen am Durchgang zu den hinteren Räumen, haben nichts zu tun und scheinen Yvonne und ihr Tellerabräumen amüsant zu finden. Irgendwann hört sie zum Glück damit auf, beginnt aber sofort mit etwas Neuem. Denn das zweite, was Ohayon auffällt, ist die Sache am Buffet. Yvonne Clerie scheint eine kleine Marotte zu haben, was die Sushiteilchen angeht.

Immerzu korrigiert sie die Positionierung. Dabei liegen sie eigentlich ganz sauber in Reih und Glied.

Es hat sich herumgesprochen, dass ein Ermittler im Raum ist, und so hat auch Nina davon erfahren. Eigentlich wollte sie nicht, aber dann geht sie doch zu der Gruppe, die sich um Ohayon versammelt hat. Ihr Blick fällt ihm auf.

Ohayon hat bis jetzt noch nicht viel gesagt, hört seinen Psychologinnen zu, nickt manchmal mit dem Kopf und hat Yvonne Clerie ein bisschen im Auge. Die korrigiert schon wieder die Ausrichtung einiger Makis und Nigiris. Sie scheint nicht anders zu können. Selbst wenn sie im Gespräch ist, wird geordnet. Sie hat sogar eine kleine Zange, die sie dazu benutzt. Ohayon fällt zwar auf, dass sie öfter zu ihm rübersieht, aber im Moment interessiert ihn eine andere Frau. Die sieht ihn auch die ganze Zeit an, und sie wirkt noch nervöser als Yvonne. Nachdem jemand bei einer Begrüßung ihren Namen ausgesprochen hat, weiß er, dass sein Gefühl ihn nicht getäuscht hat. Er entschuldigt sich bei seinen Psychologinnen.

»Sie sind Nina? Sie gehören zum Freundeskreis von Madame Clerie und Michel Descombe?«

»Ja. Ermitteln Sie hier?«

»Ich würde mich gerne mal mit Ihnen unterhalten. Es muss nicht jetzt sein. Ist Monsieur Chartier denn nicht eingeladen?«

»Alain? Warum?«

»Weil ich ihn hier nicht sehe. Er gehört doch zum Freundeskreis.«

»Und worüber wollen Sie mit mir sprechen?«

»Ich möchte etwas mehr über Monsieur Descombe erfahren.«

»Wissen Sie, wo ich wohne? Warten Sie, ich gebe Ihnen meine Karte.«

Kurz darauf war sie gegangen. Und irgendwann war es plötzlich halb zwei. Ganz die Zeit vergessen, mit seinen

Psychologinnen. Typisch Ohayon. Er ist übrigens ein passabler Tänzer, wie sich an dem Abend zeigt.

Als Ohayon draußen ist, präsentiert sich ein neues Bild. Die seit Wochen dort oben hingesetzten Wolken haben sich aufgelöst, und er sieht das ganze pralle Weltall, mit all seinen Sternen. So steht er eine Weile da, Oberkörper und Kopf zurückgebogen.

»Guckst du dir die Sterne an?«

»Wie?«

»Du bist schon dreimal rausgegangen, erwartest du jemanden?«

»Nein, ich brauchte einfach nur frische Luft.«

»Du kommst aber gleich rein, oder? Es ist kalt hier draußen.«

Alain hat sich verändert seit Michels Unfall, und zwar auf eine Art, die Charlotte Angst macht. Sie haben nie über die Vergangenheit gesprochen, das war eine Abmachung, die Bedingung von all dem, was sie sich aufgebaut haben. Was so mühsam erreicht worden war, sollte nicht wieder zerstört werden.

Charlotte war vor ihm mit einem anderen Mann verheiratet gewesen. Dann hatte Alain sich in sie verliebt und sie sich in ihn. Michel, der als Einziger von Charlottes erstem Mann wusste, hatte ihn mal gefragt, ob vielleicht ihr Geld und ihr Haus mit dem tollen Blick eine Rolle gespielt hätten. Wie immer war er dabei sehr provokant gewesen:

»Na, wie gut, dass Charlottes Mann gleich das Feld geräumt hat.«

»Der hat nichts geräumt, er hatte sie im Grunde schon vorher verlassen.«

»Trotzdem sehr praktisch für dich, dass er auf das Haus verzichtet hat.«

»Ich schätze, er war froh, dass er auf diese Weise aus seinem Schuldenberg rauskam. Die beiden hatten sich mit dem Haus total übernommen.«

›Du bist ein Emporkömmling, der anderen Männern die Frau ausspannt.‹ Ihm solche Sachen unverblümt an den Kopf zu werfen, quasi als Vorlage zu einem offenen Gespräch, war typisch für Michel gewesen. Und es war für ihn, Alain, viele Jahre lang ein Zeichen gewesen dafür, dass sie wirklich Freunde waren, die sich alles sagen konnten. Aber dann hatte Michel angefangen zu trinken. Er hatte seine Qualitäten verloren und immer mehr unverschämte und teils extrem persönliche Sachen ausgeplaudert. Auch über ihn, Alain. Warum war Michel so gemein gewesen? Nun, Alain kennt die Antwort: Michel hatte so viel gesoffen, dass er am Ende keine Grenzen mehr kannte.

Als er endlich ins Wohnzimmer kommt, macht Charlotte ihm ein Zeichen, und er setzt sich zu ihr auf die Couch. Sie schenkt ihm ein Glas Whiskey ein, das er schnell leert.

»Was ist los, Alain?«

»Nichts.« Das ist gelogen. Alain rechnet jeden Moment damit, dass die Polizei ihn abholen kommt, weil er Melissa Vichy in ihrer Wohnung angegriffen hat. Er weiß nicht mehr, was genau er getan hat, erinnert sich nur noch an ihren Satz: ›Wir müssen über einen roten BMW sprechen.‹

»Es ist wegen meiner Arbeit. Da ist einiges liegen geblieben, und wir haben im Büro eine Sekretärin. Melissa Vichy heißt sie. Die registriert sofort, wenn jemand in Rückstand gerät. Ich glaube, sie schreibt das in eine Liste.« Warum spricht er ausgerechnet von ihr? Geht das wieder nicht anders?

»Du lässt dich von einer Sekretärin einschüchtern?«

»Ich muss dich etwas fragen. Ich musste bei Michels Beerdigung daran denken. Die Nacht, als dein Mann das letzte Mal hier im Haus war. Du weißt, welche Nacht ich meine. In dieser Nacht habe ich dich von hinten festgehalten und deinen Kopf zur Seite gedreht.«

»Du machst mir Angst.«

»Ich muss wissen, was du in diesem Moment gedacht hast.«

»Ich habe mich erschrocken. Ich war sowieso völlig durcheinander. Mein Mann hatte mich zwei Stunden vorher brutal zusammengeschlagen und …«

»Dann habe ich dich geküsst und aufs Sofa getragen. Hattest du da Angst?«

»Da nicht mehr.«

»Es war also nur ein kurzer Moment. Nur als ich deinen Kopf zur Seite gedreht habe.«

»Hast du eine Affäre?«

»Was? Nein! Ich wollte das nur wissen, weil ich bei Michels Beerdigung plötzlich daran denken musste.«

»Auf einem Friedhof denkt man oft komische Sachen.«

»Seit Michels Tod geht mir so viel durch den Kopf. Ich war sogar im Krankenhaus und habe mich komplett durchchecken lassen.«

»Hast du mir gar nicht erzählt.«

»Ich fand es falsch, so kurz nach dem Tod meines Freundes.«

»Hast du schon das Ergebnis?«

»Ja, alles in Ordnung.«

Er lehnt sich zurück. Charlotte spürt, dass er sich vor irgendetwas fürchtet, weiß aber nicht, wovor. Also wechselt sie das Thema, hofft, dass er sich beruhigt, wenn es um etwas geht, das lange vorbei ist.

»Du wolltest mir doch neulich Abend eine Geschichte erzählen. Von einem gelben Fahrrad.«

»Ach das. Da war ich nur drauf gekommen, weil Daniel sich doch ein Neues wünscht. Und eine Schwester.«

Sie wartet eine Weile, aber er sagt nichts.

»Möchtest du jetzt über das gelbe Fahrrad sprechen oder über die Idee, dass Daniel eine Schwester bekommen könnte?«

»Lieber über das Fahrrad. Über das andere … Gib mir noch ein paar Tage Zeit.«

»Hattest du denn mal ein gelbes Fahrrad?«

»Nein. Aber ich habe mir eins gewünscht. Es stand im

Schaufenster eines Fahrradhändlers. Ein Mountainbike mit einer Zehngangschaltung, ich hatte nur ein normales. Mein Vater sagte: ›Du hast doch eins.‹ Ich habe ihm dann erklärt, dass ich es unbedingt will, aber ich konnte ihn nicht umstimmen.«

»Du hast das Fahrrad also nicht bekommen.«

»Nein. Und eine Nacht, da bin ich aufgewacht. Ich hatte von dem gelben Fahrrad geträumt. Dass ich damit rumgefahren bin, es allen gezeigt habe, weil es besser war als die meiner Freunde. Und als ich aufwachte, da meinte ich auf einmal ... Ich bin aufgestanden und habe mich leise angezogen. Dann bin ich aus meinem Fenster geklettert, ich hatte ein Zimmer im Souterrain, da konnte ich raus, ohne dass meine Eltern was gemerkt haben. Ich musste ein gutes Stück durch einen Wald. Normalerweise hatte ich immer Angst vor dem Wald, vor allem im Dunkeln. Aber in dieser Nacht nicht. Ich habe nur an das Fahrrad gedacht. Ich glaube, dieser Weg auf die Stadt zu, das war das Tollste und Spannendste, was ich je erlebt habe. Es dauerte eine Dreiviertelstunde, bis ich beim Fahrradladen war.«

»Was hattest du vor? Einbrechen?«

»So was hätte ich mich niemals getraut, ich wollte nur hin. Es mir ansehen, als Einziger in der Nacht, wenn sonst niemand da ist. Aber es war weg.«

»Und dann?«

»Nichts, das war die Geschichte. Ich habe das Fahrrad irgendwann vergessen. Ich glaube, schon ziemlich bald.«

Alain presst seine Lippen so fest zusammen, als würde ihn der Gedanke an das entgangene Fahrrad unendlich schmerzen. Dann legt er sich an ihre Brust und umklammert sie wie ein Kind.

»Du und Daniel, ihr seid das Einzige, was für mich wichtig ist. Das Einzige, was zählt.« Da er in den Pullover zwischen ihren Brüsten spricht, klingt seine Stimme ein bisschen albern.

Sie kann sich auf all das keinen Reim machen, sie hat ihn

noch nie so erlebt. Nach einer Weile entscheidet sie, dass das alles wohl doch mit dem Tod seines Freundes zusammenhängt. Also beginnt sie, ihn zu streicheln, und nach einer Weile schläft er dann ein.

Charlotte erinnert sich sehr gut an jenen Abend. Ihr Hals hatte geknackt. In dieser Nacht war ihr erster Mann bei einem Unfall ums Leben gekommen.

*

»Scheiße!«

»Guten Morgen allerseits.«

»Ist Roland noch nicht da?«

»Nee. Ist das deine Tasse?«

»Ja?«

»Darf ich sie vielleicht auf deinen Tisch stellen?«

»Gott, bist du kleinlich.«

Dialoge an einem Montag kurz vor der Montagsbesprechung, kurz bevor Commissaire Roland Colbert von der Stadtverordnetensitzung in Valette zurückkommt.

»Tut mir leid, die Sitzung hat länger gedauert. Was steht an? Ohayon? Weitergekommen mit deinem Unfall? Ohayon!«

Ohayon schläft.

Conrey dagegen ist total geladen. »Ist schon was entschieden? Wird Valette eingemeindet?«

»Wenn es nach unseren Maklern und den Grundstückseigentümern geht, ja.«

»Die wollen doch nur, dass Fleurville an ihrem Ortsschild steht. Das Problem ist, dass bei einem zu schnellen Anstieg der Grundstücks- und Mietpreise Firmen wie die VERDE anfangen, Ökohäuser zu bauen.«

»Du hast was gegen Ökohäuser?«

»Wenn es sich bei dem Haus am Ende um ein Feuchtbiotop handelt, ja! Vierzig Geschädigte!«

»Ist mir alles bekannt, aber es gibt nun mal in jeder Branche schwarze Schafe. Wir haben einen freien Markt und …«

»Ein Scheiß mit dem Markt! Schnelle Umwertung von Baugrund, um nix anderes geht's, und um den größten Haufen, den einer scheißt.«

»In einer freien Marktwirtschaft …«

»Arschlöcher, nix anderes, Roland.« Das Letzte hat Conrey geflüstert, nachdem er vorher laut war. Eine rhetorische Raffinesse?

»Ist angekommen, Conrey. Wann wird Anklage gegen die VERDE erhoben?«

»Freitag in einer Woche.«

»Worauf läuft es raus?«

»Konkursverschleppung. Und unrechtmäßiger Erwerb eines Grundstücks, das zu einem Naturschutzgebiet gehört. Wir ermitteln in dieser Sache gegen einen Dezernenten des Bauamts von Valette.«

»Gut. Was ist mit dem Vorgang *Friseur?* Ohayon! Resnais, weck ihn doch bitte mal.«

Ohayon schläft, Resnais geht zu ihm, Conrey greift nach einem Käsebrötchen.

Als Epiphanie bezeichnete man ursprünglich das Erscheinen einer Gottheit. Häufig wurden solche Erscheinungen von Blitzen, einem Feuer oder anderen Leuchterscheinungen begleitet. Nun wird aber eine Gendarmerie unter der Leitung von Roland Colbert darauf nicht warten.

Trotzdem hat jemand wie Ohayon es natürlich täglich mit Erscheinungen und sonderbaren Konstellationen zu tun, auch wenn sie ihm meist nur von Zeugen berichtet werden. Die wetterkundige Bäuerin mit der springenden Ziege ist ein gutes Beispiel dafür, dass zwischen einem 3er BMW und einer Ziege plötzlich eine Verbindung bestehen kann. Wenn auch eine nichtige.

Es geht bei kriminalistischer Erkenntnis selten um eine saubere Ableitung von einem Ursprung her, viel öfter dagegen um einen Moment mittendrin. So wie auch Yvonnes kategorisches Nein mittendrin geschah: ›... und dann trat sie das Gaspedal ihres Alfa Romeo voll durch und kurz darauf kam alles aufs Entsetzlichste an sie heran.‹ Niemand hätte das vorhersagen können, es gab keinen Plan und ... Yvonne ist doch sonst so vernünftig.

Aber wie fängt Ohayon sie ein? Die Erkenntnis? Die Nichtigkeit. Nun, seine Kühnheit zeigt sich darin, dass er scheinbar wichtige Begebenheiten und Zusammenhänge zwar registriert, sie aber nicht gleich bewertet. Ohayons Methodik scheint im Gegenteil darin zu bestehen, die Zeugnisse eben nicht in einem Zusammenhang zu sehen und die Auswertung zunächst zu verweigern. Offenbar meint er, anders sei der Wahrheit nicht beizukommen. Und vielleicht hat er Recht.

Ohayon zuckt zusammen, als Resnais ihn zärtlich an der Schulter berührt. Er gähnt, steht auf und kommt zu den anderen, wobei er sich das Gesicht reibt. Zeitgleich beißt Conrey in sein Käsebrötchen.

»Was ist mit dem Vorgang *Friseur*? Hast du das an die Kollegen in Metz abgegeben?«

»Mach ich morgen. Ich habe noch zwei Vernehmungen.«

»In welchem Zusammenhang?«

»Unfall in der Rue Bisson.«

»Immer noch?«

»Das hat sich ausgeweitet«, verteidigt Resnais Ohayon. »Möglicherweise war der Unfalltote in Straftaten verwickelt. Jedenfalls konnten wir bis jetzt noch nicht feststellen, woher das viele Geld kommt, mit dem er einige Anschaffungen gemacht hat. Marie hat bei der Durchsuchung der Wohnung weiteres Bargeld gefunden. Außerdem scheint dort jemand eingebrochen zu sein.«

Marie nickt, Ohayon fährt fort: »Von der Sache mit dem unerklärlichen Geld abgesehen, scheint der Halter des roten BMW sich in Luft aufgelöst zu haben. Er heißt David Vichy und ist nach Aussage seiner Eltern drogenabhängig. Na ja, ich glaube das alles ja nicht so ganz.«

»Bitte? Du glaubst deinen eigenen Ermittlungsergebnissen nicht?«

»Nur weil der Wolf in der Nähe war, muss er das Lamm nicht gefressen haben.«

Conrey dreht die Augen nach oben, und Roland Colbert reibt sich mit der Hand hart übers Gesicht. Resnais mischt sich wieder ein.

»Wegen des Halters des BMW. Ich habe da was Neues.«

»Bist du etwa auch mit dieser Unfallgeschichte befasst?«

»Ja, und ich habe in Saarbrücken einen Arzt gefunden, der David Vichy bis vor einem halben Jahr in Behandlung hatte. Und der sagt, sein Patient könne nicht mehr Auto fahren, dazu seien die Beine zu steif. Er hatte einen Skiunfall.«

»Hast du den jungen Mann befragt?«

»Wie denn? Der ist doch verschwunden! Aber ich habe in Saarbrücken die Wohnung gefunden, in der er gelebt hat. Seine Mitbewohner haben ausgesagt, David Vichy hätte vorgehabt, seinen BMW zu verkaufen, weil er sowieso nicht mehr fahren könne. Außerdem hätte er immer wieder davon gesprochen, dass er nach Berlin umziehen will. Die haben ihn seit zwei Wochen nicht mehr gesehen. Genau wie seine Mutter. Aber in seinem Zimmer, da war noch alles da. Und das Zimmer war ziemlich ordentlich und aufgeräumt. Nicht so, wie ich das von Süchtigen kenne. Maschinenbau hat er studiert. Ist auch noch immatrikuliert. Ich war also an der Uni, die haben ihn vor zwei Wochen das letzte Mal gesehen. Ich habe die deutschen Kollegen informiert, da kam aber noch nichts.«

»Gut. Dann ist das was anderes. Ich dachte, es ginge nur um einen Verkehrsunfall. War das Unfallopfer nicht auch betrunken?« Roland guckt zu Marie rüber, die sagt: »1,2 Promille.«

»Okay. Wir haben also eine Vermisstenanzeige und einen

Verschwundenen ... Wer hat die Vermisstenanzeige aufgegeben?«

»Niemand.«

»Wie bitte?«

»Die Mutter wollte nicht«, erklärt Resnais.

»Ohayon. Ich möchte dich gleich in meinem Büro sehen. Noch Fragen? Keine Fragen? Gut, dann geht bitte an die Arbeit.«

*

Ohayon hat sich kurz auf der Toilette frisch gemacht, sitzt jetzt vor Rolands Schreibtisch.

»Was war denn das eben? Du kannst doch nicht während einer Besprechung schlafen!«

»Sanna hat seit Wochen Blähungen und schläft nicht durch. Du kennst das ja, wenn sie in dem Alter sind. Ich muss sie trösten und ...«

»Kann Ines das nicht machen?«

»Bei mir werden die Kinder schneller ruhig.«

»Kann ich mir vorstellen. Aber der Vorgang *Friseur* ist wichtig. Ich greife normalerweise nicht ein, wenn du dich in irgendwas verbeißt. Aber der *Friseur* ... Es gibt immer noch Frauen in Fleurville, die mit Kopftüchern rumlaufen.«

»Weil die *Gazette* ständig über ihn schreibt und behauptet, das mit den Haaren der Frauen sei nur ein Anfang. Vielleicht ist er tatsächlich gefährlich oder wird es bald. Nur scheint er inzwischen in Metz zu agieren. Hier ist seit Monaten nichts mehr passiert.«

»Hast du den Fall an die Kollegen dort übergeben?«

»Morgen. Was den Unfall angeht ...«

»Ein Unfall mit 1,2 Promille, bei Regen und stark überhöhter Geschwindigkeit.«

»Alles richtig. Nur, warum war Monsieur Descombe so schnell? Es gibt Hinweise darauf, dass sich in seinem Leben etwas verändert hat. Bis vor einem Jahr war Monsieur Descombe ein unauffälliger, ordentlicher Mensch. Mittleres Einkommen, vernünftiges Verhalten im Straßenverkehr. Davon abgesehen hat er regelmäßig Sport getrieben und dafür viel Geld ausgegeben. Warum fing er an zu trinken? Auch seine Wohnung hat er vernachlässigt. Dabei war sie ihm offenbar mal sehr wichtig. Alles soll schick hergerichtet gewesen sein, er hat sich in Lifestyle-Magazinen über Interieurs unterrichtet, war technisch auf dem neuesten Stand. Sah aber alles nicht mehr so gut aus, als Marie die Wohnung durchsucht hat. Auf was kommt man in so einem Fall? Liebeskummer. Aber er scheint ein Womanizer der Extraklasse gewesen zu sein. Ihm wurde nicht gekündigt und seinen Humor scheint er auch nicht verloren zu haben, das sagen alle.«

»Also kein Liebeskummer.«

»Dafür besaß Monsieur Descombe seit einiger Zeit große Mengen Bargeld, dessen Herkunft unklar ist. Geld in kleiner Stückelung. An dem Unfall war so gut wie sicher ein zweites Fahrzeug beteiligt, und am Abend vor dem Unfall hatte Monsieur Descombe in seiner Wohnung einen heftigen Streit mit jemandem. Resnais wird also weiter nach dem Wagen und dem verschwundenen Junkie suchen. Ich werde mich im Freundeskreis des Opfers umhören. Sein angeblich bester Freund ist knallrot geworden, als ich ihm meine Marke gezeigt habe. Ich kam auf ihn, weil er sich im Krankenhaus danach erkundigt hat, ob Monsieur Descombe noch was gesagt hätte, bevor er starb. Hat sich ziemlich aufgespielt, als man ihm keine Auskunft geben wollte. Er heißt übrigens Alain Chartier, ich soll dich von ihm grüßen.«

»Alain regt sich auf?«

»Interessant?«

»Ich weiß nicht, der ist sonst immer so ... sehr kontrolliert. Was war Monsieur Descombe von Beruf?«

»Er hat Gebäude versichert.«

»Alain Chartier arbeitet in einem Maklerbüro, außerdem sitzt er in einigen Bauausschüssen.«

»Weitermachen?«, fragt Ohayon.

Roland nickt und wedelt mit der Hand. Eine Geste, die bedeutet, dass er zu arbeiten hat.

*

Alain hatte den ganzen Samstag über und auch gestern jeden Moment damit gerechnet, dass die Polizei ihn verhaften würde. Die waren aber nicht gekommen, und so war er heute Morgen doch ins Büro gefahren. Hatte er sich das, was er mit Melissa gemacht hatte, am Ende nur eingebildet? Einen Moment lang schien alles gut, aber dann hatte June, kaum dass er ihr gegenüber am Schreibtisch saß, gesagt: »Melissa ist heute nicht da.«

Da war es sofort wieder gekommen. Das Pfeifen in den Ohren, das Schwanken der Welt. Zum Glück hatte June nichts davon mitgekriegt. Er war aufgestanden und hatte die Jalousien runtergelassen. Und dann war es ihm wieder passiert, und er hatte sie etwas völlig Idiotisches gefragt: »Was glaubst du, warum Melissa nicht da ist?«

»Die ist schon seit ein paar Tagen anders als früher. Ihr Make-up. Sie trägt dicker auf.«

Das war ihm nicht aufgefallen. Und vor allem hätte er niemals gedacht, dass ausgerechnet June so was bemerken würde.

»Gott, hab ich heute einen Durst …« Hatte er wieder zu laut gesprochen? »Soll ich dir was zu trinken mitbringen?«

»Nicht nötig, ich hab Selters dabei.«

»Dann eben nicht!«

»Warum bist du denn so wütend?«

Die Reizung eben, die verdammte, konstante Reizung durch die eigenen Vorstellungen. Außerdem ist der Raum total überheizt. Alain wartet weitere Einwände gar nicht erst ab, geht in die Küche. Dort ist zum Glück niemand. Zwei Gläser Wasser. Er trinkt schnell. Es nützt nichts. Er ist sich der

Ausweglosigkeit seiner Lage jetzt endgültig bewusst. Und so macht er gleich noch etwas Idiotisches. Er geht zurück zu seinem Platz, zieht sein Jackett an, nimmt seine Aktentasche.

»Fährst du nach Hause?«, fragt June. Ja, die anderen haben Recht, sie ist stumpf, wirkt fast schon verblödet mit ihren insistierenden Fragen: »Immer noch wegen Michel?«

»Hör auf, bitte.«

»Meinst du, Melissa geht es genauso?«, hakt sie nach.

Sieht sie denn nicht, dass er leidet?

»Was habe ich mit Melissa zu tun? Nichts! Sie spricht doch mit niemandem.«

»Entschuldige ... ich dachte nur, weil die Vichy noch nie krank war, und sie war doch mal mit Michel zusammen.«

»Michel war mit keiner Frau zusammen, und ich bin nicht Michel, ich kenne die Vichy überhaupt nicht. Ich weiß nicht mal, wo sie wohnt!«

Jetzt geht er. Geht? Läuft er nicht eher?

Sein Zustand ist schrecklich, aber so was kann jedem Menschen passieren, da soll sich keiner ausnehmen. Es kommt eben vor, dass man plötzlich nicht mehr so ist, wie man sich kennt, und man weiß ja, dass es kaum eine größere Belastung für die Seele oder die Psyche gibt, als wenn ein Angehöriger oder ein guter Freund plötzlich stirbt. Und der arme Michel war jung, als er mit seinem BMW gegen den Baum prallte. Das spielt eine Rolle. Dieses ganz und gar Unerwartete und, wenn man so will ... Dieses Ungerechte. Dieses Ungerechte des Todes.

Aber Alain wird schon fertig mit dem Tod und seinen Schuldgefühlen, denn eine der großartigsten Leistungen unseres Verstandes besteht ja darin, uns fortwährend über uns selbst zu täuschen. Und es ist bereits etwas Gutes entstanden aus diesem tragischen Unglück. Alain Chartier beschäftigt sich zum ersten Mal in seinem Leben mit seiner Herkunft, seinen Vorfahren und deren Verhängnissen. Hat mal richtig mit seinem Vater gesprochen und sogar den Wunsch angedeutet, dass er ein zweites Kind will. Sichtbarer Ausdruck von all dem ist das Familienalbum, welches er abends studiert. Alain ist erwacht, fragt sich, wer er eigentlich ist und woher er kommt. Das alles lässt sich mit einem einzigen Wort ausdrücken: Reifeprozess.

Aber so schnell geht es nicht mit Alains Reifeprozess. Als er in seinem Wagen sitzt, weiß er nicht weiter. Wo soll er hin? Nach Hause? Vorsicht, Alain! Heute ist Charlotte da. Man möchte ihm helfen, man möchte ihn auf dem richtigen Weg wissen. Er ist doch nichts anderes als ein junger Mann, der nie etwas Böses im Sinn hatte. Und dass jemand mal wütend wird, wenn ihm unrecht geschieht, wenn der beste Freund ihn im Suff outet. Ist das nicht völlig normal? Wer will sich ausnehmen, wenn es um Wut geht. Diese Wut, die so plötzlich hochkommt. Auch die Frauen können sich da nicht ausnehmen. Denn, wie war das mit Yvonnes kategorischem Nein? Das war doch nichts anderes als Wut. Und sie hat ein schnelles Auto. Die Autos, die Bilder schieben sich zusammen. Doppelbelichtung.

Alain lässt den Motor an, fährt los.

Eine Menge Sachen passieren wie von selbst. Eine Lücke. Zeitlich unbestimmt. Zuletzt kommt er am Bahnhof an. Alles hier ist neu, es gibt ein schönes Bistro. Er bestellt Kaffee, und als er bezahlt, kommt der nächste Schlag. Auf der Titelseite der *Gazette de Fleurville* prangt ein Bild von Michel. Darunter ein langer Artikel.

Er setzt sich, liest.

Offenbar sind sie jetzt so weit, dass sie den Unfall als mögliches Tötungsdelikt einstufen. Sie wissen sogar, wie der Wagen aussieht, dass es ein roter BMW ist ... der verdammte rote BMW, der glüht durch seinen Kopf, so wie manchmal die verdammte rote Melissa Vichy durch seinen Kopf glüht. Und da passiert dann sehr viel in ihm. Was äußerlich zunächst dazu führt, dass Alain auf ganz sonderbare Weise ruhig wird. Auch alles Weitere tut er, wie er meint, sehr bewusst und vernünftig. Er zahlt, geht zum Schalter und fragt nach der nächsten Verbindung.

»Die geht nach Paris.«

»Ja, da möchte ich hin.«

Zehn Minuten später sitzt er im Zug.

*

Nina besitzt ein Auto. Einen fetten alten Volvo. Silbergrau. Mit dem war sie nach dem Einbruch in Michels Haus rumgefahren. Sie hatte das mit dem Vertrag so cool geregelt, meinte sich im Griff zu haben. Aber dann hatte sie festgestellt, dass ihr Tank fast leer war. Sie war an eine Tankstelle gefahren, hatte vollgemacht. Gezittert dabei. Was war dann geschehen? Der Tank war voll gewesen und sie hatte den Zapfhahn ein Stück weit rausgezogen. Und noch mal gedrückt. Warum? Das Benzin war aus dem Tankstutzen herausgespritzt, voll über ihre Jeans. Dann hatte sie bezahlt. Sie hatte nach Benzin gestunken und sich geschämt. Nicht wegen Michel oder dem Einbruch. Wegen dem Benzin. Aber das war eben diese Nacht, da war ja sowieso alles anders gewesen. Nur warum spielt sie seit dieser Nacht Schubert? Warum fragt sie sich, ob sie nicht doch Konzertpianistin hätte werden sollen? Ist dieses Schubert spielen so was wie ein langes Requiem für Michel? Oder eins für sie selbst? Ist das Nachdenken über ein mögliches anderes Leben so was wie ein kleiner, vorgetäuschter Tod? So nach der Devise: Du bist gestorben, ich sterbe auch ein bisschen.

Über all das hat sie lange nachgedacht. Aber jetzt hatte sie gerade mit ihrem Sohn gespielt, und wenn man mit Kindern spielt, wenn man wirklich spielt, verschwinden schwere Gedanken. So denkt sie an nichts Böses, als es an der Tür klingelt.

Sie sieht ein Gesicht, das sie kennt, will was sagen. Dreht sich dann aber um, weil sie in der Wohnung ein Geräusch hört.

»Mutti! Pascal ist schon wieder am Regal!«

Drehung zurück.

»Kommen Sie rein. Mutti! Passt du kurz auf Pascal auf, die Polizei ist da!«

Eine Stimme, vermutlich die Mutter: »Ich wollte gerade einkaufen gehen.«

»Weiß ich, aber die Polizei ist da, bestimmt wegen Michel. Wird das lange dauern?«

»Nein.«

»Also pass bitte kurz auf, dass Pascal nicht an den CDs knabbert, er hatte vorhin schon wieder eine im Mund. Kommen Sie rein. Mutti, jetzt hilf mir doch mal!«

Man sieht die Mutter nicht, hört aber Geklapper von Geschirr aus der Küche. Und natürlich ihre Stimme. »Wenn ich jetzt nicht gehe, schaffe ich es nicht mehr. Du willst doch noch zum Sport, was soll Pascal denn essen?«

»Guck im Kühlschrank nach, da ist noch was. Er mag das aus den kleinen Gläschen. Tut mir leid, dass Sie da jetzt reingeraten sind, Monsieur ...«

»Ohayon.«

»Vorsicht!«

Ohayon wäre fast auf einem kleinen Lastwagen ausgerutscht. Die Mutter kommt aus der Küche, sie hat eine sehr ordentliche Frisur. »Kleines, du rappelst schon wieder.«

»Ich rappele nicht, hör auf! Kommen Sie, Monsieur.« Sie steigt eine hölzerne Wendeltreppe hoch. »Wir gehen in mein Studio.«

Sie schiebt Ohayon einen Drehstuhl hin und setzt sich auf eine Lautsprecherbox. »Meine Mutter ... Ich hab früher auch immer nur Essen aus diesen kleinen Gläschen bekommen, weil meine Mutter nie Zeit hatte. Sagt jedenfalls meine Großmutter. Aber jetzt muss es natürlich Spinat vom Markt sein. Entschuldigen Sie, Sie haben sicher Wichtigeres im Kopf.«

»Vielleicht können Sie mir sagen, was für ein Mensch Monsieur Descombe war.«

»Klingt, als wären Sie der Pfarrer.«

»Also?«

»Na, Michel war ... Die Frauen flogen total auf ihn, ich war auch mal mit ihm zusammen, aber nicht lange. Er hatte Humor und konnte gut reden. Er kam bei Unterhaltungen immer sofort rein. Was genau wollen Sie eigentlich wissen?«

»War er zum Beispiel nachdenklich?«

»Eher schlagfertig.«

»Hatte er Ziele, glaubte er an irgendwas, das er unbedingt erreichen wollte?«

»Alte Autos. Darüber hat er gerne geredet. Und über Sport, über unsere Trainer. Eigentlich hatte er zu allem was zu sagen. Und selten was Dummes. Ich schätze, er war ziemlich intelligent.«

»Über seinen Beruf? Über Misserfolge? Neue Lebensziele?«

»Nie. Yvonne, mit der kann man über so was sprechen, was Sie meinen, oder mit Alain. Also über Gefühle, der ganze Bereich. Aber deshalb passte Michel ja gerade so gut zu uns. Er war der, der immer mal das Thema gewechselt hat, der dafür sorgte, dass es bei Gesprächen nicht langweilig wurde. Und er konnte sich Namen merken. Wenn man mit ihm über eine Freundin gesprochen hat, dann wusste er nach drei Wochen noch, wie die hieß. So was können nicht alle Männer.«

»Wie lange waren Sie mit ihm zusammen?«

»Vier Monate, eigentlich drei.«

»Warum haben Sie sich getrennt?«

»Weil er ... ich weiß nicht, das passte irgendwie nicht zwischen uns. Ich hatte damals, glaube ich, schon den Wunsch, ein Kind zu bekommen, und da denkt man dann ja ein bisschen genauer nach, wenn es um den Vater geht. Das war jetzt nicht fies gemeint, aber Sie haben ja gefragt.«

»Bis jetzt klang doch alles ganz positiv.«

»Michel hat in letzter Zeit ganz schön getrunken und vor allem so schnell. Wir haben im *Centre* zusammen Kampfsport gemacht und Michel hat total übertrieben. Ich hatte irgendwann richtig Angst, gegen ihn anzutreten. Andere hatten auch keine Lust mehr. Außer Alain, und dem hat er beim Judo total den Arm ausgerenkt. Beim Tennis war es genauso. Michel hat gespielt wie ein Irrer.«

»Es soll an dem Abend, an dem er seinen Unfall hatte, einen Streit gegeben haben.«

»Yvonne war komisch drauf. Sie kam nicht wie sonst an den Tisch, sondern hat an der Bar gestanden und immer mal zu uns rübergesehen. Erst als Alain auf die Toilette gegangen ist, ist sie gekommen und hat Michel angefaucht. Es hatte was mit seinen Sprüchen zu tun. Michel hatte uns Frauen gegenüber Andeutungen gemacht, dass Alain eigentlich schwul wäre und es nur noch nicht wüsste. So was kann man ja sagen, aber die Art, wie Michel seine Andeutungen gemacht hat, die Worte, die er benutzte. Richtig unter die Gürtellinie ging das, dabei war Alain doch sein bester Freund. Wenn ich jetzt an die letzten Wochen zurückdenke. Es ist komisch, wie man manche Sachen wegdrückt, wenn man sie nicht wahrhaben will. Mich hat das total aufgewühlt.«

»Kein Wunder. Wenn ein Mensch stirbt, der noch so jung ist.«

»Das meinte ich nicht, ich spreche von Alain. Der ist jemand, auf den man sich hundertprozentig verlassen kann, ein richtiger Freund. Er wirkt erst mal sehr still, aber wenn es drauf ankommt, ist das einer, mit dem man über alles reden kann. Und treu ist er. Der springt für dich ins Feuer. Gerade auch was Michel anging mit seinem Alkoholproblem. Alain hat immer zu ihm gehalten, ihn verteidigt. Und dann sagt dieses Arschloch solche Sachen. So spießig und so unglaublich dämlich. Er hat offenbar gar nicht gewusst, mit was für Leuten er sich da jede Woche im *Centre* trifft. Und ausgerechnet gegen Alain, der sich immer solche Mühe gibt, wie ein Mann auszusehen.«

»Sie meinen, Alain hat Schwierigkeiten mit seinem Aussehen?«

»Ich finde ihn sehr attraktiv, aber er ist ein Mann, ich weiß nicht, wie die sich selbst sehen. Gut, dass Yvonne mal was gesagt hat.«

»Ja?«

»Sie hat Michel an der Ausfahrt vom Parkplatz abgefangen. Es hat geregnet wie Sau. Ich bin dann auch hin und habe ihm gesagt, dass er, wenn er weiter so Sachen über Alain sagt und vor allem in dieser Art, dass ich ihn dann nicht mehr im Freundeskreis sehen will.«

»Damit ich das richtig verstehe: Ihre Freundin Yvonne hat angefangen, ihm wegen dieser Schwulengeschichte die Leviten zu lesen, und Sie sind dann dazugekommen und haben sie unterstützt.«

»Ja. Ich sah Yvonne, die sich zu Michel runterbeugte und mit ihm sprach. Ich dachte mir schon, dass es um diese Sachen geht. Also bin ich hin.«

»Wie hat sie reagiert?«

»Sich zu mir umgedreht. Sie schien überrascht.«

»Wie hat Michel reagiert?«

»Er sah erbärmlich aus. Als hätte er Angst. So hatte ich ihn noch nie gesehen. Nachdem ich ihm meine Meinung gesagt hatte, bin ich zu meinem Auto und losgefahren.«

»Und ihre Freundin?«

»Als ich abfuhr, stand sie noch neben Michels Wagen. Sie ist Psychologin, wahrscheinlich hat sie versucht, vernünftig mit ihm zu reden.«

»Was für ein Auto fährt ihre Freundin?«

»Einen roten Alfa Romeo. Einen Oldtimer. Warum?«

»Monsieur Descombe fuhr ebenfalls einen sehr alten Wagen.«

»Michel hat immer allen mit seinen Autos in den Ohren gelegen und versucht, uns zu überreden, auch so eine alte Kiste zu kaufen. Bei Yvonne und Nadine ist ihm das gelungen. Michel konnte sehr überzeugend sein oder ... verführerisch. Er konnte einen dazu bringen, ungewöhnliche Sachen zu machen, mal was zu riskieren im Leben. Er war einfach ein toller Mann.«

»Der seinen besten Freund als nicht geouteten Schwulen bezeichnet hat. Was den vermutlich verletzt hätte.«

»Mein Gott, Michel hat gesoffen, da kommt die Scheiße eben raus, die einer denkt.«

»Die Scheiße?«

»Alain ... der ist jemand, der jedes Wort, jede Begebenheit auf die Goldwaage legt. Und ja, er hat mit so was ein Problem.«

»Er will nicht schwul sein.«

»Weil er es nicht ist. Manche kokettieren mit so was, Alain nicht. Alain ist unsicher. Vielleicht hat er Michel deshalb so gebraucht. Die beiden passten perfekt zusammen. Ich möchte nicht wissen, was in Alain gerade vorgeht. Viele, viele, viele Gedanken. Das können Sie mir glauben.«

»Er wurde rot, als ich ihm meine Polizeimarke gezeigt habe.«

»Natürlich wurde er rot. Die Polizei! Bedenken Sie doch. Die könnte ihn verhaften!«

»War Alain schon gegangen, als es zu dieser Aussprache zwischen Ihnen beiden und Monsieur Descombe kam?«

»Kurz vorher. Ich habe ihn aber noch auf dem Parkplatz gesehen, als ich zu Michels Auto ging. Vielleicht ahnte er, warum Yvonne und ich Michel zur Rede gestellt haben.«

»Während Sie mit Michel gesprochen haben, könnte er da den Parkplatz verlassen haben?«

»Hab ich nicht drauf geachtet.«

»Was für ein Auto fahren Sie?«

»Einen Volvo Kombi.«

»Ein stabiles Auto. Ziemlich schwer.«

»Ich habe ein Kind. Ich bin an Michels Wagen vorbei und hierher gefahren.«

»Da kommen Sie durch die Rue Bisson.«

Sie überlegt.

»Richtig, aber ich bin ja vor Michel gefahren. Ich war frustriert, ich spürte, dass die lustige Zeit vorbei ist. Ich meine, das war einfach ein Freundeskreis. Mehr nicht. Aber auch nicht weniger. Und ich glaube, dass Yvonne und ich Michel so zur Sau gemacht haben, das war nicht nur wegen dem, was er über Alain gesagt hat. Wir sind alle neu in Fleurville, wir haben alle Glück gehabt, dass es für uns so gut läuft. Das sind unsere besten Jahre, und jeder von uns glaubt, dass es noch besser wird. Das finden Sie schrecklich, oder?«

»Sie wollen auf irgendwas raus, also …«

»Scheiße! Wir waren einfach wütend, dass sich jemand wie Michel, jemand, der so toll ist, so gehen lässt und anfängt zu saufen. Dass einer von uns abkackt und wir das Tag für Tag mit ansehen müssen. Einer von uns, nicht irgendwer. Da denkt man natürlich: Was ist mit mir? Und so was macht einen doch wütend. Sie nicht? Nein? Na gut, Sie scheinen eher ein ruhiger Typ zu sein, wahrscheinlich verstehen Sie gar nicht, was ich meine.«

Ohayon findet, dass sie zu schnell atmet, also lässt er ihr erst mal Zeit, Luft zu holen.

»Eine Frage noch. Nicht angenehm, aber … Sie sagten, dass Michel oft neue Freundinnen hatte. Ist Ihnen mal zu Ohren gekommen, dass er Geld für sein sexuelles Entgegenkommen genommen hat?«

»Hat man Ihnen das erzählt?« Sie zögert. »Ich dachte immer, das sei nur Gerede, aber vor zwei Wochen traf ich ihn, als ich mit einer Produzentin unterwegs war. Als er weg war, fragte sie: ›Du kennst den?‹ Sie fand das amüsant und sprach von Michel, als wäre er ein Statussymbol.«

»Könnte er so etwas regelmäßig gemacht haben?«

»Mit Frauen schlafen gegen Geld? Nicht der Michel, den ich kenne.«

Fünf Minuten später steht Nina in der Küche und ist froh, dass sie ihre Mutter überreden konnte, Pascal mit auf den Markt zu nehmen.

Nina Havelot kennt zwei Wege, mit Dingen umzugehen, die sie bedrängen. Die eine Methode besteht darin, sich innerlich von sich selbst zu distanzieren. Sie kann Emotionen komplett auflösen. Zum Beispiel, indem sie etwas anderes für wichtiger erklärt. Ihre zweite Methode besteht darin, Emotionen in andere Empfindungen zu verwandeln. Aus einem Schuldgefühl wird Wut. Hat sie deshalb bei Ohayons Vernehmung so schlecht über Michel gesprochen? Einen Satz immerhin hat sie sich verkniffen, er hatte ihr schon auf der Zunge gelegen. ›Gut, dass ich bei Michel immer auf einem Kondom bestanden habe.‹

Nina hat ihr Kind von einem anderen Mann bekommen, da Michel für sie zu promisk war. Der Vater ihres Kindes ist nicht mehr da. Er ist auch nicht Thema im Haus. Dafür war sein Auftritt zu kurz. In den letzten Tagen hat Nina über Sachen nachgedacht, von denen sie bis jetzt gemeint hatte, sie seien klar. Und da war ihr aufgefallen, dass es für Pascals Vater nur ein schmales Zeitfenster gegeben hatte. Das führte dazu, dass Nina sich ihren Sohn in den letzten Tagen immer mal wieder genau angesehen hatte. Und das wiederum führte dazu, dass sie einiges gerne genauer gewusst hätte, und sich an einige Nächte gerne präziser erinnern würde.

*

Zum *Südpol* zu kommen ist nicht ganz einfach. Obwohl er am südlichen Stadtrand von Fleurville liegt. Dass die Siedlung *Südpol* genannt wird, liegt zum einen daran, dass alle Häuser weiß sind und aus je zwei gedrehten übereinandergelagerten dreieckigen Baukörpern bestehen, die mit etwas gutem Willen an Eisberge erinnern. Es liegt zum anderen an der Verkehrsanbindung. Die Siedlung ist nämlich schlecht zu erreichen. Das wird sich ändern, sobald das Neubauprojekt entlang der Rue Terray fertig ist. Dann steigt der Wert der Grundstücke. Für die Einwohner von Fleurville gilt der *Südpol* als Villengegend. Bei etwas nüchternerer Betrachtung handelt es sich um etwas extravagante Einfamilienhäuser mittlerer Preislage.

Ohayon sieht Charlotte Chartier zum ersten Mal. Er nickt unwillkürlich, als sei er mit allem einverstanden. Vor ihm steht eine zwar zart gebaute, aber nicht eben kleine Frau, mit einem eleganten, strengen Gesicht. Schöne Haare, gute Frisur, nicht auffällig geschminkt. Alles passt zusammen bei ihr, erzeugt den Eindruck einer Geschäftsfrau mit kühlem Verstand.

»Polizei? Ist Alain was passiert?«

Sie hat sich erschrocken, trotzdem klingt ihre Stimme nicht schrill.

»Ist ihr Mann noch nicht da? Ich dachte, er hätte um halb fünf Schluss.«

»Alain hat vermutlich einen Außentermin.«

»Darf ich trotzdem kurz reinkommen?«

»Natürlich. Aber sagen Sie mir doch bitte erst mal, worum es überhaupt geht.«

»Ich untersuche den Unfall von Michel Descombe. Der war ein Freund ihres Mannes, nicht wahr?«

»Ja.«

Die Diele ist dreieckig, und in der Mitte geht es über eine schlichte Treppe nach oben. Von der besonderen Geometrie abgesehen macht das Haus innen einen etwas kargen Eindruck. Auch im Wohnzimmer sieht es nicht überladen aus. Auffällig sind die Bücherregale, die vor der Wand zu schweben scheinen. Das Ganze macht auf Ohayon einen amerikanischen Eindruck. Das hängt vermutlich damit zusammen, dass die Horizontale betont wird und dass es ein riesiges Fenster gibt, das auf ein Naturschutzgebiet rausgeht. Aber irgendwie fehlt etwas. Auf dem Boden liegt ein afghanischer Teppich, und der Raum, den er markiert, wirkt leer.

Sie ist schon am Sofa, als ihr auffällt, dass Ohayon auf den Teppich starrt.

»Sie haben ein gutes Auge. Da stand bis vor vier Wochen der Flügel meines ersten Mannes, wir haben ihn kürzlich verkauft.«

»Ah!«

»Setzen wir uns doch.«

Sie führt ihn zu einer Sitzgruppe, die aus einem alten Sofa mit Kordbezug und zwei Sesseln besteht. Der Kordbezug ist verschlissen und etwas durchgesessen, macht aber einen gemütlichen Eindruck. Ohayon nimmt Platz, sie stellt Wasser und zwei Gläser auf den Tisch.

»Ihr erster Mann hat den Flügel einfach hiergelassen?«

»Er ist seit fünf Jahren tot.«

»Das tut mir leid. Eine Krankheit?«

»Er starb in der Nähe von Nancy bei einem Autounfall.«

»Wie ist das passiert?«

»Er ist wohl zu schnell gefahren, hat die Kontrolle über seinen Wagen verloren und sich überschlagen. Sie sagten, Sie seien wegen Michel hier.«

»Ja, ich ermittele immer noch wegen des Unfalls, und da gibt es eine Frage, die wir noch nicht klären konnten. Wissen Sie, ob Monsieur Descombe eine Einnahmequelle hatte, die größere Mengen Bargeld in kleiner Stückelung erklären würde?«

»Da kann ich Ihnen leider nicht helfen. Ich kannte ihn gar nicht.«

»Mir wurde gesagt, er sei der beste Freund Ihres Mannes gewesen.«

»Ich kannte ihn trotzdem nicht. Mein Mann und ich arbeiten beide viel. Wir haben einen Sohn, und Alain engagiert sich in der Stadt, arbeitet ehrenamtlich in einigen Bauausschüssen. Das einzige Vergnügen, das er sich gönnt, ist sein Sport. Zu diesem Kreis gehörte Michel.«

Sie benutzt keine Füllwörter, muss nicht zweimal ansetzen, um einen Gedanken zu formulieren. Ohayon schließt daraus, dass sie es gewohnt ist, anderen etwas zu erklären.

»Ihr Mann braucht ein bisschen Freiraum.«

»Ich bin zehn Jahre älter als Alain. Er möchte manchmal mit Menschen seines Alters zusammen sein.«

Ihre Hände, ihre Schultern, überhaupt ihre ganze Körperhaltung. Da gibt es nichts auszusetzen.

»Ach …« Ohayon hat ein Spielzeug entdeckt, das er schon mal im Haus von Marie Grenier gesehen hat. »Dieses Fluggerät. Ist das eine Drohne?«

»Ja, die gehört Daniel. Unserem Sohn.«

»Die kann man fernsteuern.«

»Es ist erstaunlich, was die alles kann. Man kann sie punktgenau an jede Stelle in der Luft bugsieren. Und sie hat zwei Kameras in HD-Qualität eingebaut. Alain und Daniel machen damit am Wochenende Flugversuche.«

»So was gab es zu meiner Zeit noch nicht. Ich glaube, das hätte mir auch Spaß gemacht. Wie groß ist denn die Reichweite der Fernsteuerung?«

»Über 300 Meter. Alain und Daniel machen ständig Tests, über welche Entfernungen man sie noch kontrollieren kann.«

»Können Sie die auch steuern?«

»Nicht so gut wie die beiden.«

»Ihr Mann verbringt viel Zeit mit seinem Sohn?«

»Er nimmt sie sich.«

»Sie sagten eben, dass Sie auch berufstätig sind. Was machen Sie, wenn ich fragen darf?«

»Ich betreibe zusammen mit meiner Schwester eine Musikproduktion in Nancy.«

»Ach, so ein Zufall. Ich habe gerade mit einer jungen Frau gesprochen, die ebenfalls in dem Bereich zu tun hat. Nina Havelot. Vielleicht kennen Sie die.«

»Ja, natürlich. Nina hat ein kleines Studio, in dem wir manchmal aufnehmen. Waren Sie bei ihr auch wegen Michel?«

Beim letzten Satz klang ihre Stimme ein wenig besorgt. Nun, vielleicht bildet Ohayon sich das auch nur ein.

»Wie haben Sie und Alain sich kennengelernt?«

»Als Sie herkamen, sagten Sie, dass Sie nur ein paar Fragen zu Michel hätten.«

»Ich frage, weil, um mit so einer Drohne zu spielen … Wie alt ist Ihr Sohn?«

»Sechs, er wird in zwei Wochen sieben. Warum interessiert Sie das?«

»Weil Sie vorhin sagten, Ihr Mann sei vor fünf Jahren gestorben. Lebten Sie in Scheidung?«

Keine Antwort.

»Hatten Sie damals ein Verhältnis mit ihrem jetzigen Mann? Ist aus diesem Verhältnis ein Kind ...?«

»Das sind ganz infame Unterstellungen! Und das geht Sie wirklich nichts an!«

»Ich wollte Sie nicht beleidigen.«

»Sie haben es aber getan. Mein erster Mann und ich lebten damals bereits mehr oder weniger getrennt.«

»Ich darf das aber so verstehen, dass Alain Chartier der Vater Ihres Kindes ist.«

»Ja, das dürfen Sie so verstehen.«

»Wusste Ihr erster Mann davon?«

»Wie ich schon sagte, wir lebten bereits getrennt.«

»Hat Ihr Mann Sie oder Alain Chartier damals deswegen zur Rede gestellt?«

»Ich weiß nicht, was Sie in mir sehen, und ich weiß nicht, worauf das alles hinauslaufen soll, aber Sie beleidigen mich in einem fort. Ich möchte Sie deshalb bitten zu gehen. Sofort. Und ich möchte Sie nicht noch einmal auffordern müssen.«

Vom Auto aus telefoniert Ohayon mit einigen Gendarmerien in der Nähe von Nancy. Als er endlich die gefunden hat, auf der damals der Unfall von Charlottes erstem Mann aufgenommen und untersucht wurde, fährt er hin und liest sich das Protokoll durch. Ein Brigadier erinnert sich, nachdem er seinen eigenen Bericht kurz überflogen hat.

»Die Kurve, da passiert öfter mal was. Das war im Februar, es war einige Tage wärmer gewesen, dann gab es plötzlich einen Kälteeinbruch. Minus vier, minus fünf. Die Obstbäume haben ziemlich gelitten.«

»Werden sich die Bauern gefreut haben.«

»Hören Sie mir bloß auf mit den Bauern. Der Unfall, das war auf der D2, in der Nähe von Meur. Die Straße führt erst an ein paar Fischteichen entlang und verläuft dann ein Stück weit zwischen Feldern. Ist aber tückisch, weil es eine Kurve gibt, die man nachts schlecht einschätzen kann. Es geht erst in eine Senke und dann direkt in die Kurve. Wegen der Nähe der Fischteiche bildet sich da oft Bodennebel und manchmal eben auch Glatteis. Zwei Schilder weisen auf die Gefahr hin. In dieser Kurve ist er von der Straße abgekommen, hat sich zweimal überschlagen.«

»Was für ein Wagen?«

»Ein silberner Mercedes. Genickbruch. Wir haben das Auto genau untersucht, keine Fremdeinwirkung. Das Ganze sah etwas geisterhaft aus.«

»Warum?«

»Der Fahrer war Vertreter einer Firma, die Anzüge herstellt. Davon hatte er offenbar viele im Kofferraum. Die waren über das ganze Feld verteilt, und manche erhoben sich in die Luft.«

»Es war windig.«

»Richtig. Sah ziemlich gespenstisch aus. Der Spur nach zu urteilen, ist er wenigstens 80 gefahren. Da reicht ein bisschen Glätte.«

»Er ist nicht touchiert worden, niemand hat ihn abgedrängt?«

»Bei Tempo 80, in einer Kurve, die man höchstens mit 50 durchfahren kann? Wie soll das gehen? Und wie gesagt: Keine Spuren.«

Nachdem Ohayon die Gendarmerie verlassen hat, atmet er ein paarmal tief durch. Dann ruft er Marie Grenier an und bittet sie, sich die Unterlagen und Fotos dieses Unfalls schicken zu lassen und alles zu überprüfen. Als sie nachfragt, äußert er ihr gegenüber einen vagen Verdacht. Als er sie dann auch noch fragt, ob die Spuren auf dem kleinen Feldweg, der von der Rue Bisson abzweigt, vielleicht zu einem Renault Twingo passen könnten …

»Ich hatte dir schon gesagt, dass der Regen die Spuren unkenntlich gemacht hatte, aber zu einem Twingo? Nein, das war ein deutlich größeres Auto.«

»Ein Volvo? Könnte der passen?«

»Von der Spurbreite her, ja. Alles Weitere wäre Spekulation. Ich hatte dir außerdem gesagt, dass wir nicht bestimmen konnten, wann der Wagen dort in die Rue Bisson reingefahren ist. Das kann auch eine Stunde vor dem Unfall passiert sein.«

*

Es fiel ihm am Ende gar nicht so schwer, Charlotte alles zu erklären. Sie hatte sich nur etwas gewundert: »Nach Paris? Warum bist du nach Paris gefahren?«

»Weil der erste Zug dort hinging.« Er lacht, als er das sagt. Es ist sein schönes, jungenhaftes Lachen. Und es stimmt, in diesen Momenten sieht er tatsächlich ein bisschen aus wie der junge Alain Delon.

»Wirklich, Charlotte! Nur weil der Zug zufällig dort hinfuhr. Ich bin in die Straße gegangen, in der wir während des Studiums gelebt haben.«

»Du und Michel.«

»Ja.«

»Habt ihr damals zusammen gewohnt?«

»Nein, aber nur ein paar Häuser auseinander. Wir hatten nicht viel Geld, und die Gegend…« Er bricht ab. Er hat so hastig gesprochen, als würde er ihr ganz aufgeregt von seinen Ferien bei den Pfadfindern berichten.

»Wie war es? Hast du noch was wiedererkannt?«

»Die Viertel der Armen ändern sich nicht so schnell. Aber es gab in der Gegend damals einen total netten Club, in den Michel und ich oft gegangen sind, in dem ist jetzt ein Nagelstudio. Ich fand es erbärmlich.«

»Ihr kanntet euch schon als Kinder?«

»Ja, aber Michels Eltern sind irgendwann mit ihm weggezogen. Sein Vater ist früh gestorben und seine Mutter ist in einem Pflegeheim. Agnes ist dement. Ich besuche sie manchmal, aber sie erkennt mich nicht mehr. Das war hart für Michel, das zu erleben. Der war ja so einer, für den immer alles positiv war. Oder sein sollte. Aber ob er wegen der Krankheit seiner Mutter so viel getrunken hat? Glaub ich nicht. «

»Warum hast du mir von all dem nie was erzählt?«

»Er ist tot, das bringt doch nichts.«

Ihr Blick, wie soll man das beurteilen? Ist das Stärke?

»Beim Studium sind wir uns dann wieder über den Weg gelaufen, haben uns aber erneut aus den Augen verloren und uns erst vor drei Jahren hier in Fleurville zufällig wiedergetroffen. Ich überlege seit Tagen, wie viele Jahre wir denn eigentlich befreundet waren und ... meine starken und genauen Erinnerungen kommen alle aus der Zeit, als wir neun, zehn, elf Jahre alt waren. Warum ist da nichts Neueres?«

»Was ist los, Alain?«

Er schüttelt energisch den Kopf, als wollte er sagen: ›Hör auf!‹ Er denkt jetzt nicht mehr an die Polizei, sondern daran, wie schwer es sein würde, Charlotte alles zu erklären. Ist sie jetzt seine Polizei? Irgendwann wird er mit ihr reden müssen.

»Ich halte dich für sehr souverän, für sehr stark.«

Warum sagt sie das? Spürt sie schon, was ihnen bevorsteht?

»Als wir uns kennenlernten, da hast du mir gefallen, weil du so gut aussahst und intelligenter und kultivierter warst als mein Mann.«

»Lass das! Bitte, Charlotte.«

»Ich hielt dich allerdings für etwas zu weich und unentschlossen. Außerdem war ich mir nicht ganz sicher, ob wirklich ich dich interessiert habe oder das Haus und das Geld, das mein Mann und ich angeblich besaßen.«

»Komm, lass.«

»Ich habe mich damals getäuscht. Du bist jemand, der viel mehr Mut hat, als die meisten anderen Männer.«

»Wir schweigen, ja? Wir schweigen!«

»Ich war vor dir schon mit einigen Männern zusammen. Ich stand immer auf solche mit großer Durchsetzungskraft…«

Warum hört sie nicht auf? Merkt sie denn nicht, was los ist?

»… in Wirklichkeit war mein Mann brutal und leichtsinnig. Du und ich, wir zahlen heute noch die Kredite für dieses total überteuerte Haus ab. Und Daniel … Welcher Vater nimmt sich schon die Zeit, jedes Wochenende Flugversuche mit einer Drohne zu machen? Wer geht schon mit so viel Ernst und Energie auf den Wunsch eines Kindes ein, die Reichweite einer Fernsteuerung zu verbessern, wer kann ein Kind so gut verstehen?«

Schrecklich! Manche Frauen sind so … so insistierend. Was sie sagt, das hat etwas von einem Abschied.

»Wie du heute redest…« Stammelt er? »So haben wir noch nie…«

»Komisch, oder? Das hat erst angefangen, seit dein Freund tot ist. Ein simpler Autounfall, weil er zu schnell war und betrunken. Daran liegt es, nicht wahr? Dass du dich verhältst, als wärst du an seinem Tod schuld.«

Er muss mit ihr reden. Die beiden müssen da irgendwie raus. Jetzt, Alain! Jetzt ist ein guter Moment.

»Das war ganz komisch an dem Abend. Ich habe Michel zuletzt auf dem Parkplatz des *Centre Fleur* gesehen. Er saß schon im Wagen, und wir haben noch ein paar Sätze durch die runtergedrehte Scheibe gewechselt. Aber er ist trotzdem nur kurz vor mir losgefahren, weil … Als ich zu meinem Auto ging, sah ich, dass Yvonne auf dem Weg zu seinem Wagen war. Ich habe mich ins Auto gesetzt, bin aber nicht gleich losgefahren. An dem Abend herrschte an unserem Tisch im *Lacombe* eine merkwürdige Stimmung. Nina hat anfangs unglaublich viel geredet, was sie sonst nie tut, und dann war sie auf einmal so still.«

»Das klingt, als hätte jemand ein Verbrechen begangen.«

»Ich gehe ständig durch diese letzten Minuten auf dem

Parkplatz und kann einfach nicht glauben, dass Michel ein paar Minuten später tot war. Aber weißt du, was das Schrecklichste ist? Ich versuche seit Tagen, mich an Situationen zu erinnern, die wir zusammen erlebt haben, irgendwas, das belegt, wie eng unsere Freundschaft war. Und da sehe ich ihn dann, wie er die Leiter zu einem Fünf-Meter-Turm hochsteigt, da waren wir neun oder zehn, und Michel trug eine rote Badehose. Er hat so unglaublich mutig und unverschämt gegrinst. Und einmal waren wir zusammen in England bei Madame Tussauds. Da hat er sich neben Richard Nixon gestellt und Faxen gemacht. Und dann gibt es noch ein paar Bilder im *Lacombe*. Michel immer mit seinen Frauen. Er lacht, redet ... Alle hören ihm zu. Trotzdem ... Es kommen immer nur die gleichen Bilder. Badehose, Richard Nixon, BMW, Frauen. Und immer gut gelaunt. War das sein Charakter? Gut gelaunt. Warum hat er dann so viel getrunken?«

»Ich weiß es nicht. Du hast ihn mir nie vorgestellt.«

Als er das Haus verlässt, spätestens, als er im Auto sitzt, kommt das Gefühl zurück. Ist das überhaupt noch ein Gefühl, ist das nicht vielmehr reines Adrenalin? Er war in Paris in die Kirche gegangen, das hatte er Charlotte nicht gesagt. In fast allen Predigten ging es direkt oder indirekt um so was wie Schuld. Vor ein paar Jahren hatte er erkannt, dass Schuld für ihn keine Frage der Moral war, nichts, worüber es nachzudenken galt. Schuld war brennend. Sie war letztlich nur ein anderes Wort für Angst. Aber wovor hat er Angst? Davor, dass sie rausfinden, dass er Michel umgebracht hat? Davor, dass sie rausfinden, dass er Melissa umgebracht hat?

Im Büro zeigen alle Verständnis für seine kleine Flucht vom Vortag. Was muss denn noch geschehen, ehe sie irgendwas merken? Warum stellt ihm keiner eine Frage zu Melissa? Warum kommt niemand, um ihn zu verhaften? Auch June ist wie immer. »Lass bitte die Jalousie runter, Alain, ich sehe kaum noch was auf meinem Bildschirm.«

Er steht auf und lässt die Jalousie runter. Als er gerade damit fertig ist, kommt schon wieder Adrenalin. Melissa Vichy in ihrem knallroten Kleid steht direkt vor ihm.

»Monsieur Theron möchte dich um 16 Uhr in seinem Büro sehen.«

Eine Weile steht er einfach nur da, die Schnüre der Jalousie noch in der Hand, und Melissa lächelt eiskalt. Dann erst dreht sie sich weg. Sie ist schon fast wieder an ihrem Tisch, und er versteht noch immer nicht, wie er sich alles erklären soll. Michel hatte beim Abschied auf dem Parkplatz seine Hand gestreichelt. Als hätte er gewusst, was passieren würde.

»Hast du eine Ahnung, was Theron von dir will?«, fragt June, als die Sphinx wieder an ihrem Platz sitzt. Er zuckt nur mit den Schultern und lässt die Schnüre der Jalousie los.

Er geht – und er meint, er täte das wie ein Roboter, und alle würden ihn ansehen –, er geht in die Büroküche, in der sich zum Glück niemand aufhält.

Warum ist Melissa eben an seinen Tisch gekommen, als wäre nichts passiert? Hat sie mit Theron gesprochen? Über ihn? Aber wann? Das kann sie unmöglich heute Morgen gemacht haben, Theron ist ja noch gar nicht da.

Gestern natürlich …! Sie hat Theron angerufen, sie hat bestimmt seine Nummer, vielleicht trifft sie sich manchmal mit ihm. Ja, jetzt ist alles klar. Er selbst, er, Alain war der Grund, warum sie gestern nicht da war. Wahrscheinlich hat sie gestern mit Theron gesprochen.

Und worauf läuft das jetzt raus? Er hat sie in ihrer Wohnung attackiert. Nur gut, dass sie geschrien hat, er hätte ihr sonst das Genick gebrochen. Es hatte nur ein Millimeter gefehlt.

Was hatte er in diesem Moment empfunden? Und danach? Er weiß es nicht. Er weiß nur, dass er um sie rumgegangen war und … Ein Gespräch mit Monsieur Theron, bitte … Rumgegangen war, und ein Buch hatte auf dem Boden gelegen … Werde ich jetzt entlassen, ist das ihre Rache?

Irgendwann am Nachmittag verschwindet die Angst und weicht einer völligen Gleichgültigkeit.

»Willst du nicht mal los?«, fragt June. »Es ist gleich vier, Monsieur Theron will dich doch in seinem Büro sehen.«

Er steht auf und geht zu Melissas Schreibtisch. Der Gang dahin ist wieder schrecklich. Diesmal kommt es ihm vor, als ginge er wie ein Clown.

»Monsieur Theron wollte mit mir sprechen«, sagt er, nachdem er vierzig Sekunden vor Melissas Schreibtisch gestanden hat. Sie hat ihn da stehen lassen wie einen Schuljungen oder Vertreter. Irgendwie kann man sie auch bewundern. Jedenfalls hat sie die ideale Stelle gefunden für eine Sadistin.

»Ich weiß, dass du einen Termin hast, Alain, aber es ist erst fünf vor vier«, sagt sie schließlich. »Ich gebe dir Bescheid, wenn es soweit ist.«

Nachdem sie das gesagt hat, fährt sie damit fort, Namen in eine Liste zu schreiben. Wozu diese Liste gut ist, weiß niemand. Es geht das Gerücht um, dass sie die Leistung der Mitarbeiter bewertet und dafür ein Punktesystem benutzt. Sie ist wirklich eine Sphinx, denkt er, eine Sphinx für uns alle.

»Ich bringe dich jetzt zu Monsieur Theron.«

Sie steht auf und geht zur Tür. Bevor sie die öffnet, sagt sie, ohne sich dabei umzudrehen: »Deine Krawatte gefällt mir.« Nicht, dass sie noch dran gezogen hätte. Dann schiebt sie die Tür auf, wobei es ein leicht saugendes Geräusch gibt. Sie macht eine Bewegung, die einer Tänzerin zur Ehre gereicht hätte, und gibt damit den Weg frei. »Monsieur Chartier«, verkündet sie und schafft es, im Fluss einer einzigen Bewegung den Raum zu verlassen und die Tür geräuschlos zu schließen.

Der Raum hat einen besonderen Geruch, nur wonach …?

»Alain, das ist schön, kommen Sie.«

Monsieur Theron ist aufgestanden, kommt um seinen Schreibtisch herum und begrüßt ihn mit Handschlag, wobei er mit der anderen Hand väterlich seine Schulter ergreift. »Setzen Sie sich doch bitte.«

Das Büro, Alain hat es nicht mal bei seiner Einstellung zu sehen bekommen, ist komplett mit poliertem Tropenholz ausgeschlagen und erinnert ein bisschen an eine Kajüte. Ein Eindruck, der sicher nicht falsch ist, denn es gibt eine Menge Regale, auf denen Modelle alter Segelschiffe stehen. Am Kopfende des Raums hängt ein riesiger Plan, ein Bild wie aus einem 3-D-Film. Alain braucht einen Moment, bis er begreift, dass es sich bei der dort abgebildeten Stadt um Fleurville handelt. Fleurville in zehn Jahren. Theron sieht ihn ein paar Sekunden lang an, ehe er spricht. Das ist ohne Zweifel pathetisch.

»Zunächst einmal möchte ich Ihnen mein herzliches Beileid aussprechen zum Tod Ihres Freundes. Michel Descombe hieß er, nicht wahr?«

Woher kennt Theron ...?

»Wie geht es Ihnen damit?«

»Es ist ein Auf und Ab. Gestern meinte ich schon, das Schlimmste sei vorbei, aber ...«

»Ich kenne das. Mein Sohn ist vor ein paar Jahren bei einem Segeltörn ertrunken.«

»Wie viele Kinder haben Sie?«

»Den einen hatte ich.«

»Das tut mir wirklich sehr leid.«

»Nun ...« Theron unterbricht sich, reibt sich mit dem Knöchel seines linken Zeigefingers entschlossen über die Stelle zwischen den Brauen. Was sind das für grausame Unterbrechungen? Dieses Warten, bevor der nächste Satz kommt. Sieht Theron denn nicht, dass er einen Leidenden vor sich hat? Einen jungen Mann, der am Ende seiner Kräfte ist und am Beginn all seiner Wünsche? Oder ist auch er ein Sadist?

»Möchten Sie etwas trinken?«

Alain weiß nicht, was er sagen soll. In den Räumen von T&L ist Alkohol aufs Strengste untersagt.

Theron deutet sein Zögern richtig. »Es ist 16 Uhr. Und nach diesem Gespräch haben Sie frei. Ich habe einen Portwein, der auf einem guten Schiff über den Äquator gegangen ist.«

Theron schenkt ein und plaudert eine Weile über Portwein und Traditionen auf See. Alain findet keine Stelle, an der er einhaken kann.

»Ich habe Sie natürlich nicht kommen lassen, um mit Ihnen über Schiffe zu sprechen.« Eine Pause, noch mal ein prüfender Blick. »Sie wissen, dass Monsieur Mazières mit dem Verkauf der Wohnungen beauftragt ist, die die CONDOR-VERSAILLES in der Rue Terray bauen wird?«

»Ich habe ihm manchmal zugearbeitet.«

»Es gibt dort noch immer ein Grundstück, das nicht verkauft wurde. Es gehört einer Frau …«

»Odette Debout.«

»Monsieur Mazières hat es natürlich bei ihr versucht, hat ihr im Auftrag von T&L viel Geld geboten.«

»2,2 Millionen.«

»Leider hat er sie bei seinen Verhandlungen bedrängt, und das entspricht nicht unserer Philosophie. Ich weiß nicht, ob Sie sich an meine Weihnachtsansprache erinnern …«

»›Die Makler von T&L haben mit Vernunft und Anstand zu agieren.‹«

»Melissa hat mich gestern angerufen und mir geraten, in Zukunft Sie in der Rue Terray einzusetzen. Sie hat mich auch darauf hingewiesen, dass Sie einer unserer besten Verkäufer sind. Wir haben uns getroffen, und sie hat mir einige Ihrer Exposés vorgelesen …«

Alain erschrickt. Welche hatte sie ausgewählt?

»… die sind sehr individuell abgefasst. Sie scheinen den Kaufinteressenten genau zuzuhören und besitzen offenbar ein Gespür für … lassen Sie mich ein großes Wort verwenden: Träume. Sie können Träume lesen, eine seltene Begabung.«

Alain schluckt. Dabei ist sein Mund ganz trocken.

»Die CONDOR-VERSAILLES hat die Pläne für die Bebauung in der Rue Terray natürlich bereits fertig, würde ungern auf das Grundstück von Madame Debout verzichten, und ich … Ich vertraue der Einschätzung von Melissa. Ich möchte also

Sie mit dieser Aufgabe betrauen. Reden Sie noch mal mit Madame Debout. Ich gebe Ihnen weitere 200 000. Wenn Sie Erfolg haben, wäre ich natürlich glücklich. Wenn nicht, ist es auch kein Beinbruch, dann muss die VERSAILLES ihre Pläne ändern.«

»Werde ich mit Monsieur Mazières zusammenarbeiten?«

»Nein, er verlässt uns zum Ende der Woche. Das hat nichts damit zu tun, dass er in diesem Fall keinen Erfolg hatte. Aber er hat Charakterzüge entwickelt, die nicht zu T&L passen. Wir verdienen hier unser Geld, das wollen wir auch, aber wir werden nicht nervös.«

Theron hat einen besonderen Ton angeschlagen, das ist nicht zu überhören. Er spricht offen und weiht ihn, Alain, während der nächsten halben Stunde in die Pläne ein, die T&L zusammen mit der Stadt und der CONDOR-VERSAILLES langfristig verfolgt. Sie stehen jetzt vor dem großen Plan. Ist es nicht eher ein Bild? Eine gezeichnete Phantasie?

Alain hatte immer angenommen, mit dem Durchbruch entlang der Rue Terray seien die Bauarbeiten in Fleurville abgeschlossen. Aber das war offenbar ein Irrtum. So wie es aussieht, wird die CONDOR-VERSAILLES sich als nächstes mit der Cité Nord befassen, dem Schandfleck von Fleurville. Dieser Stadtteil liegt im Nordwesten, etwas außerhalb des Stadtgebiets. Im Wesentlichen besteht die Cité Nord aus vier großen Wohnscheiben von je 200 Metern Länge und 14 Stockwerken Höhe. Man hat sie Ende der fünfziger Jahre gebaut, die Gesamtleitung hatte ein Architekt aus dem Büro von Le Corbusier. Die alteingesessenen Bewohner von Fleurville sprechen hartnäckig von einem Araberviertel, was völlig unsinnig ist, da die nicht mal ein Viertel der Anwohner ausmachen.

Gefährliche Gegend ... Alain denkt nicht anders als viele.

Er weiß, dass es noch vor ein paar Jahren Pläne gab, das alles abzureißen. Zum Glück ist das nicht geschehen, denn nachdem die CONDOR-VERSAILLES damit begonnen hatte, Fleurville umzugestalten, waren alle froh, dass es dort genügend Platz gab für die, die umziehen mussten. Offenbar hat Descleves jetzt vor, die Cité Nord mehr an die Stadt anzubinden und die Gebäude von Grund auf zu sanieren. Alain kann Pläne lesen und sieht: Da wird nicht einfach gebaut, da werden Räume geordnet …

In diesem Zusammenhang ist offenbar ein weiterer Stadtdurchbruch angedacht, diesmal nach Nordosten. Auf dem futuristisch anmutenden Bild, das Descleves' Unterschrift trägt, sieht das phantastisch aus. Wie eine weiße Welle oberhalb der Stadt. Angeschlossen ist ein großer Industriepark. Er versteht jetzt, warum man den Ausbau der Eisenbahnanbindung in den letzten Jahren so vehement vorangetrieben hat und weshalb der TGV in Zukunft hier halten wird.

Am oberen Rand, quasi auf der leicht gekrümmten Kante der Erde, entdeckt er Saarbrücken. Nur als kleinen, rötlichen Fleck. Alles geht so ineinander über, dass er für einen kurzen Moment vergisst, dass Saarbrücken ja gar nicht in Frankreich liegt. Stellt Monsieur Descleves sich die beiden Länder als eines vor? Ist er ein europäisch denkender Mensch? Würde man Saarbrücken irgendwann auch eingemeinden? Nur ein spaßhafter Gedanke natürlich, aber … Spielen Städte und Wirtschaftsräume nicht längst eine viel größere Rolle als Länder? Und er, Alain? Merkt er, dass er ganz fein lächelt? Auf eine Weise, wie es Menschen tun, die äußerst zufrieden sind.

»Sehen Sie, Alain, Fleurville hat nicht nur einen phantastischen Blick auf die Vogesen, es liegt in einem Schnittraum.«

Alain fängt an, seinen Chef und auch Monsieur Descleves anders zu sehen als bisher. Er hatte immer angenommen, es ginge T&L und der CONDOR-VERSAILLES um nichts als die möglichst schnelle Verwertung von Bauland. So hatte er ja auch in den letzten drei Jahren gemeint, punkten zu können. Indem er seine Vertragsabschlüsse möglichst schnell und günstig für T&L hinbekam. Da hat er sich möglicherweise geirrt. Es geht Theron und der CONDOR-VERSAILLES darum, die Stadt langfristig zu entwickeln. Theron ist offenbar ein Mann mit einem starken Gestaltungswillen. Aber haben nicht auch ihn, Alain, Ideen schon immer mehr interessiert als nur Geld?

Es geht alles so schnell. Die Angst vor Verhaftung, die tote Melissa Vichy, der silberne Mercedes, der sich im Regen überschlägt, und auch alles, was mit Michels Tod zusammenhängt, scheint ihm auf einmal unwichtig. Er fühlt sich Monsieur Theron sehr nahe, saugt alles, was der sagt, auf wie ... ja, fast wie ein Sohn, der seinem Vater zuhört. Therons Rede, die Tatsache, dass er mit ihm so persönlich spricht, wirkt fast körperlich auf ihn. Er spürt, dass sein Herz schneller schlägt, und befürchtet, seine Ohren würden wieder rot werden.

»Die CONDOR-VERSAILLES hat kein Interesse daran, dass man in Fleurville schlecht über sie spricht, und vergessen Sie nicht, Alain, dass Monsieur Colbert in allen wichtigen Ausschüssen sitzt.«

»Sie meinen Commissaire Colbert?«

»Er wacht über seiner Stadt wie ein Bluthund. Ein durchaus sympathischer Bluthund, auch seine Frau, Juliet ...« Monsieur Theron hat sich ein bisschen verheddert, denn er will Juliet Colbert natürlich nicht mit einem Bluthund vergleichen. »Madame Colbert ist übrigens mit Monsieur Descleves von der VERSAILLES befreundet.«

»Ich weiß«, sagt Alain, ohne es wirklich zu wissen, »sie war auf Michels Beerdigung. Zusammen mit ihrem Mann.«

»Kannte Ihr Freund Monsieur Colbert?«

»Nein, ich glaube, die beiden waren meinetwegen da. Ich begegne Roland hin und wieder. Wir sitzen in einigen Bauausschüssen zusammen.«

Gott, was für ein Wandel. Eben noch Angst vor Verhaftung und jetzt ...

»Wir wollen es uns nicht mit Monsieur Colbert verscherzen. In diesem Sinne wiederhole ich noch mal, was ich eben gesagt habe. Versuchen Sie, Madame Debout zum Verkauf ihres Grundstücks zu überreden, aber ... Sie müssen sie nicht umbringen.«

Zwei Männer, beide mit einem schönen Lächeln.

»Wenn sie nicht will, finden wir eine andere Lösung. Meine Meinung über Sie wird darunter nicht leiden. Wir haben uns verstanden?«

»Natürlich. Ich danke Ihnen.«

»Dann war's das für heute.«

›Für heute‹, die Worte merkt sich sein Gehirn und schüttet ein paar gute Hormone aus.

»Ich werde Sie vielleicht demnächst noch mal zu mir bitten, aber bevor ich das tun kann, muss ich mich erst mit Monsieur Lazhar in Paris besprechen.«

Von Alain nur ein Nicken. Jetzt bloß nicht zu viel sagen.

Theron begleitet ihn noch mit hinaus. Dort gibt er Melissa seine Anweisungen. »Monsieur Chartier übernimmt das Projekt Rue Terray. Er ist befugt, 200000 plus zu bieten, das ist mit der VERSAILLES abgeklärt. Setzen Sie ihn doch bitte ein bisschen weiter zu uns nach vorne, er übernimmt dann ab nächster Woche den Platz von Monsieur Mazières.«

»Ändert sich was am Gehalt?«

»Na, selbstverständlich. Ab Montag ersetzt er Monsieur Mazières. Sie regeln die Details, nicht wahr?«

»Na, selbstverständlich.«

Was die sich rausnimmt, ihn einfach nachzuäffen!

Das ging alles so schnell und beiläufig, als hätte Theron gerade die Bestellung einer Palette Toilettenpapier in Auftrag gegeben.

Als Theron wieder in seinem Büro ist, sieht er Melissa an. Was soll er tun? Sich bei ihr bedanken? Noch mal ein bisschen an ihrem Kopf drehen? Er weiß es nicht, und es ist ihm auch egal. Sie hat ihren Zauber verloren. Sie hat ihn durchgelassen. Sie ist keine Sphinx mehr.

In der Nacht träumt er von Monsieur Theron wie von einem Geliebten.

Als er um zwei Uhr morgens aufwacht, passiert das auf eine Weise, als würde er sich erschrecken. Er meint, er hätte Angst gehabt in seinem Traum, denn er riecht unter den Achseln. Und genau in diesem Moment entsteht in ihm das dringende Bedürfnis zu beichten. Allein das Bedürfnis, die Vorstellung, schon mittendrin zu sein in seiner Beichte, bringt ihm Erleichterung, aber das gute Gefühl ist nur von kurzer Dauer. Und so fragt er sich im nächsten Moment, warum Charlotte ihn, als sie ins Bett gegangen waren, nicht berührt hat, warum sie so eigentümlich starr neben ihm liegt.

Er hat Durst, kann sich aber nicht entschließen aufzustehen.

Er schaltet seine Nachttischlampe an, dann wieder aus. Wartet.

Irgendetwas war los gestern Abend. Normalerweise hätte er Charlotte gefragt, aber diesmal hat er sich nicht getraut. Er hat ihr nicht einmal davon erzählt, dass er beruflich aufgestiegen ist, was bei günstiger Berechnung darauf hinauslaufen konnte, dass sich sein Einkommen verdoppeln würde. Es scheint ihm, als ginge von ihrem Körper irgendetwas aus, eine Art Feindschaft und Kälte.

Alain schaltet das Licht wieder an. Sie liegt auf dem Rücken und schläft. Das schmale Kopfkissen ist ihr unter den Nacken gerutscht, und so liegt ihr Kopf etwas zurückgebogen über diesem Wulst. War sie ihm gegenüber nicht neulich schon so gewesen? So distanziert? So vorsichtig, als hätte sie irgendetwas von ihm zu befürchten. Er sieht ihren Kehlkopf und die Adern an ihrem leicht überstreckten Hals.

Sie atmet so leise. Weiß sie, dass er aufgewacht ist? Belauert sie ihn? Er bemüht sich gleichmäßig und beinahe geräuschlos zu atmen, weil er meint, Schlafende würden so klingen. Gleichzeitig sind seine Sinne bis zum Äußersten gespannt.

»Kannst du nicht schlafen?«, fragt sie.

Er tut so, als hätte er sie nicht gehört.

»Alain, was soll das? Warum tust du so, als ob du schläfst?«

Da wird er wütend. Es reizt ihn, dass sie immer alles merkt. Und was tut er?

Er springt aus dem Bett, geht zum Fenster und reißt die Flügel mit einer dramatischen Geste auf. Die Luft, die ins Zimmer strömt, ist eiskalt, er selbst nackt. Wie lächerlich das auf sie wirken muss, wie dumm.

»Du wirst dich erkälten, Alain, wenn du da vor dem Fenster stehst. Komm zurück.«

Ganz bestimmt nicht, das wäre dann ja noch lächerlicher.

Sie knipst ihre Nachttischlampe an, richtet sich im Bett auf, schiebt sich ihr Kissen zwischen Rücken und Wand. Er beginnt zu frieren.

»Also, was willst du mir sagen?«, fragt er barsch. »Du warst den ganzen Abend über kalt zu mir.« Wo nimmt er das her? Was reitet ihn da gerade? Und dann muss er auch noch niesen.

»Ich habe dir gar nichts zu sagen, sondern du mir«, sagt sie, und das klingt jetzt wirklich kalt. Sie hat offenbar beschlossen, sich nicht weiter zu verstellen. Bei ihm platzt etwas.

»Ich habe es für dich getan und für Daniel!« Keine Antwort. »Und ich habe dir die Chance gegeben, mit mir darüber zu sprechen.«

»Worüber? Und wann?«

»Als ich aus Paris zurückkam, habe ich dich gefragt, ob du dich an den Abend erinnerst, als ich dich so stürmisch umarmt habe, als ich dir fast den Hals gebrochen hätte.«

»Ich habe dir gesagt, wie ich diesen Moment erinnere. Dass ich mich zuerst erschrocken ...«

»Erschrocken! Kein Wunder! Wo du doch gerade mal zwei Stunden vorher von deinem Mann zusammengeschlagen wurdest! Der Abend fing nämlich vorher an. Nur hast du darüber kein Wort verloren. Oh nein, bloß kein Wort!«

»Ich weiß überhaupt nicht, wovon du sprichst.«

»Natürlich weißt du das. Du bist feige. Du lässt mich allein. Stattdessen examinierst du mich. Meinst du, ich merke nicht, wie du mich ansiehst? Vielleicht magst du das wenigstens zugeben.«

»Weil du dich so verändert hast seit dem Tod deines Freundes.«

Da lacht er spöttisch, es ist fast ein Prusten. Sie reagiert nicht, wagt nicht zu fragen, warum er das tut.

Zum ersten Mal, seit er aus dem Bett gesprungen ist, sieht er sie richtig an. Aber nicht wie ein Mann, der seine Frau ansieht, er sieht sie so, wie sie wirklich ist. Als Leib. Als Gesicht. Ihr Körper sieht sehnig und ausgemergelt aus, findet er. Sie sagt etwas, das er nicht hört, so schockiert ist er von ihrem Anblick. Er hat sie doch immer schön gefunden, warum sieht er sie auf einmal so anders? Oder bringt er da jetzt etwas durcheinander? Wie sieht man denn seine Frau? Doch nicht so, wie andere sie sehen. Aber jetzt ist sie ihm einen Moment lang eine Fremde gewesen. Komisch, dass sie da so in seinem Bett rumliegt. Seinem Vater gegenüber hat er von einem zweiten Kind gesprochen, aber würde ihr schmaler Körper das überhaupt noch schaffen? Ihre Brüste sind so klein, ihre Nase schmal und ihre Augen? Stehen die nicht zu eng zusammen? Eine Haarsträhne hängt ihr halb übers Gesicht. Sie ist 38. Er hat sie nie gefragt, ob sie ihre Haare schon färbt. Tut sie das vielleicht morgens im Badezimmer, wenn er nicht da ist? Er muss wieder niesen, er wird sich erkälten, wenn er noch länger vor dem Fenster steht.

»Wie fing denn der Abend damals deiner Meinung nach an?«, fragt sie schließlich.

Wieder schleudert er ihr sein spöttisch prustendes Lachen entgegen. Und sie reagiert nicht. Und da kann er sich nicht länger zurückhalten. Er, Alain, der manchmal innerlich in der dritten Person von sich denkt.

»Der Abend hat damit angefangen, Charlotte …« Was ist das? Wird er gleich weinen? »… damit angefangen, dass dein Mann in unser Haus eingedrungen ist und dich so hart geschlagen hat, dass du gestürzt bist.«

Jetzt endlich hat er etwas erreicht, sie getroffen.

»Woher weißt du das?«

»Das Wohnzimmer hat ein großes Panoramafenster, jeder hätte das von draußen sehen können. Am Boden hat er dich auch noch traktiert. Hat er dich getreten?«

»Du machst mir Angst.«

»Hat er dich getreten? Die Schuhe noch an? In den Bauch? Dann kam er aus dem Haus. Aus unserem Haus. Du hattest Angst.«

»Wenn du gesehen hast, was passiert ist, warum hast du nicht eingegriffen?«

»Als ich begriff, war er dabei, das Haus zu verlassen. Also, was hätte ich tun sollen? Ihn ins Haus zurückdrängen und dort eine Schlägerei mit ihm anfangen? Wo? Auf dem Flur, vor Daniels Zimmer? Und wer hätte den Kampf gewonnen? Dein Mann war doppelt so breit wie ich. Nein, es war wichtig, dass er vom Haus wegkam. Dass er vom Haus wegkam …«

»Alain, bitte! Hör auf.«

Jetzt wird er laut. »Vom Haus weg, Charlotte! Und das ist er, er ist in sein Auto gestiegen. Das war gut.«

Er steht eine Weile stumm da, mit einem Gesichtsausdruck, als hätte er vergessen, was er sagen will. Sie hat Zeit nachzudenken, sie sagt: »Aber das war zwei Stunden, bevor du zu mir gekommen bist. Bist du ihm nachgefahren?«

Er antwortet nicht, was bleibt ihr also übrig, als es zu wiederholen? Präziser diesmal: »Bist du ihm gefolgt?«

Jetzt klingt seine Stimme nachgiebig, wie eine Bitte. »Was draußen passiert ist, das ist vollkommen nebensächlich. Er ist in das Haus eingedrungen, und Daniel war in Gefahr. Und du auch. Also versteh bitte … Ja? Du verstehst das doch?«

Sie sagt nichts, sieht ihn nur an. Für ihn stellt sich die Frage, ob jemand anderes sie schön oder nicht mehr ganz so schön finden würde, jetzt nicht mehr. Für ihn ist plötzlich alles wieder so, wie es immer war. Er hat sich aufgeregt und ... Warum überhaupt? Doch nur, weil sein Freund einen dummen Autounfall hatte.

»Komm, Alain, du erkältest dich.«

Es fällt ihm jetzt nicht mehr schwer, klein beizugeben und zurück zu ihr unter die Decke zu kriechen. Und sie nimmt ihn auf, und er hat das angenehme Gefühl, wieder kleiner zu werden. Sie halten sich, und er merkt, dass nun sie zittert. Er schließt die Augen. War das wirklich nötig gewesen? Sie so zu ängstigen? Vielleicht. Schließlich tragen sie auch alle anderen Lasten gemeinsam. Nach einer Weile spürt er, wie seine Wange feucht wird. Offenbar weint sie. Er sagt nichts und verändert auch nicht seine Position. Sie teilen Charlottes Tränen und seine Angst.

Erst zehn Minuten später löst er sich, dreht sich bequemer hin und sieht sie an. Wie war er nur eben auf die Idee gekommen, sie sei voller Makel? Nein, sie ist schön, sie gefällt ihm. Und dann sagt er, und wie so oft in letzter Zeit kommt das ganz plötzlich: »Neulich, das Gespräch mit meinem Vater. Ich hätte das mit dir besprechen sollen.« Eine kleine Pause, der Moment kommt ihm nicht ganz geeignet vor. »Ein zweites Kind. Das wäre, glaube ich, das, was ich mir am meisten wünschen würde. Und Daniel auch, das weißt du.« Er wartet eine Weile, er hätte eine Reaktion erwartet, aber sie sagt nichts. »Ich hätte einen besseren Moment abwarten sollen«, meint er schließlich.

Sie dreht ihren Körper zu ihm hin, reckt sich ein bisschen, tastet nach seinem Penis und beginnt ihn zu küssen. Das ist schön. Natürlich. Nur muss er zwischendurch ein paarmal niesen. Nun, sie findet das ganz lustig.

Wenn sie später versuchen werden, sich an diese Nacht zu erinnern, wird alles ein bisschen verschwommen sein. Keiner wird dann mehr genau wissen, wer was gesagt und wie gemeint hat. Nur das mit dem Niesen, da werden sie sich immer einig sein. So wie sie sich einig waren, dass in der Nacht, in der Alain sich seinen Sohn endgültig erkämpft hatte, ein

Buch auf den Boden gefallen war. Die kleinen Dinge, die bohren sich rein wie Splitter.

›In der Nacht, in der wir beschlossen, ein zweites Kind zu bekommen, da hat Alain ständig geniest, weil er sich vorher ganz idiotisch vors offene Fenster gestellt hat.‹ So kann man das ein paar Jahre später erzählen. Ungenau und durch einiges ergänzt, wie man es tut, wenn man von Träumen erzählt. Damit alle es gut verstehen. In einer Kaffeerunde zum Beispiel, wenn die Schwestern, Eltern, Tanten da sind. Man kann sich Charlotte gut dabei vorstellen. Lebhaft. Glücklich. Sicher hat sie noch immer diese schönen schmalen Hände. Und Alain? Natürlich im Garten. Mit den Kindern. Holz sammeln für ein Osterfeuer. Dann wird ein Mädchen dabei sein, das jetzt noch nicht geboren, aber bereits gezeugt ist. Gerade mal zwanzig Minuten ist das her.

*

Es gibt einen besonderen Lichteffekt. Denn als das Mädchen als Schatten im Türrahmen steht, brennt hinter ihm im Flur Licht. Man könnte das Bild, wenn es sich um ein Gemälde handeln würde, ›Die Ankunft‹ oder ›Eintritt in die Welt‹ nennen. Das Mädchen ist schon elf Jahre alt, und etwas anderes ist wichtiger, als alle Wunder des Lichts. Das Mädchen muss nämlich unbedingt mit den Eltern sprechen, die gerade ihre Nachttischlampen ausgeknipst haben.

»Was ist denn, Yvonne?«, fragt die Mutter. »Kannst du nicht schlafen?«

Yvonnes Mutter knipst die Nachttischlampe wieder an, richtet sich in ihrem Bett auf und klopft zweimal mit der flachen Hand auf die Bettdecke neben sich. Yvonne geht hin und setzt sich.

»Ich wollte euch was sagen.« Ihre Stimme klingt feierlich. Offenbar geht es um etwas Wichtiges. Ihr Vater hat sich inzwischen ebenfalls aufgerichtet, stopft sich sein Kopfkissen hinter den Rücken.

»Was hast du auf dem Herzen?«, fragt er.

»Ich möchte jetzt doch mit auf Klassenfahrt.«

Es dauert einen Moment, ehe ihr Vater antwortet. Die Verzögerung ist erklärlich, denn während der letzten Tage war seine Tochter fest entschlossen gewesen, an dieser Fahrt nicht teilzunehmen.

»Und warum auf einmal?«

»Nina und Melissa haben gesagt, dass sie nicht fahren, wenn ich nicht mitkomme.«

»Nina und Melissa also. Und was willst du selbst?«

»Mitfahren.«

Das ist natürlich nur ein winziger und dazu noch ein vollkommen unbedeutender Ausschnitt aus Yvonnes Leben als Kind. Er ist nur deshalb erhalten, weil ihre Mutter bis heute meint, er wäre typisch für ihre Tochter, sie würde schon damals immer an andere gedacht haben. Aus dem, was Menschen als Kinder sind, lassen sich allerdings nur selten Schlüsse ableiten, die erklären können, warum jemand später einmal so ist oder eben so. Oft ist das Gegenteil der Fall. Aus sanften Kindern werden laute, aufdringliche Menschen und aus den kleinen Wüterichen vernünftige Leute.

Yvonne wirkt in dieser Kinderszene sehr vernünftig, fast schon erwachsen, aber man kann sich leicht vorstellen, dass sie ihren Eltern nicht immer nur Freude gemacht hat. Gerade in dieser Phase. Wenn drei elfjährige Mädchen wie Yvonne, Melissa und Nina sich irgendwas ausdenken, geheime Beschlüsse fassen und möglicherweise auch noch irgendwelche Schwüre ablegen, dann kann das Ergebnis dieser Kindereien für die Eltern sehr anstrengend sein.

Inzwischen ist die kleine Yvonne von damals erwachsen und lebt in einem Reihenhaus. Dieses Reihenhaus sieht nicht anders aus als andere Reihenhäuser. Bis auf eine Kleinigkeit. Es gibt eine Katzenklappe, auf die jemand eine Maus gemalt hat.

»Auf die Minute pünktlich!«

»Ein schönes Haus, das Sie da haben.«

»Danke.«

»Schneiden Sie die Kletterrose selber?«

»Ja.«

»Dann darf ich daraus schließen, dass Sie eine große Leiter besitzen und schwindelfrei sind.«

»Und ich darf aus dem, was Sie eben sagten, schlussfolgern, dass Sie tatsächlich Ermittler sind und es nicht nur behaupten. Kommen Sie rein.«

Yvonne trägt ein sommerliches Kleid, das bis runter zu den Knöcheln geht und sehr gut zu ihrer Frisur mit dem auffälligen Pony passt. Ohayon ist sich nicht sicher, ob diese Befragung überhaupt nötig ist, ob es nicht sinnvoller gewesen wäre, noch mal mit Alain Chartier zu sprechen. Es war seine Erfahrung, die ihm riet, eine zweite intensive Vernehmung von Alain noch zurückzustellen. Jetzt geht es erst mal darum, mehr über das Unfallopfer zu erfahren. Er will gut vorbereitet sein, wenn er Alain offiziell vernimmt.

»Ich hoffe, ich kann Ihnen helfen, Monsieur Ohayon.« Yvonne hat sich beim Telefonat mit Resnais offenbar seinen Namen gemerkt. Das ist natürlich freundlich. »Wenn es Sie nicht stört, gehen wir in meine Räume.«

Nun, es sind keine Räume, sie meint damit das Zimmer, in dem sie ihre Patienten empfängt. Es gibt eine gemütliche Sitzecke, die aus zwei tiefen Sesseln und einem runden Holztisch besteht. Auf dem Tisch liegt eine geöffnete Packung Taschentücher. Sicher wird hier manchmal geweint, denkt Ohayon. Er selbst hat ja auch immer eine Packung dabei.

»Setzen Sie sich, ich habe Tee aufgebrüht. Ist Ihnen Tee recht?«

»Gerne. Mit Milch bitte. Und zwei Löffel Zucker. Bei Würfelzucker bitte drei Stück.«

Sie reagiert auf diese präzise Anweisung, indem sie ihn ein paar Sekunden lang interessiert ansieht.

Während sie in der Küche hantiert, macht Ohayon Bekanntschaft mit ihrer Katze, die schnurrend ankommt, sich aber entzieht, als er versucht, sie zu streicheln. Er blickt sich im Raum um und entdeckt etwas. Es gibt keine Psychiatercouch, aber einen Vorhang in der gegenüberliegenden Ecke des Raums. Ohayon geht hin und zieht ihn ein Stück zur Seite. Dort stehen eine Krankenliege und ein Medizinschrank. Wahrscheinlich kippen ihr manchmal Patienten um.

Von dieser klinischen Ausstattung abgesehen hat sie sich Mühe gegeben, den Raum behaglich einzurichten. Das Einzige, was nicht ganz passt, ist ein gerahmtes uraltes Plakat, das auf eine Konzerttournee der Ramones hinweist.

Sie kommt mit dem Tee, er fühlt sich ertappt.

»Sie sind neugierig, wie ich sehe.«

»Sie behandeln auch schwerere Fälle? Und ich dachte, hier redet man über seine…« Ohayon wedelt etwas unbestimmt mit seiner rechten Hand in der Luft herum.

»Der Übergang ist fließend«, erklärt sie. »Ich darf einschenken? Oder machen Sie das lieber selbst?«

»Nein, schenken Sie ein, ich vertraue Ihnen vollkommen.«

Sie findet seine Bemerkung amüsant, er nimmt in einem Sessel Platz und sinkt so tief, dass seine Füße hochkommen.

»Ich bin deswegen nicht hier, aber … wir haben ermittelt, dass am Bahnhof von Meyenburg-Fleyming offenbar mit Tabletten gehandelt wird. Als Drogenersatz. Wir fragen uns, wo diese Tabletten herkommen. Ist Ihnen vielleicht mal was zu Ohren gekommen?«

»Wir müssen über so etwas sehr genau Rechenschaft ablegen. Da sollten Sie eher in Kliniken nachfragen. Ihr Kollege sagte am Telefon, es ginge um den Unfall von Michel.«

»War er Ihr Patient?«

Sie lacht. »Michel? Nein, der brauchte meine Hilfe bestimmt nicht.«

»Sie dürfen also reden.«

Sie lächelt noch immer.

»Ich würde gerne ein bisschen was über Alain Chartier und

Michel Descombe erfahren. Im *Lacombe* sagte man mir, sie alle würden zu einem Freundeskreis gehören.«

»Richtig.«

»Monsieur Descombe und Monsieur Chartier waren enger befreundet?«

»Auch richtig. Michel ist der beste Freund von Alain. War.«

»Die beiden waren ein Paar?«

Sie lächelt nicht, sie reagiert sachlich wie auf jede andere vernünftige Frage.

»Nein. Aber sie gingen sehr vertraut miteinander um, und Michel hatte manchmal eine etwas körperliche Art, mit anderen in Kontakt zu treten. Wenn man Ihnen da etwas erzählt hat, liegt es vermutlich daran.«

»Michel hatte also Interesse an Frauen.«

»An Frauen, oh ja. Und er hatte Erfolg.«

»Woran lag das?«

»Na, das ist ja eine Frage!«

»Schwer zu beantworten?«

»Eigentlich nicht. Er sah gut aus. Nicht so gut wie Alain, aber er war ein Mann, bei dem alles stimmt.«

»Charmant?«

»Durchaus. Aber auch nicht zu charmant, wenn Sie verstehen …« Wieder lacht sie, offenbar stuft sie die Vernehmung als Unterhaltung ein. »Michel ging ziemlich geradlinig auf sein Ziel los. Er war zwar keiner Frau treu, aber das wusste man vorher.«

»Das klingt, als sei er ein bisschen simpel gewesen.«

»Überhaupt nicht!«

»Waren Sie mal mit ihm zusammen?«

»Kurz.«

»Hat er Sie verlassen?«

»Wir haben uns getrennt und sind Freunde geblieben. Michel war nicht der Typ Mann, dem man so etwas übel nahm.«

»Sie haben ihn auch nach der Trennung regelmäßig im *Lacombe* getroffen?«

»An zwei oder drei Abenden in der Woche. Im Freundeskreis.«

»Und Alain? Wie ist der so?«

»Viel komplizierter.« Sie überlegt kurz. »Viel komplizierter, weil Alain ... Ich weiß nicht, ob Sie verstehen würden, was ich meine.«

»Sie haben noch nicht viel gesagt.«

»Die Verbindung zwischen den beiden war wirklich sehr stark. Allerdings vor allem von einer Seite her. Alain brauchte Michel. Er brauchte ihn vielleicht viel mehr, als er selbst wusste.«

»Wofür?«

»Alain ist ein Mann, der Schutz sucht. Er ist kompliziert, denkt sehr weit in die Zukunft, misst kleinsten Kleinigkeiten Bedeutung zu. Er ist nicht mein Patient, aber auf mich macht er immer den Eindruck eines Menschen, der irgendwann in seinem Leben mal etwas Traumatisches erlebt hat und nicht ganz damit fertig geworden ist. Aber ob dieses Erlebnis über einen längeren Zeitraum hinweg stattgefunden hat, also im Bereich der Erziehung zu suchen ist, oder ob es sich dabei um ein Einzelereignis handelt, das könnte man erst sagen, wenn man länger mit ihm sprechen würde. Und dann kommt am Ende vielleicht nicht mehr dabei raus, als dass er einfach ein etwas schüchterner und vorsichtiger Mensch ist. Michel war das genaue Gegenteil. Robust. Heiter. Risikofreudig. Ich denke, das hat Alain angezogen.« Sie korrigiert sich. »In einer Therapie würde ich diese These genau überprüfen, es ist nur ein Gefühl.«

Ohayon nickt. »Alain legt großen Wert auf seine Kleidung. Mir ist aufgefallen, dass er ein bisschen weiblich wirkt. Wenn man sich Mühe geben würde, könnte man ihn in eine Frau verwandeln.«

»Sie denken ja Sachen!«

»Die Anzüge, die er trägt, sind erlesen. Alles sitzt perfekt, ist präzise, fast schon eckig geschnitten. Und seine Schuhe sind sehr teuer, sehr elegant und doch solide, ganz eindeutig männlich.«

Yvonne lächelt. »Sie scheinen sich die Menschen, mit denen Sie zu tun haben, ja recht genau anzusehen. Aber Alain ist nicht hier. Um da mehr herauszubekommen, müssten wir länger mit ihm sprechen. Eine Diagnose, die auf dem Schnitt der Kleidung, der Art der Schuhe basiert …«

»Es geht ja auch gar nicht um Monsieur Chartier.«

»Ach nein? Ich hatte fast den Eindruck.«

»Michel Descombe, wie war der so?

»Das habe ich doch gerade erklärt.«

»Hatte er Träume? Hat er an etwas geglaubt? Brauchte er Geld? War er hartnäckig bei der Verfolgung seiner Ziele? War er sozial engagiert? Wurde er manchmal wütend?«

»Oh Gott, nein. Alles nein. Er war einfach ein ganz normaler Mann, der das Leben genossen hat, und er hatte ein Faible für alte Sportwagen.«

»Weiter.«

»Er war immer auf dem Laufenden, las Zeitung. Man konnte mit ihm über tagespolitische Ereignisse sprechen.«

»Sie beschreiben gerade einen Gigolo. Sie haben ihm vielleicht mal etwas geschenkt …«

»Ich weiß, worauf Sie hinauswollen, ich kenne diese Gerüchte. Geschwätz. Michel war ein Mann, der das Leben genossen hat. Sie kommen von einer Gendarmerie, dem Getratsche in einer kleinen Gruppe von Freunden sollten Sie nicht zu viel Bedeutung beimessen.«

»Ach, sagen Sie das doch nicht.«

Sie lächelt. Das lange romantische Sommerkleid mit den Blumen, ihr Pony, ihr Blick, ein paar verblasste Sommersprossen. Ohayon stellt sich vor, wie sie als Mädchen ausgesehen hat. Mit 12 vielleicht oder 14. Er sieht sie im strömenden Regen stehen. Ohne Mantel. Klatschnass.

»Sie meinten eben, Monsieur Descombe kam bei Frauen gut an. Könnte man sagen, er war manipulativ?«

»Sie scheinen ja in jedem etwas Schlechtes zu vermuten.«

Ihre Augen. Was ist das?

»Wir sind nichts als eine kleine Gruppe, die sich nach dem Sport im *Lacombe* trifft und plaudert. Die meisten von uns sind erst kurz in Fleurville und arbeiten viel. Wie soll man da neue Menschen kennenlernen? Das *Centre Fleur* ist für uns so was wie ein Anknüpfungspunkt. Wir sind ein Freundeskreis, aber die meisten dieser Beziehungen gehen natürlich nicht so tief wie echte, lange Freundschaften. Was wollen Sie denn, dass ich sage? Dass wir einsam sind? Ja, vielleicht ist es so.«

Sie will ihn eigentlich bitten zu gehen, reißt sich aber zusammen. Die Blöße wird sie sich nicht geben, sich noch mehr vor ihm zu zeigen.

»Keine Angst, ich störe Sie nicht mehr lange. Ich habe nur noch eine Frage.«

»Trinken Sie doch Ihren Tee, er wird sonst kalt.«

In diesem schönen Teesatz steckt eine Härte, die sie bis jetzt nicht gezeigt hat.

»Ich bin natürlich nicht hier, um irgendwelche Intimitäten über einen Mann in Erfahrung zu bringen, der bis jetzt nicht ein einziges Mal mit dem Gesetz in Konflikt gekommen ist. Aber ich will Ihnen etwas verraten: Michel Descombe fuhr seit elf Jahren Auto. Nie ein Unfall, und er wurde in der ganzen Zeit nur drei Mal wegen Falschparken aufgeschrieben. Er muss ein sehr verantwortungsbewusster Fahrer gewesen sein. Aber an diesem Abend beschleunigt er plötzlich auf 110. Und das bei Regen auf einer Straße mit Spurrillen.« Ohayon sieht sie nicht mehr an. Er blickt auf die Tasse, die sie in der Hand hält.

»Sie sagten, Sie hätten nur noch eine Frage.«

»Ja, da geht es um Sie. Sie sollen sich, kurz bevor Michel seinen Unfall hatte, an seinem Auto mit ihm gestritten haben. Sie erinnern sich? Er wollte gerade den Parkplatz verlassen.«

»Gestritten ist etwas übertrieben. Ich habe ihn zu einem Gespräch aufgefordert. Michel trank in letzter Zeit zu viel und hat in diesem Zustand einiges über Alain gesagt …«

»Dass er homosexuell ist.«

»Geschmacklose Andeutungen.«

»Wie hätte Alain darauf reagiert, wenn er davon erfahren hätte?«

»Vermutlich wäre er traurig gewesen. Sie haben natürlich Recht, mit dem, was Sie vorhin über seine Kleidung sagten. Aber das mit der angeblichen Homosexualität war ein Irrtum, wie sich bei Michels Beerdigung herausstellte. Alain war dort mit einer Frau und einem kleinen Jungen, der ihm wie aus dem Gesicht geschnitten ist. Er ist Vater, und offenbar besteht zwischen ihm und dem Kind eine starke Verbindung. Vermutlich hatte er deshalb kein Interesse an anderen Frauen. Offenbar ist Michel auf diesen simplen Gedanken nicht gekommen. Er war, wenn er getrunken hatte, nicht immer der Sensibelste.«

»Ein Arschloch?«

»Sie werden mich nicht dazu bringen, mich so über ihn zu äußern. Worauf wollen Sie überhaupt raus?«

»Nun, Sie könnten mir helfen, indem Sie mir sagen, in welcher Reihenfolge die Autos den Parkplatz verlassen haben.«

»Welche Autos?«

»Der Volvo von Nina Havelot zum Beispiel, der Twingo von Alain Chartier.«

»Darauf habe ich nicht geachtet.«

»Halten Sie es für möglich, dass Alain Chartier gewalttätig gegen Menschen wird?«

»Unsinn. Dafür ist er viel zu ängstlich. Wenn Sie meinen, mit dem Unfall würde etwas nicht stimmen, dann suchen Sie woanders.«

»Haben Sie etwas von dem Unfall mitbekommen?«

»Nein. War's das jetzt?«

»Eine allerletzte Frage. Michel hat, soweit wir das ermitteln konnten, deutlich über seine Verhältnisse gelebt. Jetzt sagten Sie, und Sie sind nicht die Erste, dass er sich prostituiert hat.«

»Das habe ich nicht gesagt! Ich sagte, es gab Gerüchte, und die sind bloßes Geschwätz. Sie haben sich da ein Bild zurechtgelegt, das Sie dringend korrigieren sollten. Michel hatte menschliche Qualitäten, die Sie vermutlich nie haben werden.«

»Könnte Monsieur Descombe noch aus anderen Quellen Geld bezogen haben?«

Sie ist sehr erfahren im Umgang mit Menschen, und sie hat sicher schon einiges erlebt, in ihrer Praxis. Aber das bekommt sie nicht hin.

»Nein, da kann ich Ihnen nicht helfen.«

»Ich würde gerne einen Blick in Ihre Garage werfen.«

Nachdem der kleine Lieutenant gegangen ist, füttert sie ihre Katze, obwohl es noch nicht Zeit dafür ist. Sie ist nicht ganz schlau aus ihm geworden. Er hat es geschafft, sie zu verunsichern. Es war beschämend gewesen, wie wenig sie über Michel wusste. Was hätte sie sagen sollen? Die Wahrheit? Dass sie ihn umbringen wollte? Dass nichts Zufall war?

Ohayon sitzt noch eine Weile in seinem Auto und denkt nach. Dann holt er den inzwischen etwas zerknitterten Zettel raus, den ihm die Barfrau des *Lacombe* gegeben hat, macht hinter dem Namen des Immobilienmaklers Alain Chartier ein Fragezeichen und hinter dem von Yvonne Clerie ein Frage- und ein Ausrufezeichen. Alain Chartier ist möglicherweise nur ein etwas ängstlicher junger Mann, der gerne gut sitzende Anzüge trägt und schreckhaft reagiert, wenn er mit der Polizei zu tun bekommt. Yvonne ist da schon interessanter. Sie hat am Ende des Gesprächs ganz schön mit ihrer Tasse rumgezittert. Ohayon ist schon öfter Menschen wie ihr begegnet, Menschen, die klug sind und sich mit den Gedanken anderer gut auskennen, nicht aber mit der Tasse, die sie gerade in der Hand halten.

Am gleichen Abend, wie spätere Ermittlungen ergeben, führt der Pfarrer von Fleurville sein letztes Gespräch mit dem Mann, der Karl Marx ähnlich sieht. Sie trinken dabei keinen Wein, sondern Johannisbeersaft mit Sodawasser, wozu der Pfarrer anfangs auch eine kleine Geschichte mit einer schönen Pointe erzählt, die von den Johannisbeersträuchern seiner Mutter und einem Männlein handelt, an das er als Kind glaubte. Dann übernimmt Karl Marx und entwickelt nun seine Gedanken, in die der Pfarrer nicht mehr eingreift.

Karl Marx, der angeblich Eckhard heißt und aus München stammt, spricht an dem Abend nicht über die Stadt, nicht über die Baumaßnahmen der CONDOR-VERSAILLES, die er und der Pfarrer mit ihrer Bürgerinitiative seit Wochen bekämpfen. Er ist an diesem Abend heiter, erzählt von seiner Frau. Dann von der Schwester seiner Frau. Und zuletzt von allen Frauen. Die Art, wie er das tut, ist so amüsant und geistreich, dass der Pfarrer sich mehrfach die Hand vor den Mund halten muss. Obwohl ihm so nach Lachen zumute ist, spürt er ein komisches Gefühl im Bauch, schiebt es aber zunächst auf den Johannisbeersaft.

Kurz darauf spricht Karl Marx dann so genau und kenntnisreich über die Liebe, dass der Pfarrer sein Herz spürt und seine Hand nun dorthin bewegt. Aber da wird etwas immer deutlicher. Die rote Warnleuchte geht an. Dem Pfarrer ist jetzt klar, das komische Gefühl im Bauch, das liegt nicht am Saft. Er ist alarmiert. Dabei könnte er nicht mal genau sagen, warum. Es müssen die Worte selbst sein, der Satzbau, die Rhetorik, die sein Gegenüber benutzt. Da wird ständig etwas aufgebaut und ins Absurde überführt. Nun gut, so funktioniert Humor. Es muss also noch etwas anderes verborgen sein in dieser Rede, das der Pfarrer nicht benennen könnte. Etwas, das mit dem krankhaften Wunsch zu tun hat, alles aufzulösen. Das wirklich Verrückte an der Situation ist, dass der Pfarrer bei all dem immer noch lacht, ja, es laufen ihm sogar Lachtränen über die Wangen.

Schließlich kommt der Mann aus München ganz plötzlich

zum Schluss und sagt: »Niemals hätte Gott die Liebe und den Tod gleichzeitig in die Welt bringen dürfen, er hätte sich entscheiden müssen.«

Er hat sich später oft gefragt, ob dieser in leichtem Ton vorgetragene Satz als Affront gemeint war oder nicht. Der Pfarrer jedenfalls wirft Karl Marx sofort aus seiner Wohnung und befiehlt ihm, seine Tätigkeit in der Bürgerinitiative einzustellen. Danach verriegelt er die Haustür.

Seine Reaktion ist nachvollziehbar, denn der Pfarrer ist zutiefst erschüttert. Wie wenig sein Gegenüber von den Menschen weiß, wie wenig er sich für das Leben anderer interessiert und wie falsch sein Humor und sein Gerede von der Liebe waren. Er ist aufs Hinterhältigste reingelegt worden, hat sich mit jemandem verbündet und angefreundet, dessen Ziel es ist, Sachen aus der Welt zu schaffen und die Bedingung des Lebens aufzulösen.

Nein, zu ungenau.

Der Pfarrer denkt all das, das ist schon richtig. Er wird es zwei Monate später auch so zu Protokoll geben. Der Pfarrer wird also sagen: ›Ich glaube, es begann im Bauch. Ich spürte auf einmal, wie falsch sein Humor und sein Gerede von der Liebe waren, wie wenig er sich für das Leben anderer …‹ Und so weiter. Das wird er aussagen, das wird er auch immer noch so empfinden. Aber er wird nie verstehen, warum er das spürte. Denn Karl Marx hatte tatsächlich nur von den Frauen und danach von der Liebe gesprochen. Auch der Satz mit Gott hatte den Pfarrer nicht sonderlich erschüttert, da war er andere Angriffe gewohnt. Es muss etwas gewesen sein – es lässt ihm lange keine Ruhe –, das damit zu tun hatte, wie die Rede aufgebaut, wie die Sätze formuliert waren.

Was festgehalten werden kann, ist Folgendes: Der Pfarrer war der Erste, der erkannte, dass sich ein hochgefährlicher Mann in der Stadt aufhielt. Leider erstattete er nicht sofort Anzeige.

*

Am Tag, nachdem Ohayon mit Yvonne Clerie gesprochen hat, gibt Roland Colbert Anweisung, dass der Unfall in der Rue Bisson zurückgestellt wird. Geringere Priorität. So ist das eben auf einer Gendarmerie. Es wird nicht immer fein säuberlich von A bis Z durchermittelt, und bei einem Verkehrsunfall ist das auch nicht dringend nötig. Dass Ohayon seine Unfallermittlung zurückstellen muss, hängt damit zusammen, dass der *Friseur* zurückgekehrt ist. Die *Gazette de Fleurville* berichtet, und die Frauen fangen wieder an, Kopftücher zu tragen. Mit diesem Vorgang sind Ohayon und Conrey den ganzen April und den halben Mai beschäftigt. Allerdings nicht durchgehend, denn beide müssen zwischendurch zwei Fortbildungskurse absolvieren, was mit der inzwischen als ernst eingestuften Gefahr durch Terroristen zusammenhängt.

Der April ist ungewöhnlich warm. Nach den schweren Regenfällen im März sieht man noch wochenlang teichgroße Wasseransammlungen auf den Feldern, und viel pflanzliches Material geht in Verwesung über. Im Mai ändert sich das Wetter erneut, ein Wind kommt auf, der lange anhält. Die Teiche und Wasseransammlungen trocknen aus, und die unberechenbaren, ständig umschlagenden Böen drehen das lose, vergangene Material wie feinen Staub in die Höhe, so dass sich die Bewohner von Fleurville über den ständigen Schmutz beklagen.

Ohayon und Conrey schließen ihre Fortbildungen erfolgreich ab. Zum Vorgang *Friseur,* den beide gemeinsam ermitteln, gibt es nicht viel zu sagen, außer dass Ohayon nicht bei der Sache ist. Seine Tochter Sanna hat, wie man im Krankenhaus feststellt, keine Blähungen, sondern einen Leistenbruch.

Ohayon leistet nichts an den Tagen vor Sannas Operation, und Conrey rastet aus. »Du faules Arschloch, anderen kannst du vielleicht damit kommen!«

»Sanna wird Freitag operiert«, erklärt Ohayon seinem Feind.

Roland Colbert fragt Conrey: »Kann es sein, dass Ohayon die ganze Zeit pennt?«

»Nein, der macht seine Sache gut, ist voll dabei.«

»Du würdest mich nicht belügen, oder?«

»Niemals.«

Conrey deckt Ohayon. Nicht, dass er ihn mögen würde. Conrey ist einfach altmodisch. Man deckt Kollegen, wenn der Chef fragt.

Ohayon bedankt sich auf seine Weise. Nach der 48. Vernehmung in Sachen *Friseur* sagt er: »Die Katzen ...« Und Conrey zieht die richtigen Schlüsse aus dieser Bemerkung.

Am 15. Mai um 9 Uhr morgens wird Sanna operiert. Angeblich Routine, angeblich kann dabei nichts passieren. Leiter des Operationsteams ist ein kleiner Koreaner. Und so spricht er auch.

»Alles ist gut verlaufen, gab keine Komplikationen. Sie können ihre Tochter in ein paar Tagen nach Hause nehmen.«

Ohayon ist glücklich wie eine Hummel im Sommer. Am 20. fassen er und Conrey den *Friseur,* die Zeitung ist tagelang voll damit.

›Na und?‹, denkt Ohayon. Er bewundert im Moment nur eine Sorte Menschen. Ärzte. Toll, was die leisten.

Und der Wagen von Michel Descombe steht noch immer auf dem Hof der Gendarmerie. Man hat ihn gesichert, denn Ohayon wollte nicht, dass er schon auf den Schrott kommt.

*

Niemand erwartet, dass etwas Besonderes passiert. Ohayon und Conrey waren am Morgen im Rathaus von Bürgermeister Plutard belobigt worden, mussten sogar noch für ein Foto posieren. Roland hatte im Besprechungsraum auch noch eine kleine Ansprache gehalten, in der es um Erfolge im Team und um Kollegialität ging. Dabei hatte er immer wieder Conrey angesehen. Mittags, in der Kantine, hatte Ohayon ein bisschen in der *Gazette de Fleurville* gelesen.

Leider hatte Resnais ihn dabei unterbrochen. Er kam mit dem Auftrag, ihn zu Roland zu bringen, der ihn daran erinnert hatte, dass der Abschlussbericht zum Unfall in der Rue Bisson noch nicht vorlag.

»Mach es gleich, Ohayon, nicht auf morgen verschieben.«

Jemand, der wie Ohayon auf einer Gendarmerie arbeitet, nimmt von seinen Fällen weder Abschied, noch löst er sich von etwas. Es ist eben nicht immer brennende Leidenschaft im Spiel. Während Conrey daran arbeitet, auf 140 Seiten die Ermittlungsergebnisse im Vorgang *Friseur* für die Staatsanwaltschaft zusammenzustellen, richtet Ohayon sich darauf ein, dass es wohl fünf bis sieben Seiten werden.

Abschlussbericht, Unfall in der Rue Bisson – 23. Mai

Während er seine Notizen zusammenfasst, ist er zufrieden mit dem Erreichten. Ohayon ist schnell zufrieden. Das geht so weit, dass die Zufriedenheit Teil seines Charakters geworden ist.

Aus diesem grundsätzlichen Einverständnis mit sich selbst ergibt sich, dass er keine Probleme mit dem Herz, der Seele oder den Magenwänden hat. Das ist das Gute. Daraus ergibt sich aber auch, dass er, trotz seiner doch recht ordentlichen Erfolgsquote, noch immer in einer Gendarmerie in der Provinz arbeitet. Was nicht schlimm ist, da Ohayon die Stadt mag, in der er geboren wurde und aufwuchs. Er möchte nichts ändern, und Ines wäre die Letzte, die ihn antreiben würde, Karriere zu machen und mit Überstunden zu punkten. Ein Ehepaar ohne übermäßige Ambitionen also. Der Mittelpunkt ihres Lebens, ihr großes Abenteuer, das sind die Kinder. Nun, so zu sein, ist nicht so schlimm, wie man erst mal denkt.

Von dem Moment an, da Ohayon mit etwas aufhört und einsieht, dass es, wie hier, nur ein Unfall war, passt alles sauber zusammen.

Der Alkohol, die Geschwindigkeit, die Spurrillen, der Regen – voilà!

Es war nicht seine Aufgabe gewesen herauszufinden, warum sich Michel Descombe plötzlich verändert hatte, warum er anfing zu trinken, seine Wohnung verkommen zu lassen, sich möglicherweise zu prostituieren und sich seinem besten Freund gegenüber wie ein Arschloch zu verhalten.

Eine Midlife-Crisis? Das kommt vor, bei manchen schon mit dreißig. Stichwort Leistungsgesellschaft. Stichwort Selbstüberforderung. So psychologisch fundiert, so sauber sind Ohayons Begründungen.

Oder brauchte Michel Geld, um mit seinen gut verdienenden Freunden im *Centre Fleur* mithalten zu können? Ein Angeberproblem also? Möglich. Nur war es nicht Ohayons Aufgabe gewesen herauszufinden, ob Michel Descombe ein Angeberproblem hatte.

Und Alain Chartier? Der ist knallrot geworden, als er ihm seine Polizeimarke gezeigt hat. Ohayon hat auch nicht vergessen, dass der erste Ehemann von Alains Frau auf sehr ähnliche Weise ums Leben gekommen ist wie Michel.

Ein Serienmörder, der so ganz im Stillen und unerkannt arbeitet?

Ohayon hatte sorgfältig ermittelt und sogar noch Marie gebeten, sich den Unfallbericht von damals genau anzusehen und die Fotos des zerstörten silbernen Mercedes. Sie kam zu dem Schluss: »Die haben ordentlich gearbeitet. Er war zu schnell, die Straße war glatt.«

Ganz ähnlich wie bei Michel: Er war zu schnell, die Spurrillen waren randvoll mit Wasser.

Was bleibt? Gibt es ein Bild, an das Ohayon denkt, während er seinen Abschlussbericht verfasst? Zum Beispiel das Bild des zerstörten BMW am Baum? Oder das Gesicht eines Verdächtigen? Ja, es gibt ein Bild, das für ihn alles zusammenfasst. Das *Centre Fleur* bei Nacht, die geöffnete Muschel, aus der so viel Licht strömt, und oben eine Reihe von Frauen auf Steppern. Das ist die Essenz. Und da ist noch etwas. Ohayon denkt daran, wie er heute in der Kantine zu

Mittag gegessen hat. Irgendwas war gewesen, als Resnais ihn unterbrochen hatte.

Ohayon arbeitet flüssig unter seiner schönen alten Ermittlerschreibtischlampe, kann alles sehr gut begründen. Da viele Namen aufgetaucht sind, die er nicht alle parat hat, nimmt er den Zettel zu Hilfe, auf dem ihm die Barfrau des *Lacombe* die Namen notiert hatte. Der Freundeskreis. Da hatte er einiges erfahren. Schlechte Nachrede, kleine Schweinereien. Michel Descombe, Alain Chartier, Yvonne Clerie, Nina Havelot ... Und wieder kommt das Bild mit den Frauen auf den Steppern, und wieder überlegt Ohayon, was ihn beim Mittagessen irritiert hat.

Er unterbricht seine Arbeit, denkt ein Weilchen über Nina nach. Sieht sie vor sich, mit ihrem schönen, ordentlichen Leben, ihrem Krabbelkind, ihrer Mutter, ihrem Spinat in Gläsern und ihrem silbernen Volvo ... Seine Gedanken wandern. Der silberne Volvo, der kleine Feldweg, der von der Rue Bisson abgeht. Dort hatte es eine verwischte Spur gegeben. Marie hatte gesagt: ›Ein PKW, schwer, deutlich größer als ein Twingo.‹

Schade. Er verliert seine Konzentration, denkt aber weiter an Nina Havelot mit ihrer hohen Stirn. Denkt er wirklich an sie? Ist das nicht ein anderes Gesicht? Er weiß es nicht, er weiß nur, dass ihm die Frisur plötzlich wichtig ist. Und so hat er auf einmal das Gefühl, dass er gerade einen entscheidenden Punkt erreicht. Oder umkreist. Ohayon erreicht nie etwas, er ist eine Hummel.

Er weiß nicht, was er anfangen soll mit seinem Gefühl, mit einer Frisur würde etwas nicht stimmen. Und was tut er? Er schaltet seine Ermittlerschreibtischlampe an. Ein Ding wie aus den Filmen in den vierziger Jahren. Die hatte Ines ihm geschenkt, nachdem er zum Lieutenant befördert worden war. »Damit du noch besser ermitteln kannst.«

Die Lampe brennt, nur konnte Ohayon sich noch nie länger als dreißig bis vierzig Sekunden auf eine Sache konzentrieren. Beim Fokussieren hakt es, da könnte Ines ihm fünf solche Lampen hinstellen.

Dafür sieht man etwas Wahrhaftiges. Einen Ermittler auf einer Gendarmerie in der Provinz, der sich bemüht. Nur passiert noch immer nichts in seinem Kopf, also nimmt er erst mal die *Gazette de Fleurville* zur Hand. Warum? Die hatte er doch schon mittags in der Kantine durchgeblättert.

Er nimmt sich Zeit, spürt, dass er ruhig wird. Von da an hat er ein gutes Gefühl. Ohayons Ruhe ist nämlich wie die beim Pinkeln. Dieser wunderbare Moment, wenn alles leer wird und er an nichts mehr denkt. Nachdem er, unter Anwendung dieser von ihm selbst entwickelten Ruhetechnik, eine Weile an nichts gedacht hat, ruft er kurz in Resnais' Büro an und sagt dem, dass er noch nicht nach Hause gehen soll.

»Wahrscheinlich brauche ich dich noch.«

»Wofür?«

»Weiß ich nicht.«

Ohayon liest weiter in der Zeitung, schiebt dabei mit einer unbewussten Bewegung seinen Abschlussbericht zur Seite. Er muss irgendein Wort gelesen haben, vielleicht eins, das mit einer Frisur zu tun hat.

Und in Fleurville gehen die ersten Straßenlaternen an.

Und Ohayon liest weiter. Jedes Wort.

Und Resnais wartet. Die Hände gefaltet, sitzt er an seinem Schreibtisch und fragt sich: »Ja, was denn?«

Auch Roland Colbert sitzt an seinem Schreibtisch, auch er hat gerade Licht angemacht, denn es wird dunkel. Marie Grenier muss kein Licht anmachen, in ihren Räumen unten brennt immer Licht. Und auch draußen. Auf dem Hof hinter der Gendarmerie gibt es einige Leuchten. Sie gehen automatisch an, verbreiten ihr grünliches Licht in einen leichten Nebel hinein. Das Licht dringt allerdings nicht bis unter das Vordach, unter dem noch immer der orangefarbene BMW von Michel Descombe steht, abgedeckt mit einer olivgrünen, gewachsten Plane. Würde man unter die Plane gucken, man würde die Bremsleitungen sehen und die

Gestänge, welche die Vorderräder halten, und die Teile, die zur Lenkung gehören, eben all das, was Marie längst untersucht hat. Und wer ganz genau hinsieht, der würde auch noch etwas Blut finden und einen Hauch von Flugrost auf den Bremsscheiben.

Und Ohayon liest noch immer. Zeile für Zeile, denn er sucht nach einem Satz, vielleicht nur nach einem Wort. Es geht ihm wie dem Pfarrer. Das Geheimnis ist nicht im Leben verborgen, sondern in den Worten.

Würde man Ohayon in diesem Moment mit einem in Fell gekleideten Jäger vergleichen, dann wäre er ein Fallensteller, der darauf wartet, dass etwas ins Netz geht. Nicht der Täter, sondern ein Gedanke, den er schon einmal hatte. Am Mittag, in der Kantine. Was für ein Wort war das? Friseur? Friseursalon? Schere?

Von einem Judowettkampf wird berichtet, und obwohl Ohayon sich noch nie in seinem Leben für Judo interessiert hat, entwickelt er zwei Minuten lang Interesse. Er blättert weiter und informiert sich über die Fortschritte, die die CONDOR-VERSAILLES in der Rue Terray macht. Alle Häuser, bis auf eins, sind abgerissen, Montag wird man mit den Ausschachtungsarbeiten beginnen. Ohayon fällt ein, dass es vor drei Tagen einen Brandanschlag gab. Irgendein Wutbürger hatte in der Rue Terray zwei Bauwagen angezündet. Ohayon weiß nicht, dass der Pfarrer sich deshalb große Sorgen macht, dass er noch zögert, die Polizei zu informieren.

Er blättert weiter und sieht ein Bild. Es füllt die halbe Seite aus. Der dazu gehörende Text trägt die Überschrift. *Nicht reden, was tun!* Es geht darum, dass zwei Bürgerinnen aus Fleurville nach Nancy gefahren sind, um dort in einem Flüchtlingslager zu helfen. Die eine Frau ist Übersetzerin, die andere Psychologin. Er hätte sie auf den ersten Blick nicht erkannt. Der Pony ist weg, ihre Stirn ist jetzt so hoch wie die von Nina Havelot.

Ohayon steht auf. Eine gewisse innere Anspannung.

Bild einer Frau, die ihre Frisur geändert hat. Bild einer

Frau, die ihre Frisur geändert hat. Bild einer … Das war doch die ganze Zeit drin, in seinem Kopf. Warum hat er dann nach einem Satz oder einem Wort gesucht, jede Zeile gelesen? Ohayon geht zu Resnais, der sitzt an seinem Schreibtisch und füllt sein Fahrtenbuch aus.

»Du, ruf mal bei dieser Psychologin an, du erinnerst dich?«

»Ich denke, du schreibst deinen Abschlussbericht.«

»Clerie hieß die. Yvonne Clerie. Ruf in ihrer Praxis an. Da gibt es zwei Adressen, einmal die in der Rue Marcel Proust und dann hat sie auch noch neue Räume im Zentrum. Und check bitte, ob Nina Havelot noch da wohnt, wo sie im März wohnte, ob sich irgendwas an ihren Lebensumständen geändert hat.«

Es dauert nicht lange, denn für Resnais ist so was Routine.

»Bei Nina Havelot hat sich nichts verändert. Brauchst du ihre Adresse?«

»Ich war schon mal da. Was ist mit der Psychologin?«

»Madame Clerie hat ihre Praxis aufgegeben. Auch die im Zentrum. Und ihr Haus in der Rue Marcel Proust hat sie verkauft.«

»Das hatte ich befürchtet.«

»Warum?«

»Weiß nicht, ich musste, als ich ihr Foto in der *Gazette* sah, an Sushi denken und an mein Mittagessen heute in der Kantine und an eine Tasse, die sie nicht stillhalten konnte. Sie trägt ihre Haare auch anders.«

»Kannst du das ein bisschen sortieren?«

»Ich glaube, sie ist gefährdet. Ich fahr schon mal los. Marie soll sich den Wagen von Nina Havelot ansehen. Die Spurbreite checken und so. Sie fährt einen silbergrauen Volvo.«

Ohayon macht sich auf den Weg und … Ach, fast vergessen. Etwas ist nämlich passiert. Irgendwann in der Zeit, in der Ohayon und Conrey den *Friseur* suchten, hat Nina ein kleines Holzkreuz aufgestellt. Es steht ein bisschen schief neben dem Baum, gegen den Michel Descombe mit seinem BMW geprallt war. *Michel* steht drauf und etwas kleiner darunter: *Er war ein Freund.*

*

Eine Schule, deren Klassenzimmer aussehen wie Klassenzimmer. Es riecht auch so. Linoleum. Bestimmte Putzmittel. Aufgeklappte Schultafeln hängen an den Wänden. Ohayon sieht das vom Gang aus durch offene Türen. Auf Höhe der Tischplatten sind die Wände zerkratzt. Er riecht sie mehr, als dass er sie sieht, die Erinnerung. Und er hört sie. Kreide auf Tafel.

Ein Schwall Empfindungen. Bedrückend insgesamt. Aber es ist keine Schule mehr, sondern eine Notunterkunft. Trotzdem klopft Ohayon artig an die Tür.

»Come in.«

Die Tür schabt leise übers Linoleum.

»You speak english?«

»Sie erinnern sich nicht mehr an mich?«

»Ich erinnere mich an …? Ah ja, natürlich! Entschuldigen Sie.«

»Wissen Sie, woran ich denken musste, als ich Ihr Foto in der *Gazette de Fleurville* sah? An Sushi.«

Yvonne Clerie braucht zwei Sekunden. »Ach so. Weil Sie auf der Einweihungsfeier meiner neuen Praxisräume waren. Weil es an dem Abend Sushi gab.«

»Wissen Sie noch, worüber wir uns damals beim Tanzen unterhalten haben?«

»Tut mir leid, aber an dem Abend waren so viele Gäste da …«

»Über die Fußbodenheizung, die Sie haben einbauen lassen. Und über die Erdwärmegewinnung und die Solarkollektoren. Und wissen Sie, woran ich mich noch erinnere? Daran, dass Sie immer mit den leergegessenen Tellern rumgelaufen sind und diese kleinen Sushiteilchen zurechtgerückt haben. Sie haben gar nicht mehr damit aufgehört, und ich dachte damals, wenn die mit was anfängt, kommt sie schwer wieder raus.«

»Ah ja?«

»Ich erlaube mir jetzt mal, Sie zu analysieren.«

Sie lächelt.

»Ich bin Laie. Natürlich. Aber alles in Ihrem Leben schien damals einem gewissen Plan zu folgen. Einem Plan, der mindestens zehn Jahre in die Zukunft ging. Man baut ja keine Erdwärmepumpe ein, wenn man Räume nur ein paar Monate nutzen will. Auch das Haus, in dem ich Sie damals besucht habe, der schöne Garten, die sorgfältig geschnittene Kletterrose ... Was ist passiert? Aus was kommen Sie nicht mehr raus?«

»Ich weiß nicht, was Sie meinen, aber ich werde hier dringender gebraucht als in Fleurville.«

Zu wem hat sie gerade gesprochen? Zu Ohayon jedenfalls nicht.

»Trotzdem ist diese plötzliche Aufgabe Ihres bisherigen Lebens etwas beunruhigend.«

»Das schließen Sie aus einer Kletterrose und einer Fußbodenheizung? Haben Sie einen Verdacht gegen mich?«

»Sie hatten Angst, als ich bei Ihnen war. Anfangs nicht, aber am Ende unserer Unterhaltung konnten Sie Ihre Tasse kaum noch festhalten.«

Wieder bewegt sich ihr Kopf, wieder irren die Augen. Wo guckt sie jetzt hin? Zur Fußbodenleiste?

»Sie haben verstanden, was ich gesagt habe?«

»Das stimmt, ich hatte Angst. Und es gibt keinen Grund mehr, Ihnen jetzt noch etwas zu verheimlichen.«

»Warum auf einmal so ehrlich?«

»Wegen dem hier. Daran gemessen, was mir diese Menschen berichten, sind die alten Geschichten aus Fleurville fast schon lächerlich. Michels Unfall ... Als Sie damals mit mir sprachen, war ich davon überzeugt, dass ich Schuld an seinem Tod hätte, denn an dem Abend hatten wir einen Streit.«

»An der Ausfahrt des Parkplatzes. Sie haben damals behauptet, Sie hätten ihn zur Rede gestellt, weil er im Freundeskreis herumerzählt hat, sein Freund Alain sei homosexuell.«

»Ich wusste doch nicht, dass es so endet. Dass er von einer Sekunde zur anderen, dass er da an dem Baum enden würde. Es hat so geregnet.«

»Sie waren in der Rue Bisson?«

»Ja.«

»Damals haben Sie ausgesagt, Sie wären direkt nach Hause gefahren.«

»Das war gelogen. Und ich bin eine schlechte Lügnerin.«

»Fuhren Sie vor oder hinter ihm?«

»Zuerst war ich dicht hinter ihm, aber dann hatte ich oben am Kreisel Probleme mit den Scheibenwischern, ich wäre fast gegen einen Baum geprallt. Als ich den Wagen wieder unter Kontrolle hatte, war Michel 300 Meter vor mir. Und dann hat sich sein Auto auf einmal gedreht. Ich habe es zuerst gar nicht begriffen, ich sah nur Scheinwerfer, die in der Gegend herumstrahlten.«

»Da, wo er sich gedreht hat, zweigt ein kleiner Feldweg auf die Rue Bisson.«

»Ja?«

»Stand da ein Wagen? Kam von da Licht?«

»Warum sollte von da Licht kommen?«

»Weil vielleicht jemand Monsieur Descombe geblendet hat.«

»Sie verlangen zu viel. Es hat stark geregnet. Ich habe nur Scheinwerfer gesehen, die unsinnig in der Gegend herumgestrahlt haben.«

»Der Wagen ihrer Freundin Nina Havelot wird ohnehin untersucht, also ...«

»Warum das?«

»In Monsieur Descombes Haus wurde eingebrochen. Wir werden was finden, glauben Sie mir. Selbst wenn Sie dort nur geatmet haben. Es ging nicht um Alains angebliche Homosexualität bei dem Streit.«

Sie zögert erneut, blickt wieder Richtung Fußleiste. Ohayon steht auf.

»Kommen Sie. Sie können einen Anwalt anrufen.«

»Ach, das ist doch Unsinn, setzen Sie sich. Es ist nichts Großes, was ich Ihnen zu berichten habe. Und niemand hat irgendwen ermordet. Michel hat verschiedene Frauen, die er im *Centre Fleur* kennengelernt hatte, dazu überredet, in ein Baugeschäft einzusteigen. Also Grundstücke zu erwerben und eine Baugesellschaft zu beauftragen, diese zu bebauen. Er hat möglicherweise eine Art Provision erhalten. Ich selbst habe dort ein Haus errichten lassen und Michel dabei unterstützt, zwei Freundinnen von mir zu überzeugen, dort ebenfalls zu bauen. Und dann habe ich an dem Abend erfahren, dass gegen diese Baugesellschaft ermittelt wird, dass die Häuser wohl nie bezogen werden können.«

»Geht es um die VERDE?«

»Ja. Für mich und eine meiner Freundinnen war es schon zu spät, aber Nina hatte erst zwei Tage zuvor einen Vorvertrag unterschrieben. Bei Michel zu Hause. Diesen Vorvertrag habe ich von ihm zurückgefordert. Ich habe ihm angedroht, die Polizei zu verständigen, wenn er nicht sofort damit rausrückt. Nina hatte einen hohen Kredit aufgenommen, sie hat ein kleines Kind und … Michel bekam Angst, und er war betrunken. Er fuhr los, ich hinter ihm her. Nina war schon vorausgefahren.«

»Sie hat vor Ihnen und Monsieur Descombe den Parkplatz verlassen.«

»Ja.«

»Wie lange vorher?«

»Weiß ich nicht, vielleicht fünf Minuten.«

»Wohin wollte sie?«

»Na, zu seinem Haus.«

»In Belleville. Das Haus in der Waldsiedlung.«

»Ja. Wir wollten uns dort treffen. Aber dann hatte Michel

den Unfall. Und es war meine Schuld. Ich hätte einen Betrunkenen nicht einschüchtern, antreiben und mit dem Auto losfahren lassen dürfen. Nur hatte ich überhaupt keine Zeit, mir das alles zu überlegen, ich war so wütend an dem Abend, ich dachte nur noch: Nein! Aber niemand hatte vor, ihn zu töten. Wir hätten ihn wahrscheinlich nicht mal angezeigt. Er war schließlich ein Freund und hat bestimmt gar nicht gewusst, in was er da verwickelt war.«

»Sie verteidigen ihn?«

»Sie kannten ihn nicht. Das Schlimmste, was man über ihn hätte sagen können, war, dass er seine Freundinnen oft gewechselt hat. Aber jede, die sich mit ihm eingelassen hat, wusste das. Davon abgesehen war er ein sehr liebenswürdiger Mensch. Ich bin absolut sicher, dass er nur ausgenutzt wurde. Er hätte nie einem anderen Menschen geschadet. Glauben Sie mir, er war ein Mann, wie es nur wenige gibt.«

»Sie nennen ihn einen Freund und brechen in seine Wohnung ein, nachdem er einen Unfall hatte?«

»Ich weiß nicht, was in dem Moment mit uns los war. Aber wir sind nicht eingebrochen. Nicht wirklich. Nina und ich haben nur den Vertrag geholt. Und es war doch vorher mit Michel abgesprochen, dass er uns den aushändigen würde. Natürlich hätten wir nicht einfach ins Haus gehen dürfen, aber es ging um Ninas Ersparnisse, und ... Ich kann es mir nicht erklären, es ist einfach passiert.«

»Sie erwähnten eine zweite Freundin, die von Monsieur Descombe dazu überredet wurde, bei diesem Bauprojekt einzusteigen.«

»Melissa. Für die tut es mir leid. Sie wird ihr Geld wahrscheinlich nie wiedersehen. Denn wenn die Gebäude wirklich auf Grundstücken stehen, die zu einem Naturschutzgebiet gehören, wird man sie vermutlich irgendwann abreißen.«

»Ihre Freundin Melissa, wie heißt die mit Nachnamen?«

»Vichy. Melissa Vichy.«

»Sie wissen nicht zufällig, wo deren Bruder sich aufhält?«

»David? Der ist in Berlin.«

»Das wissen Sie sicher?«

»Ich habe vorgestern mit ihm telefoniert.«

»Er soll drogensüchtig sein.«

»Nicht mehr und auch nicht, was Sie sich darunter vorstellen. Er war nach einem Skiunfall von Schmerztabletten abhängig geworden und musste dringend ein zweites Mal am Rücken operiert werden. Leider gehört David zu den Menschen, die Problemen ausweichen, indem sie sich betäuben. Nachdem er sich von seiner Operation erholt hatte, ist er nach Berlin gezogen. Diese Art von Therapie habe ich damals fast täglich gemacht. David hatte das Glück, dass er im Haus seine Ruhe hatte. Das war ganz wichtig.«

»Sie haben ihn bei sich zu Hause behandelt? Ich dachte, das wäre so was wie ein ungeschriebenes Gesetz, dass Psychologen ...«

»Doch nicht bei mir! Um Gottes willen. In dem Haus, das seine Schwester Melissa gebaut hat. In der Siedlung, von der wir eben gesprochen haben.«

»Hat das Haus eine Garage?«

»Die haben alle eine Garage.«

»Hat jemand von der VERDE Zugang zu den Häusern?«

»Die Geschäftsführerin. Uns wurde ja immer wieder versprochen, dass weitergebaut würde.«

»Wie heißt die Geschäftsführerin?«

»Françoise.«

»Und weiter?«

»Ich habe den Vertrag nicht hier.«

»Kannte diese Françoise Michel Descombe?«

»Ja.«

»Hatten er und diese Françoise ein Verhältnis?«

»Es würde mich nicht wundern, wenn es so gewesen wäre. Aber es war sicher nur ein beiläufiges Verhältnis.«

»Sie meinen, er hat nicht mit ihr geschlafen?«

»Michel ist nie lange bei einer Frau geblieben, und die Geschäftsführerin der VERDE ist, so weit ich weiß, verheiratet.

Aber ich sage Ihnen noch mal, und ich kenne mich mit Menschen aus: Michel wusste sicher nicht, was da läuft. Wenn Sie ihn mal erlebt hätten, Sie würden genauso denken. Muss ich mit einer Anzeige rechnen?«

»Weil Sie zugelassen haben, dass jemand betrunken fährt? Nein. Wie das mit dem Einbruch gehandhabt wird, kann ich Ihnen nicht sagen. Haben Sie vor, in den nächsten Tagen das Land zu verlassen?«

»Nein.«

»Es wäre gut, wenn Sie das nicht täten, und geben Sie ein bisschen auf sich Acht. Sie sollten mit jemandem sprechen. Sie haben doch sicher einen Supervisor.«

»Ich leide wegen Michels Tod und gebe mir einen Teil der Schuld daran, aber das ist kein Grund …«

»Sie haben Ihre Existenz aufgelöst.«

»Ich helfe hier Menschen.«

»Sie haben Ihre Existenz aufgelöst. Passen Sie auf, dass Sie sich nicht selbst auflösen. Sprechen Sie mit jemandem, der sich mit so was auskennt.«

Diese Vernehmung hat, was Ohayons Empfindung angeht, große Ähnlichkeit mit der letzten Begegnung zwischen Karl Marx und dem Pfarrer. Auch der hatte sich ja zunehmend unwohl gefühlt. Und so wie der Pfarrer plötzlich meinte, einem gefährlichen Mann gegenüberzusitzen, hat Ohayon das sichere Gefühl, es mit einer Gefährdeten zu tun zu haben.

*

Alain steigt gerade aus seinem Wagen. Wo ist er? Es dauert immer einen Moment, sich zu orientieren, vor allem wenn es bereits dunkel ist. Ah, das ist die Rue Terray! Das Gelände links und rechts der Straße ist seit den Abrissarbeiten eine große Brache mit tiefen Wunden und Hügeln, auf der Tausende von Ziegelsteinen herumliegen. Etwas weiter hinten steht, kaum mehr als ein Schatten, das viergeschossige

Haus, in dem Odette Debout lebt. Ein Haus, das ihr auch gehört.

Als er vor dem Gebäude steht, blickt Alain nach oben. Er hat die Unterlagen bei T&L genau studiert. Odette Debout lebt im obersten Stock links, die Wohnung neben ihr ist nicht mehr bewohnt. Auch das Stockwerk darunter steht leer. Sicher eine Folge des Lärms bei den Abrissarbeiten. Eine Folge auch der Annahme, das Haus werde ohnehin bald verkauft und entfernt. Ehe Alain das Gebäude betritt, überprüft er den Sitz seines Jacketts. Die Manschetten seines weißen Hemds sind zu sehen. Er korrigiert das, überprüft auch den Kragen. Um das tun zu können, stellt er seine Aktentasche ab. Dass er eine Aktentasche mit sich führt, hat er, ohne es recht zu wissen, von seinem Vater übernommen, der ging auch immer mit so einer zur Arbeit. In dieser Tasche waren sein Mittagessen und sein grauer Kittel.

Als Odette Debout ihm öffnet, sieht Alain eine Frau von 68 Jahren. Monsieur Mazière hatte sie bedrängt. Sie hatte störrisch reagiert und sich geweigert zu verkaufen.

»Sie sind Alain Chartier?«

»Danke, dass Sie mich so spät noch empfangen.« Ein großartiger Satz. Weil er so echt und Ausdruck eines gelebten Lebens ist. An diesem Satz zeigt sich nämlich, wie Alain seine Arbeit auffasst. Dienend. Er passt die Art, wie er spricht, seinen Kunden an. Seine Sprache, das ist nicht er selbst, sie ist Teil der Dienstleistung.

»Kommen Sie rein.«

Sie führt ihn ins Wohnzimmer. Alain sieht sich um. Die Möbel in diesem Raum sind alt, aber nicht verkommen. Auf einem Schränkchen stehen Familienfotos. Alain vermutet, dass auf dem links ihre Eltern zu sehen sind. Zwei andere Aufnahmen zeigen Madame Debout mit einer Frau, die ihr ähnelt. Offenbar hat sie eine Schwester.

»Sie sind also gekommen, um es noch einmal zu versuchen.«

»Ihnen das Haus abzukaufen?«

»Immerhin machen Sie einen ruhigeren Eindruck als Monsieur Mazière. Und Sie sehen viel besser aus. Es ehrt mich, dass T&L mir seinen attraktivsten Mitarbeiter schickt.«

»Danke.«

»Ich habe Kaffee gekocht, vielleicht …?«

»Gerne.«

Sie steht auf und verlässt das Zimmer. Alain muss seinen Kopf nur ein Stück nach rechts drehen, um ihr nachzublicken. Sie hat schön schmale Hüften. Es ist jetzt so still im Zimmer, dass Alain glaubt, ein dicht gepacktes Volumen an Zeit und Einsamkeit zu spüren. Wäre es nicht gut für sie, wenn sie aus all dem rauskäme?

Als sie zurückkehrt und ihm einschenkt, registriert er, dass sie nur ganz leicht nach dem Stoff ihrer Kleidung riecht. Sie benutzt nicht irgendein schreckliches Parfüm. Nachdem sie sich gesetzt hat, betrachtet er ihr Gesicht und ihren Hals. Das Gesicht wirkt noch unverbraucht, aber am Hals erkennt man, dass sie doch schon eine ältere Frau ist. Er ist dünn und ein wenig abgemagert. Das Auffälligste sind die beiden Sehnen links und rechts vom Kehlkopf. Alain zieht seine Aktentasche ein Stück zu sich heran.

»Und mit welchem Auftrag sind Sie hier?«

Diese Eröffnung findet Alain etwas ruppig. Nun, er muss das akzeptieren. Er antwortet nicht sofort, sondern zeigt auf eins der Familienfotos.

»Das sind Ihre Eltern?«

»Ja.«

»Und die Frau, die dort neben Ihnen steht? Ihre Schwester?«

»Richtig. Warum sind Sie hier?«

»Zunächst einmal möchte ich mich im Namen von T&L für das Auftreten von Monsieur Mazière entschuldigen. Uns ist zu Ohren gekommen, dass er Sie bedrängt hat, Ihr Haus zu verkaufen.«

»Danke für die freundliche Einleitung, aber ich nehme an, Sie sind mit einem ähnlichen Auftrag hier.«

»Nein. Ich wollte Sie darüber informieren, dass die CONDOR-VERSAILLES ihre Pläne geändert hat. Man wird um Ihr Haus herumbauen. Man wird die geplanten Abstände einhalten und für eine gärtnerisch gestaltete Anlage sorgen. Ich denke, Ihr Haus wird durch die Entwicklung des Viertels am Ende stark aufgewertet. Es gibt immer Individualisten, die lieber in einem Altbau wohnen. Sie werden in Zukunft sicher etwas höhere Mieteinnahmen erzielen.«

Diese Eröffnung hat Odette Debout überrascht, das ist ihr anzusehen. Es ist noch mehr als nur Überraschung in ihrem Gesicht zu erkennen. Ein wenig Besorgnis.

»Darf ich fragen«, setzt Alain vorsichtig an, »wie Sie an das Haus gekommen sind? Haben Sie es von Ihren Eltern geerbt?«

»Ja.«

»Dann verstehe ich natürlich, warum Sie nicht verkaufen wollen.«

»Ich habe nie gesagt, dass ich nicht verkaufen will.«

Alain geht nicht auf diese Eröffnung ein, er hat längst an ihren Augen abgelesen, was sie will und was nicht. ›Geh nicht gleich auf alles ein, was die Kunden sagen oder wünschen, verzögere, halte sie hin.‹ Ein Tipp seines ersten Chefs.

»Was war Ihr Vater von Beruf, wenn ich fragen darf? Oder hat Ihr Großvater das Haus gebaut? Der auf dem Foto ganz rechts, ist das Ihr Großvater?«

Es dauert ein bisschen, sie ist anfangs leicht irritiert, aber dann beginnt sie doch zu erzählen. Von ihren Eltern, ihrem Großvater, vor allem aber von ihrer Schwester, die am Rand von Metz lebt. Alain hört ihr zunächst nur zu, wobei er immer faszinierter ist von ihrem Hals, ihren schmalen Schultern und ihrem noch jungen Gesicht. Es ist diese Art, wie er sich Menschen nähert. Über den Ausdruck ihres Körpers. Schließlich beginnt er, ein wenig von seiner eigenen Familie zu erzählen, und sie fangen an sich zu unterhalten. Während dieses Gesprächs wird ihm Odette Debout immer sympathischer. Monsieur Mazière hatte offensichtlich ein völlig falsches Bild von ihr.

Alain verliert jetzt mehr und mehr seine Scheu, ist nicht mehr so angespannt wie zu Beginn. Sichtbarer Ausdruck dieser Entspannung ist, dass er seine Aktentasche wieder ein Stück von sich wegstellt.

»Ich bin jetzt 68 Jahre alt und hatte eigentlich vor, zu meiner Schwester zu ziehen und mit ihr einige größere Reisen zu unternehmen.«

Nachdem sie das gesagt hat, schweigen beide, denn das war ein sehr offenes Geständnis. Er spürt ihre Schwäche. In der Stille sieht er wieder den Raum, der ihm jetzt doch sehr hässlich vorkommt. Die alten Möbel, die Fotos der Familie, alles, was den Eindruck von vergangener Zeit vermittelt. Warum hat sie ihr Leben so schlecht gelebt? Warum gibt es keinen Mann, keine Kinder?

»Ihre Schwester könnte doch zu Ihnen ziehen, die Wohnung nebenan ist frei.«

»Meine Schwester hat ein wunderschönes Haus mit einem großen Garten.«

»Ich verstehe.«

Wieder Stille. Sie hat ihre Hände zu Fäusten geballt, ihre zarten, alten Knöchel treten hervor. Alain hat ein Auge für solche Details. Schon gleich zu Beginn war ihm aufgefallen, dass sie ihre Fingernägel sehr kurz geschnitten hat.

»Man hat nie vernünftig mit mir über einen möglichen Verkauf des Hauses verhandelt. Warum hat man nicht gleich Sie geschickt?«

»Jetzt bin ich ja da.«

»Monsieur Mazière hat mir 2,2 Millionen geboten und … ich habe nie offiziell abgelehnt. So etwas habe ich nie gesagt. Steht das Angebot noch?«

Ihr Ausdruck hat sich verändert, die Gier, oder wenigstens eine sehr strenge Form von Hoffnung steht offen in ihrem Gesicht. Das macht sie Alain fremd. Auch ihre Stimme wirkt jetzt unangenehm. Sie spricht ängstlich.

»Ich würde gerne sofort einen Vorvertrag mit Ihnen abschließen. Bei einem richtigen Vertrag sollte dann ein Notar dabei sein. Haben Sie so etwas dabei? Einen Vorvertrag.«

»Darauf war ich jetzt nicht vorbereitet.« Die Aktentasche. Er nimmt sie auf seinen Schoß, öffnet sie. Er sucht. Wonach? Natürlich nach dem Vorvertrag.

»Ich habe selbstverständlich alle Unterlagen dabei, aber ob da ein Vorvertrag ... Oh!«

Alain scheint etwas in seiner Tasche gefunden zu haben, sieht sie an. Sein Gesicht. Irgendwas muss damit sein, denn ihr Oberkörper kommt ein Stück vor. Will sie aufstehen? Das sollte sie nicht tun.

»Worauf warten Sie?«

»Ich ...«, Alain überlegt. Er muss jetzt eine Entscheidung treffen. Sie war ihm sympathisch, er verstand ihre Beweggründe, aber ... Sie würde alles weggeben, wofür ihr Großvater gearbeitet hatte. Nur um dieses eine zu befriedigen. Ihre Gier. Ihre unverhohlene Gier.

Er trifft seine Entscheidung.

»Sie würden den Vertrag jetzt doch unterschreiben?«

»Ja natürlich, worauf warten Sie?«

»Ich will ehrlich sein ...«

»Weniger Geld? Jetzt auf einmal doch weniger Geld?«

Sie wird jetzt unverhohlen aggressiv. Das ist nicht schön. Er wird aufstehen. Oh ja. Das geschieht ihm ja manchmal. Dass er plötzlich wütend wird. Nicht einfach so, Alain ist kein wütender Mensch, er ist eher ängstlich. Es passiert immer nur in Situationen, in denen er sich angegriffen oder überfordert fühlt, sich verteidigen muss wie ein Hund, den man mit Tritten in eine Ecke getrieben hat.

Ihre Stimme klingelt in seinen Ohren, und Alain spürt den hohen, steifen Kragen seines Hemds im Nacken, drückt seinen Hals ein wenig dagegen. Das gibt ihm Sicherheit. Er spürt weit mehr als den Kragen, er spürt seine ganze Kleidung und über dieses Gefühl erinnert er sich daran, wer er ist. Ein kultivierter Mann, ein Ehemann sogar, Besitzer eines Hauses,

Vater eines sechsjährigen Jungen, ein Mann also, der auch in angespannten Situationen wissen sollte, wer er ist. Es klingt sonderbar, aber seine ganze Welt findet ihren Ausdruck in einem Gefühl hinten am Hals, und das verdankt sich letztlich dem Kragen seines Hemds. Was für ein Moment. Das kurze Aufblitzen von etwas Wahrhaftigem oder Menschlichem. Alain trägt den Kopf jetzt höher, hört ihr zu, akzeptiert ihre Wut, ohne sich beleidigt oder erniedrigt zu fühlen. Jemand, der ihn und den Ausdruck von Menschen kennt, würde sagen, ihn umgibt jene feine Aura von verlorener Wildheit, wie man sie von Männern kennt, die Verantwortung für eine Familie tragen oder eine unglückliche Liebe noch nicht ganz überwunden haben.

»Nicht weniger Geld, Madame Debout, das haben Sie falsch verstanden.«

»Hören Sie auf! Sie lügen!«

»Aber ich will Ihnen doch gar nichts Böses.«

Sie bekommt sich in den Griff. Schweigt endlich. Das ist gut. Dass er es mit einer Frau zu tun hat, die sich, wenn es drauf ankommt, beherrschen kann. Nun, sie trägt eine Perlenkette.

»Mein Chef hat mir gesagt«, fährt er fort, »für den Fall, dass Sie noch unschlüssig sind ... Er sagte, ich dürfte Ihnen noch mal 100 000 Euro mehr bieten. Ich möchte nicht, dass Sie um dieses Geld gebracht werden, nur weil Sie jetzt vorschnell etwas unterschreiben.«

Nachdem er das gesagt hat, entsteht ein zweiter, ebenfalls wunderschöner Moment. Ihr Gesicht wird weich, ihre Schultern senken sich und ihre Hand kommt vor. Sie legt sie auf seine und sagt: »Sie sind wirklich ein lieber Junge.«

Als er wieder in seinem Wagen sitzt, hört das Pfeifen in seinem rechten Ohr allmählich auf. Die Aktentasche liegt jetzt ganz friedlich auf der Rückbank. Er hat geschafft, was Monsieur Mazière in zwei Jahren nicht vollbracht hat. Theron wird stolz sein auf ihn. Dieser Sieg wird seinen Aufstieg bei

T&L festigen. Alain denkt dabei sofort an das leere Büro neben dem von Monsieur Theron, er denkt aber auch an Charlotte und Daniel und zuletzt daran, dass er sich demnächst ein neues Auto leisten kann. Sein Twingo ist uralt und nicht mehr in Ordnung. Er klappert, riecht nach Öl und in letzter Zeit auch ein bisschen nach Benzin. Die angenehmen Gedanken an ein neues Auto, das ihm gewiss noch mehr Sicherheit, noch mehr Bewusstheit geben wird ... Ein Einwand? Völlig verständlich. Der Kragen eines Herrenhemds, ein neues Auto, das sind ja wohl kaum mehr als Äußerlichkeiten. Aber an diesen Äußerlichkeiten hängt einiges. Die Träume von Menschen, der Untergang von Staaten. Im Moment führen die Gedanken an ein neues Auto nur dazu, dass Alain sich etwas gestattet. Er greift in die kleine Vertiefung auf der Mittelkonsole, nimmt eine Schachtel Zigaretten in die Hand, steckt sich eine in den Mund und lässt sein Feuerzeug aufflammen.

Das Feuer ist so mächtig, erinnert so an eine unkontrollierbare Urgewalt, dass alles ganz unwirklich wirkt, zumal der Brand mit seinen fauchenden Stößen und Wirbeln den Rahmen des Bildes vollständig ausfüllt. Außer Ohayon, Conrey und Marie Grenier stehen noch weitere sechzig Gaffer da und starren in die Flammen. Diese Gaffer ähneln sich so stark, als wären sie dort hingestellte Figuren. Staffage gewissermaßen. So jedenfalls kommt es Ohayon vor, der kurz zu ihnen rübersieht. Und tatsächlich, es ist hier, vor den brennenden Häusern, genauso wie bei der Einweihung des neuen Bahnhofs, als alle die Lichtmetamorphosen bestaunten: Das Gaffen macht sie zur Masse. Nur einer sticht ein wenig heraus, und Ohayon muss kurz an Karl Marx denken, als er den Mann sieht.

»Wem gehört das Haus in der Mitte?«, fragt Ohayon und zeigt auf das Gebäude, das am stärksten brennt.

»Yvonne Clerie«, antwortet Conrey, nachdem er in einer Liste nachgesehen hat.

»Dann war eins der beiden anderen Gebäude vermutlich für Nina Havelot vorgesehen und…«

»Brandstiftung«, sagt ein Feuerwehrmann, der neben ihnen steht, und Conrey nickt: »Die beste Lösung für alle, die von der VERDE betrogen wurden.«

»Ich habe eben noch mit Madame Clerie in Nancy gesprochen«, setzt Ohayon an, »sie roch weder nach Rauch noch …« Er kann den Satz nicht vollenden, denn ein Feuerwehrmann stürzt aus Yvonnes Haus, reißt seine Atemmaske runter und brüllt: »Gas!«

Gas und Brand, zwei mächtige Substantive. Man hätte sie vielleicht nicht so dicht zusammenbringen sollen, denn bereits eine Sekunde später explodiert das Haus. Nun hat der Brand leichtes Spiel. Er frisst sich in die Balken der beiden Nachbargebäude, denn Brand und Fraß gehören immer zusammen. Nach acht Minuten legt sich zunächst das linke und kaum zwei Minuten später das rechte Haus. Dabei reißt es die Front der angebauten Garage mit sich und gibt den Blick auf ein Auto frei. Das Auto ist rot und wurde in Deutschland gebaut. Ohayon hatte es schon gesehen, bevor es zu sehen war, denn auch er wird hin und wieder von Hoffnung getrieben. Das Auto steht aber nicht einfach nur da. Als die hölzernen Schalen abfallen wie die Form von einem Guss, wird Ohayon zum Kind, und das Auto erscheint ihm so rot, so neu, so unversehrt, als sei es erst eben im Brand entstanden.

*

Sie ist ruhig, sie ist gut gekleidet.

Die Frau betritt den Raum zusammen mit einem Mann, der einen Anzug trägt. Der Anzug ist grau, mit einem Stich ins Grünliche, denn der Mann vertritt die Vernunft. Es ist ihr Anwalt.

»Sie wissen, warum Sie hier sind?«

Ohayon sieht die Frau an. Sie weicht seinem Blick aus.

Ist das ein Ausdruck von Arroganz? Oder interessiert sie sich ausgerechnet in diesem Moment für die Fußleiste neben sich?

»Zunächst einmal möchte ich kurz über das Feuer sprechen, bei dem drei Häuser abgebrannt sind, darunter das Ihrer Mandantin. Was möglicherweise gut ist, da es inzwischen einen Baustopp gibt und die VERDE in Konkurs gegangen ist. Sind Sie versichert?«

»Wollen Sie meiner Mandantin unterstellen, dass sie dort Feuer gelegt hat? Eine nicht vorbestrafte Frau mit so einem Beruf, so einem Background? Ist das Ihr Ernst?«

»Die Brandstiftung wird noch untersucht und in einem gesonderten Verfahren abgehandelt.« Ohayon wendet sich erneut an sie und denkt dabei kurz an Metallica, Nirvana und die Ramones. »Ich habe gehört, dass Ihr Bruder David in dem abgebrannten Haus von Ihrer Freundin Yvonne Clerie behandelt wurde. Er hat in der Zeit Beruhigungsmittel erhalten?«

Sie nickt.

»Zum Glück ist er nicht verbrannt.«

»David hat das Haus schon vor Wochen verlassen. Er hat sich inzwischen operieren lassen und nimmt keine Schmerzmittel mehr.«

»Ihre Mutter hat mir gesagt, Sie hätten Ihrem Bruder früher mal angedroht, ihn anzuzeigen, weil er sie bestohlen hat.«

»Eine Drohung, mehr nicht. Meine Mutter war viel zu nachgiebig David gegenüber. Aber das war keine schöne Nachgiebigkeit, wenn Sie verstehen. Mein Bruder hat immer Ärger gemacht. Früher war sie zu weich, und dann, als David wirklich Probleme hatte, ließ sie sich von ihrem neuen Freund bequatschen, dass es nun an der Zeit sei, hart zu bleiben. So war sie immer. Unklar. Und abhängig von Männern. Sie hat sich ihr Leben lang ausnutzen lassen.«

»Und nun fühlten Sie sich ebenfalls ausgenutzt.«

Ihr Anwalt macht ein abwehrendes Zeichen mit beiden

Händen. »Auf Ihre amateurhafte Analyse der Seele meiner Mandantin wollen wir doch bitte verzichten.«

»Sprechen wir also über den Unfall in der Rue Bisson. In der abgebrannten Garage Ihrer Mandantin stand ein roter BMW. Der ist zwar auf Ihren Bruder angemeldet, aber wir haben ihn untersucht und können beweisen, dass Sie, Madame Vichy, ihn gefahren haben. Mit diesem Wagen wurde ein Unfall mit tödlichem Ausgang verursacht.«

»Es war reiner Zufall.«

»Sie waren in den Unfall verwickelt?«

»Michel hat die Kontrolle über seinen Wagen verloren, mich touchiert und sich dann gedreht. Ich hatte Angst und ...«

Ihr Anwalt unterbricht sie. »Meine Mandantin ist bereit zuzugeben, dass sie sich vom Unfallort entfernt hat, statt anzuhalten und die Polizei zu informieren. Natürlich war das falsch. Aber ich mache zum Vorteil meiner Mandantin geltend, dass sie unter Stress stand und dringend zu ihrem Bruder musste.«

»Ich verstehe.«

»Dann sind wir hier fertig?«

»Noch nicht ganz. Ich habe vor einigen Tagen Ihre Freundin Yvonne Clerie vernommen. Die hat ausgesagt, dass das Unfallopfer Michel Descombe auch Sie dazu überredet hatte, bei dem Bauprojekt der VERDE einzusteigen. Sie hatten wohl auch ein kurzes Verhältnis mit Monsieur Descombe. Und er hat Ihnen von den günstigen Häusern erzählt, die die VERDE in Valette bauen will.«

»Ja.«

»Und Sie sind in dieses Projekt eingestiegen.«

»Ja.«

»Sie werden zufällig in einen Unfall verwickelt, und dabei kommt der Mann ums Leben, der dafür verantwortlich ist, dass Sie auf Jahre hinaus verschuldet sind.«

Ihr Anwalt macht ihr ein Zeichen, sie schweigt.

»Sie kannten Monsieur Descombes Auto. Den orangefarbenen BMW 2002. Und Sie wussten, wie teuer das Auto war. Über 30 000 Euro! Ihr Geld. Dafür haben Sie gearbeitet. Und dieses Auto kam nun von hinten auf Sie zu. Und wie immer auf der Überholspur.«

»Worauf wollen Sie raus? Dass meine Mandantin Hassgefühle gegen ein Auto hegt?«

»Der Gedanke ist gar nicht so dumm. Aber was mich interessiert, ist etwas anderes. Sie tragen ein schönes Kleid, was für ein Rot ist das? Korallrot?«

Ihre Augenbrauen kommen ein Stück hoch. Die ihres Anwalts auch.

»Wahrscheinlich liege ich falsch, ich kenne mich mit Farben nicht so aus. Erst neulich hat mir jemand erzählt, dass Frauen viel mehr Rottöne unterscheiden können als Männer. Sie sind von Natur aus dazu befähigt, wussten Sie das?«

»Ja.«

»Als Sie eben den Raum betraten, kam mir sofort eine Bezeichnung in den Sinn, mit der man früher besonders schöne, besonders interessante Frauen gekennzeichnet hat.«

»Eben sprachen Sie von einem Auto, jetzt von der Farbe des Kleids meiner Mandantin …«

Sie fährt ihrem Anwalt ins Wort. »An was für eine altmodische Bezeichnung dachten Sie?«

»Zuerst kam mir die Bezeichnung Femme fatale in den Sinn.«

»Zuerst?«

»Ich fand diesen Gedanken uninteressant.«

»Ihnen ist sicher sofort ein neuer gekommen.«

»Glauben Sie, Madame Vichy, dass es auch einen Homme fatale geben könnte? Einen Mann also, der Frauen um den Verstand bringen kann? Einen, der zum Beispiel eine Frau, die sich mit Immobilien gut auskennt, dazu verführen würde, einen Vertrag zu unterschreiben?«

»Das kommt wohl sehr auf die Frau an.«

»Dann möchte ich Ihnen sagen, wie fast alle Frauen aus Michel Descombes Freundeskreis ihn beschrieben haben: ein echter Mann. Attraktiv, aber nicht zu attraktiv. Ein Mann mit Humor. Geistreich, aber ohne besondere Eigenschaften, ein Mann, von dem offenbar alle wussten, dass man auf seine Treue nicht bauen sollte. Und ich fragte mich: Wie funktioniert das, dass ausgerechnet so ein Mann extrem anziehend auf manche Frauen wirkt? Und da dachte ich: Dafür braucht man eine Frau mit Phantasie. Eine, die etwas sieht, das noch gar nicht da ist. Etwas, das noch hervorgekitzelt werden will. Offenbar sahen die anderen Frauen ihre kurzen Affären eher als eine Art Spiel an.«

Jetzt hält es ihr Anwalt nicht mehr aus: »Was Sie da sagen, ist peinlich und antiquiert, Monsieur Ohayon. Sie reden in einer Weise über Frauen, für die sogar ich mich schäme. Und vor allem führt das Ganze nun wirklich zu gar nichts. Wie Sie immerhin bemerkt haben, ist Madame Vichy sehr attraktiv, sie hat den Verlust eines Liebhabers sicher verkraftet.«

»Selbstverständlich ist sie attraktiv, aber deshalb kann sie doch trotzdem Phantasie haben.«

»Ich fürchte«, sagt sie ruhig, »Sie verstehen sehr wenig von Frauen.«

»Na gut, lassen wir das, ehe ich mich vollkommen lächerlich mache. Ich wollte ja auch nur sagen, dass das Auto und das verlorene Geld vielleicht nicht der ganze Grund waren, für einen ... kleinen Wutanfall. Ein Zucken in den Armen.«

»Ja, es kann sein, dass ich einen kurzen, zornigen Gedanken hatte, als ich sein Auto im Rückspiegel sah. Aber ich habe nichts getan.«

»Vielleicht sind Sie ja nur ein kleines Stück weit rübergefahren, mehr unwillkürlich als absichtlich. Als wollten Sie sagen: Noch mal kommst du nicht an mir vorbei!«

»Selbst wenn ich so einen Gedanken gehabt hätte, ich

hätte ihn niemals in die Tat umgesetzt. Ich weiß nicht, wohin Ihre Gedanken gehen, wenn Sie über eine Femme Fatale, über weibliche Phantasie oder ein korallrotes Kleid nachdenken, aber ich habe Michel Descombe nicht von der Straße gedrängt. Ich bin in der Lage, mich zu beherrschen, auch dann, wenn ich wütend bin.«

»Nur ganz kurz berührt …?«, fragt Ohayon und seine Stimme ist so leise, so zwitschernd vertraulich, dass ihr Anwalt sich etwas ungelenk vorbeugen muss.

Sie antwortet schnell und ebenso leise. »Er hat mich berührt, nicht ich ihn!«

»Sie sprechen jetzt von den Autos?«

»Wovon sonst?«

»Sie erkannten seinen Wagen im Rückspiegel, wurden kurz wütend, haben aber nichts gemacht.«

»Genau.«

»Ich habe zwei Zeugen, die ausgesagt haben, dass Monsieur Descombe mit aufgeblendeten Scheinwerfern fuhr. Der Unfall ereignete sich um 20.15 Uhr, es war fast dunkel. Sie können seinen Wagen unmöglich während des Überholvorgangs im Rückspiegel erkannt haben, sie müssen schon vorher gewusst haben, dass er hinter Ihnen war. Davon abgesehen besitzen Sie einen Peugeot, den Sie auch regelmäßig benutzen. Aber an diesem schicksalshaften Abend haben Sie sich für den Wagen Ihres Bruders entschieden. Warum?«

»Meine Mandantin wird nichts mehr sagen.«

»Eine Frage habe ich noch.«

»Meine Mandantin wird nichts mehr sagen.«

»Alain Chartier, was hat der damit zu tun?«

»Gar nichts. Alain ist nichts als ein ängstlicher Typ, der Karriere machen will. Im Büro von T&L arbeiten dreißig von der Sorte.«

Ohayon nickt und erklärt die Vernehmung für beendet.

Zwanzig Minuten später – es gibt gegrillten Seelachs mit Butterkartoffeln und grünen Bohnen – ist sich Ohayon seiner Sache nicht mehr so sicher, denn Melissa Vichy ... Sie hat sich beim Verhör entweder sehr geschickt verhalten, oder sie hat schlicht die Wahrheit gesagt. Ohayon schließt also seinen Bericht ab.

Folgendes muss jetzt akzeptiert werden: Mit der Vernehmung von Melissa Vichy und der Abfassung des Berichts ist es vorbei. Von nun an leitet die Staatsanwaltschaft das Verfahren. Ob das Gericht Melissa Vichy am Ende für zweifelsfrei schuldig hält oder ob die Formel: Alkohol, Spurrillen, überhöhte Geschwindigkeit die Oberhand gewinnt, hängt nicht mehr von ihm ab.

Ohayon, so viel ist sicher, gehört nicht zu den Ermittlern, die ohne Auftrag weitermachen. Es mag welche geben, die sich nach Dienstschluss noch mal reinhängen. Privat sozusagen. Die von Müdigkeit schweren Hände am Lenkrad, bewaffnet mit einer Zigarette, die an der unteren Lippe klebt. Wenn Ohayon so einer wäre, wäre er kein Ermittler, sondern ein Jäger, und Roland Colbert müsste ihn früher oder später entlassen. Solche jagdartigen, nächtlichen Anstrengungen sind bei Ohayon auch gar nicht drin, weil eben bei den Ohayons dieser Welt um 19.30 Uhr zu Abend gegessen wird und er es doch übernommen hat, den Salat zuzubereiten. Und danach gucken er und Ines doch auch immer ihre Serie mit der Prinzessin und den Drachen und Küsse und ... vielleicht noch ein viertes Kind.

Es bleibt also dabei: Die Staatsanwaltschaft übernimmt, und Ohayon setzt sich zu Tisch.

Der Fall hat noch einen kleinen Nachhall. Yvonne Clerie gilt im Herbst einige Tage als vermisst. Die Sache klärt sich dann aber auf. Sie ist zusammen mit elf anderen Ärzten nach Syrien geflogen, um dort zu helfen.

Und Alain? Der fühlt sich lange Zeit schuldig. Nicht, weil er Michel etwas getan hätte, sondern wegen Melissa. An dem

Abend, als er bei ihr war, so voller Hoffnung, dass sie sich bei Monsieur Theron für ihn stark macht, da hatte sie plötzlich gesagt: »Ich werde mich bei Theron für dich einsetzen. Aber vorher müssen wir reden.«

»Worüber?«

»Über einen roten BMW. Du hast mich gesehen, nicht wahr? Oben am Kreisel.«

»Du …?«

»Nein! Er wollte mich überholen und hat dabei die Kontrolle über seinen Wagen verloren. Er hat mich touchiert, nicht ich ihn. Ich bin abgehauen, weil ich zu meinem Bruder musste, weil der doch …«

Da hatte er sie angegriffen. Er hätte sie womöglich verletzt oder schlimmeres, aber sie hatte gekeucht: »Du willst doch ein Gespräch mit Theron.« Das hatte gewirkt, wie eine Zauberformel. Er hatte von ihr abgelassen, als hätte jemand einen Schalter umgelegt. War gegangen, ohne noch ein Wort zu sagen.

Wie sein Angriff auf Melissa im Detail abgelaufen war, weiß er nicht mehr. Er erinnert sich nur noch daran, dass er zuletzt auf ihr lag.

Schließlich beruhigt er sich, und Melissa tut ihm zuletzt sogar leid. Sie hatte einfach nur zu ihrem Bruder gewollt. Yvonne hatte ihm ja am Telefon erklärt, was in der Zeit mit dem los war.

Nein, es war gut, er verstand jetzt alles. Irgendwann muss eben mal Schluss sein, mit den Ängsten und Selbstbezichtigungen. Es gibt Wichtigeres zu tun. Seinem Freund zuliebe. Denn was ist eine Freundschaft, wenn sie nicht über den Tod hinaus gilt?

Er richtet zusammen mit Nina Michels Grab her, lässt Blumen pflanzen. Ninas Sohn schläft derweil im Buggy.

Charlotte liest ihm aus der *Gazette de Fleurville* peinliche Einzelheiten über das Leben seines Freundes vor. Michels Talent, Frauen zu etwas zu verlocken, war offenbar von der

Geschäftsführerin der VERDE entdeckt worden, nachdem sie ihn für ein Wochenende gebucht hatte.

Er lässt einen Grabstein aufstellen. Roter Sandstein, rau belassen, schwarze Schrift.

Ende August weist Charlotte ihn darauf hin, dass sie mittlerweile im vierten Monat schwanger ist und bittet ihn, nicht mehr so oft zum Grab zu gehen. Das würde ihr Angst machen.

Er pflanzt Liguster, um das Grab einzufassen.

Im Freundeskreis kommt immer mehr über Michel raus. Die Frauen fangen an, offen zu sprechen. Letztlich sagen alle – außer Nina –, dass ihnen an Michel vieles missfiel. Er war ein kleiner Angestellter mit einer großen Klappe, der sehr unüberlegte und arrogante Thesen über das Leben aufgestellt hat. Anfangs verteidigt Alain seinen Freund, und zweimal wird er dabei sehr laut, springt sogar auf. Später schweigt er.

Er steht jetzt still am Grab, betet mechanisch, lädt seine Eltern und Verwandten öfter zu sich nach Hause ein. Charlotte registriert eine Reifung und eine stoische Haltung, die sie nicht an ihm kannte, meint, den Angriff von Dämonen mit ihm durchzustehen. Nun, sie überschätzt die Macht der Dämonen. Alain war Ministrant, er hat gelernt, wie man betet.

Er kauft seinem Sohn ein Fahrrad, das ist gelb.

Der Freundeskreis löst sich auf. Genau wie die anderen spürt auch Alain, dass die Gespräche uninteressant geworden sind, seit Michel nicht mehr da ist. Niemand spricht das offen aus. Manchmal, wenn Alain voller Bewunderung an seinen Freund denkt, sagt er sich: ›Wenn ich gewollt hätte, ich hätte auch …!‹ Dann sieht er Michel vor sich, schärfer als auf jeder Fotografie, wie er die rostige Leiter zum Fünf-Meter-Brett hochsteigt und ihn verschmitzt angrinst. Dieses Bild bleibt ihm als letztes, zu einem Zeitpunkt, als der weiße Kies auf Michels Grab beginnt, grün zu werden. Grüne Tränen laufen auch von einigen Buchstaben des Namens hinab.

Alain geht nur noch selten zum Grab, ihm fehlt die Zeit. Er wird bald Vater einer Tochter und will mit der Renovierung des Kinderzimmers rechtzeitig fertig werden. Über diese Renovierung gäbe es viel zu sagen, denn Alain richtet das Zimmer zusammen mit seinem Sohn her. Um ein umfassendes Bild von Alain zu bekommen, müsste man miterlebt haben, wie sich Daniel in dieser Zeit des gemeinsamen Renovierens unter der Anleitung seines Vaters entwickelt, wie sehr er sich am Ende auf seine Schwester freut. Es würde einem das Herz öffnen und einen sehr für Alain einnehmen.

In der letzten Periode – Charlotte ist im siebten Monat – redet Alain sich drei Wochen lang ein, der Tod seines Freundes sei für ihn eine Befreiung, er sei durch ihn daran gehindert worden, sich zu seiner Frau, seinem Leben, seiner Familie zu bekennen. Michel löst sich immer mehr auf. Die von Alain und Charlotte jetzt regelmäßig ausgesprochenen Einladungen, die Tatsache, dass sich in ihrem Haus die Familien treffen, hilft Alain, das gemeinsame Heim nun endlich als seins zu betrachten. Nur noch selten sieht er das bedrückende Bild des silbernen Mercedes, dessen Kofferraum ein Geist entschwebt.

So ist er zum Herbst hin fast wieder der, der er vor Michels Tod war. Ein Angestellter bei T&L, der gerne Anzüge von De Fursac, Dormeuil und Valentino trägt und ein Faible für den Mut anderer Männer hat.

Sieben Monate sitzt er auf dem Platz von Monsieur Mazière, dann bietet ihm Theron das Büro neben seinem an. Melissa selbst überbringt ihm die gute Nachricht. Als Alain den Raum betritt, der doch so lange sein höchstes Ziel war, empfindet er weniger, als er angenommen hat. Schon nach drei Tagen fühlt er sich unwohl und überredet Theron zu einem Arrangement. So kommt es, dass ausgerechnet June – die doch nicht schön ist, die alle für stumpf halten – den Weg in diesen besonderen Raum schafft. Die Arbeit hier ist nicht anders als vorher, es geht nur um höhere Provisionen.

Alain schreibt also weiter seine Exposés, verhandelt mit Kunden und zahlt in etwas höheren Raten das Haus ab, in dem er und seine Familie leben.

Draußen Schatten, die eilig vorbeigehen. Die Passanten können ihn bei seiner Arbeit kaum sehen, da die Scheibe spiegelt. Erst zum Nachmittag hin, wenn die Sonne nicht mehr bis in die Gasse strahlt, kann man sein Gesicht erahnen. Nicht als Volumen, sondern als feine Linie einer Kontur. Den Rest muss man sich denken.